云耳机事

麟潜 /著

湖南文艺出版社

目 录

楔子
001　楔子

第一章
003　那是我们之间的事

第二章
021　我会死吗?

第三章
040　那是你该做的

第四章
056　我辞职了

第五章
077　你不应该怕我

第六章
102　没关系,我习惯了

第七章
116　是在保护我吗?

第八章
129　我可真蠢

第九章
153　他在叫我?

第十章
178　我不救他谁救他?

第十一章
199　我饿饿

第十二章
217　我得了病吗?

第十三章
242　我会带你走

第十四章
261　他和你不一样

第十五章
284　你等等他呀

番外一
301　初遇

番外二
304　退化流感

你送我的玫瑰还开着，
我能做那个追光的人吗？

薛焉

楔子

2J世纪，全球爆发了一场针对人类的病毒——飓风病毒。症状类似埃博拉与狂犬病毒结合，飓风一样席卷全球。

医疗工作者发现野生蛭形轮虫经过处理，制成疫苗，可促使人类体内快速形成飓风病毒抗体来治疗和预防感染。

J793年11月，蚜虫市一位颅外科医生宣称后颈出现半个鸽卵的凸起，他在接受采访时将其称为某种基因细胞。

随后有大量人类也出现同样凸起。经研究发现，人体细胞正常状态没有逆转过程，而含有蛭形轮虫成分的血清能促进细胞逆转。

由于蛭形轮虫本身窃取基因和易突变的特性，每个人的基因中都随机含有不同生物的基因，随着进化，基因完全成熟，根据细胞核内基因表达出不同生物特性，异变为特殊基因，赋予人类不同的生物异变能力，如动物、植物等，且异变后再次刺激会促进细胞进化，进行更多样的能力表达。除此之外，基因细胞中还有微妙的功能差别，大致分为压迫类、安抚类等不同功能性异化信息因子，根据本体的心情和意图发生变化。

基因异变的人类越来越多，人们将其统称为异种人。

从此，异化基因像一种病毒，与人类互惠共存。当"因祸得福"的异种人因为自己拥有异变能力而兴奋时，却逐渐发现每一个异种人都会在特定的时间出现某种反常的症状，如身体剧痛、能力下降，甚至失去理智，行为难以自控，这种症状后来被人称为周期感染。为了缓解不适，部分异种人会找专门的按摩师按摩后颈，也有一部分异种人出于安全考虑，在此期间尽量减少接触陌生人，甚至闭门不出，注射由医疗工作者研发的压制剂，减轻症状。

与普通人不同，异种人之间根据生物类别、进化能力，划分出不同等级。高阶异种能力突出，人人皆想将他们收入囊中，由此衍生出了一种职业——异种猎人，异种猎人也是异种人，只是他们会有组织有目的地盗窃和抢夺高阶异种的基因，出售或者为自己所用。

异种人、异种猎人、普通人之间的矛盾不断激化，星球不再平静……

第一章 那是我们之间的事

K019-03-20 02：00

凌晨两点的荒芜公路，尽头的漆黑摩托车如同一头急速奔跑的黑豹，咆哮着从与星空相接的公路末尾疾驰而来，一道尖锐的轮胎摩擦声冲破耳膜，在荒芜地带突兀的加油站暂时驻足。

加油站里逗留着一队机车异种，身躯高大，手臂成块爆发的肌肉上刺满蒸汽朋克的齿轮和花体英文。他们背靠油机，叼着掐灭的烟头，挑衅地望着不远处停下的不速之客。

"哪来的富豪小子？"撩着背心、露出腹肌的男人不怀好意地打量着来人。

那人骑着的黑豹——北欧女神1800，是M国生产的超级重量级大马力巡航车，全车85%的零部件都是纯手工打造，只生产了2500台就绝版了。

这些人都看出来他不好惹。

那人戴着漆黑头盔，浑身包覆在紧身衣的铆钉暗扣下，身材纤细，线条流畅，后颈戴着一条黑钢打造的护颈，紧密地贴合保护后颈。

而他们是不屑于用护颈的，因为他们足够强壮魁梧，能用强硬的爪牙保护自己。

不速之客尽管戴着防护严实的护颈，仍旧避免不了一丝特殊的气味溢出缝隙。那味道甜美柔软，仿佛加入了大半勺牛奶、糖精的拉丝棉花糖，让在场的异种人嗅到那股气息的一瞬间便热血沸腾。

几个异种人的眼睛里浮上一层血丝，像群狼盯着缓缓走进包围圈的懵懂小羊，眼神里的贪婪若是有颜色，双眼便早已冒起绿光。

空气中弥漫着奶糖气味的异化因子，证明来者是一位基因优质的异种人，正是他们满意的猎物。

言逸摘下头盔，露出浅灰色的柔软短发，风拂动发尾，更加密集的异化因子顿时弥漫了整个加油站，盖住了刺鼻的汽油味。

两条软绵绵的兔耳垂在发丝间，被头盔压得血流不通，言逸一脸苦恼，抚平兔耳，揉捏一会儿，为自己减轻麻木感。

言逸掏了掏战术腰带，压制剂针盒早就空了。体内沸动的炽热感让他感到烦躁不安，他焦躁地吸了几口新鲜空气，朝身边的工作人员轻声说："加满。"

工作人员是一个普通人，对异种基因不甚敏感，却被这长相温柔恬淡却英俊的脸惊艳得拿着油枪不知道按哪个按钮。

"抱歉抱歉。"工作人员连连躬身，扶正了帽檐，然后操纵油枪。

言逸靠在一边，不安地抓紧了自己的手臂，微微发颤的手从兜里摸出打火机和烟，抬头看见手边"禁止明火"的警示牌，又烦躁地把东西揣回兜里。

一个垂耳兔异种。

多么具有吸引力的关键词，这意味着他将成为这群异种人盘中最可口娇嫩的美味，他们会把这只小垂耳兔争夺到手。

基因优质的异种人是珍贵的资源和财产，人人都想抢夺，或是将他们的基因移植到自己身上，或是让他们为自己效力，而对待那些不肯听话的，则是残忍地毁掉。垂耳兔这种弱势异种则像湖面稍凝的薄冰，稍稍一碰便会脆弱得四分五裂。

一个男人走近言逸，他比这一队异种人中任何一个都更加挺拔，夹克拉链被饱满的胸肌撑得无法拉紧，露出皮肤上狰狞威武的狮子文身。

"小白兔。"他志在必得，以压迫气势包裹了对方。

这是一个基因细胞二阶进化过的狮子异种，在气势上完全压制言逸。

大多数异种人的基因细胞都只能进行一阶进化，二阶进化过的基因细胞只属于少数精英，带给它的主人更强的能力，在异种人中也是领导者的存在。

狮子异种是这群人的领头者，在深夜猎捕时从未失过手。强壮威猛的二阶基因向来是低阶避之不及的对象，更何况二阶进化的异种人只占百分之一，无一不是各行业内难得的稀有人才。

狮子异种自信于自己强大的压迫力，他要猎捕这个垂耳兔异种。

言逸已经感到危险的逼近，周围骤然浓烈的异化因子的气息干扰让他有些不适，嘴唇如潮水般褪去血色。

柔弱的小垂耳兔退却了半步。

狮子异种微微一笑，准备朝言逸出手。

下一瞬，冰冷的枪口就抵在了狮子异种的脑门上。狮子异种倏然清醒，嗅到了言逸身上淡淡的血腥气，他似乎刚从一场厮斗中脱身而出。

言逸一只手持枪，轻声礼貌道："小子，让我独自待一会儿，好吗？"

重达两公斤的沙漠之鹰在言逸细瘦的手中似乎没有重量，更别说上边安装了十英寸的枪口和瞄准镜。这样柔弱的兔子异种居然随身配备如此粗鲁的手枪，让人忍不住替他担心，如此纤细的身躯能不能撑得住那强大的后坐力。

狮子异种脸色骤冷："你知道我是谁吗？这世上还没人敢拿枪指着我。"

言逸有些虚弱地微笑道："现在有了，小家伙，凡事得有个第一次。"

喧闹的加油站骤然寂静，气氛冷到冰点，几个靠在机车旁的异种人都噤了声，看着自家高傲不可一世的少爷在一只小垂耳兔身上吃瘪。虽然在这里扎堆的少年们的确刚成年不久，但被当面叫小家伙还是让人的面子有些挂不住。

油加满了，言逸戴上头盔，跨上漆黑的摩托车，散热栅上反射的星光刺痛了狮子异种的眼睛，然后留下一条充满汽油味的长雾，轰鸣而去。

狮子异种怔然望着那只猖狂的兔子逐渐消失在自己的视线中，默默磨了磨尖利的犬齿，周围伙伴还在，他只好故作凶狠，放出一句狠话："你可别落到我手上。"

言逸顺着公路拐进无人的野道，穿过几个乡间度假的田院。窄道边蹲着一个老太太，她裹着干净的头巾，身上深蓝色的裙子已然洗褪了色，但洁净平整，鬓角别着一朵紫色木茼蒿，是一个被外来旅行者带动得别致新潮的小老太太。

言逸在距老太太十来米时刹车，免得烟雾和噪音惊扰了她。老太太睁开皱纹密布的眼睛，嗫着嘴嗅了嗅空气里的气味，絮叨数落："兔子是很脆弱的，感染期没有人保护更是危险，你找到保护你的人了吗？"

言逸皱眉笑笑，软兔耳在头盔里挤着甩到脸颊前，遮住脸颊，轻声回答："还没有。"

老太太俏怒地嗫起褶皱的嘴，从身边的花篮里捧出一把带水的红玫瑰，笃定地为言逸出谋划策："来，这束玫瑰一定会带给你好运。"

言逸眼神温柔，从那一束红玫瑰里抽了一枝，插在前襟口袋里，再从怀里摸出钱夹，抽出十块钱递给老太太。老太太絮叨着收了钞票，整齐地对折，再郑重地揣进浮夸的蕾丝边衣袋里。

他是这花圃的常客，每次做完该做的事，总会带一枝玫瑰回家。

但玫瑰太贵，若是买一整束看着它干枯再扔进垃圾桶，对领固定工资的言逸而言多少是有点奢侈的。他只好买一枝玫瑰，这样看它干枯在自己口袋里的时候不会很心疼。

漆黑的头盔遮住了言逸苍白的脸色，浅灰的发丝被冷汗浸透，湿漉漉地贴在脸颊上，他勉强把车放进地下车库，走进电梯时已经湿了全身。周期感染带来的痛楚让他腿脚发软，起初他还能扶着墙行走，而后只能跪下来。

言逸撑着身体站起来，咬着黑色的皮质露指手套的一角，把被冷汗糊在手上的手套拽下来，露出修长干净的右手，手指上戴着一枚质量做工都精美绝伦的铂金指环，指环内刻印的游隼族徽，是陆家的标志。十年前，他与陆上锦出生入死，一场枪林弹雨之后，陆上锦将这个指环交到他手中。从此，外界都知晓他虽无陆家血缘，但已是陆家的一员。

他掏出兜里的烟叼在唇边，安静地打火，吸了一口，靠在大敞着的阳台窗边，望着窗外花园里剪枝的园丁，缓缓吐出一口白雾。

他回到家里，房间空荡冷清。

其实他与陆家的保镖合约已经到期解除了，可他依然固执地回到这座房子里，因为他知道，一片阴霾始终覆盖在陆家上方，不彻底除掉，会对陆上锦不利。

这座房子的主人是言逸的前雇主陆上锦，言逸任职他的贴身保镖。他没有豪门继承人本该具有的可靠手腕，是一个不称职的雇主，坏脾气的任性少爷。可也唯独他一人，在言逸最昏暗的童年伸手拉了他一把，把他拉出深渊，给了他不曾想象过的自由。

所以言逸可以容忍陆上锦的傲慢，保护他的安全是自己的职责，即使没有合约，他也依然遵守自己的誓言，留下来做一个普通的执事管家。

言逸没在门厅停留，去衣帽间挑了一身熨烫平整的燕尾服，立起洁白衬衣的衣领，灵巧熟练地打上得体的崭新领结，最后整理外套，收腰贴合完美。一身执事服一尘不染，他戴上洁白的手套，下楼准备茶点。

客厅的石英钟指向下午四点，陆上锦穿着言逸准备在卧室外的衬衣，顺着实木阶梯下楼，坐在沙发上，拿了言逸提前准备的行程表扫了一眼。

他冷淡微皱的浓眉下是一双能看透任何人的眼睛，鼻梁挺拔立体，身上并未佩戴什么彰显身份的饰物，骨子里流露出的高贵从容会让他不自觉地成为任何场合的焦点。

言逸站在餐桌前擦拭瓷盘，往桌上的花瓶里插那枝红玫瑰。

"先生，刚刚有个电话打进来，对方语气强硬，不肯让我代为传达。"言逸语调轻缓得体。

陆上锦"嗯？"了一声，说："是谁？"

言逸从胸前的口袋里拿出一个袖珍笔记本，纸页已经用完了一半，他熟练地翻开一页，说："号码是新的，我去查了一下，大概锁定了久安市的鸿叶办公大楼。"

陆上锦平淡的眉微微挑了挑，接过手机回了一个电话，看这态度，对方不是什么能随意忽略的小角色。

对方很快接了电话，语调轻慢，并不把陆上锦放在眼里，特意开了变声器，扭曲的电子音刺耳聒噪。

陆上锦漫不经心地靠着沙发，说："夏总，有什么委托可以直接与我助理

联系。"

对方愣了一下,关了变声器,"咳"了一声,恢复了正常声线。

陆上锦听着电话里简略的委托,缓缓抬头看了一眼餐台前沏茶的言逸,意味深长地回答:"是吗?一个垂耳兔异种,要我帮你弄到手。"

对方满意道:"一千万,要活的、完整的。"

言逸倏然停住沏茶的动作,怔怔地看着陆上锦,视线相接,被陆上锦眼中的凶光震慑,指尖颤了颤。

小兔子容易受惊,表面波澜不惊,其实心里已然瑟瑟发抖,心率飙升。

"发什么神经。"陆上锦挂了电话,把手机扔到言逸面前,"你招惹夏凭天了?他在含沙射影什么呢?"

"夏总?我没有。"言逸茫然地站立着,无处安放的兔耳朵下意识藏进发丝里。

客厅里忽然多了一种气味。

有人被允许留下来享用下午茶。

原觅扶着木梯扶手走下来,再次向陆上锦确认自己可以留下来用茶点。

言逸的目光也跟着扫了过去,原觅身材修长匀称,下巴上有颗细小俏皮的痣,金棕色的柔软短发,睫毛漂成了白色,长了一张辨识度很高的讨巧的脸。

言逸刚刚在一个APP的开屏广告里见过原觅,原觅手里拿着自己代言的护肤乳液,在一片大红的底色里笑逐颜开。

在言逸看来,陆上锦对这小演员很长情,他很喜欢看原觅的电影。三年前,原觅因为惹了惹不起的人被公司雪藏,是他帮忙,动动手指就把原觅捧红了。

陆上锦又接了一个电话,然后离开了客厅。

原觅坐在餐桌前,言逸左手搭着整洁的餐巾,礼貌躬身为原觅倒一杯红茶,在蓝莓点缀的松饼旁摆上刀叉。

"你跟着锦哥很多年了吧?"原觅托腮望着言逸,仿佛自己是这座别墅的另一个主人。

言逸礼貌一笑。

原觅在言逸面前总是高高在上，这种在镜头前受惯了泡沫追捧的小明星更会觉得自己高人一等，自信钻石般闪耀的自己在陆上锦心中的地位要胜过跟随陆上锦多年的言逸。

言逸对原觅的话置若罔闻，轻声为原觅介绍今天的 whittard 红茶。

原觅无心了解茶叶的国籍，拿起锐利的银质餐刀，刀尖立在言逸扶餐盘的手背上，很快，鲜红的血迹就浸透了白手套，在平整的刀口蔓延出一朵红花。

"你居然真的不躲，"原觅托着腮朝言逸笑笑，"和我在剧本上看到的豪门执事一模一样。"

言逸脸色如常，去换了一双新的手套，为陆上锦的茶杯也倒了一杯红茶。

原觅放肆地抓住了言逸的手，剥开他右手的手套，看见他手上的铂金指环之后，抬头朝言逸嘲讽一笑："我听说过你的事情。"

满带恶意的一笑像在言逸最脆弱的记忆上狠狠踩了一脚，他最恐惧旁人提起他的过往。人往往如此，缺什么就卑微地极度在意些什么。

当他回过神来，原觅已经捂着大腿摔在门口。陆上锦听到一声巨响，匆匆回到客厅看了一眼，客厅里沙发倾倒，人仰马翻。

那个小明星躺在八米远的地方。

陆上锦瞥了言逸一眼。

言逸倒退了两步，眼神惊惧地望向陆上锦，兔耳瑟缩地垂着，心率又不动声色地飙升到峰值，鼻尖发红，极小幅度地瑟瑟抖动，这是兔子害怕的表现。

一个眼神就能让如同惊弓之鸟的言逸双腿发软，陆上锦就是有这种能力，他的眼神比十把 UMP9 冲锋枪对言逸更有威慑力。

言逸发红的鼻尖快速抖动，不得不后退，本能地躲避伤害。

陆上锦把手机扔给言逸："你去叫救护车。"

言逸指尖发抖，险些没接住手机，手机滑到胸前，磕了他纤薄的锁骨，他顾不上痛，默默拨了一个号码，低声道："是，一个基因未觉醒未进化的普通人，可能是骨裂，也可能是骨折。"

他边打电话边看着陆上锦，异种人本就脆弱，基因细胞未觉醒的普通人更

加不堪一击，原觅痛得眼瞳涣散，虚弱地朝陆上锦伸出手。

陆上锦有些不耐烦，但也只好俯身扶起原觅，给原觅擦了擦眼泪。原觅寻求安慰般钻进陆上锦怀里，白皙的手臂紧紧搂着他的脖颈，哽咽着哀求陆上锦的保护。

一直有人说原觅没演技，顶流头衔名不副实。言逸却觉得原觅的演技好极了，假以时日定然捧满三金奖杯，他应该把这段录下来给那些人看看。

言逸无声地看着他们，电话对面的医生问起详细情况："患者情况如何？我们已经派出……"

"不用了，人死了。"言逸挂了电话，把手机放在桌上，抻平执事服领口的褶皱，缓缓上前，从陆上锦手中把呜咽的原觅接了过来，淡然礼貌道，"抱歉先生，我去处理，您去忙更重要的事。"

陆上锦的日程表安排得很满，没有多余的时间分给受伤的原觅，他把怀中脸色煞白、恋恋不舍的原觅交给言逸，低声警告："回来我们再谈。"

言逸横抱着原觅，恭敬地答应："好的，先生。"

陆上锦拿了外套，乘电梯去地下车库，空荡寂静的别墅里只剩两人。

原觅已经领教了这位兔子执事的狂暴，此时被他横抱着，几乎忘记了腿骨的剧痛，僵硬得不敢动弹，方才高傲挑衅的态度烟消云散，像一只被拔了毛的鸡，惊慌得越发不可控制。

言逸抱着原觅走出别墅，脸色冷淡，像抱着一堆返潮的旧衣物，漫不经心，且随时可能把这人扔在哪个垃圾桶里处理掉。

原觅彻底蔫了，用最后一丝薄玻璃般脆弱的底气威胁言逸："你等着，锦哥一定会惩罚你。"

言逸目不斜视，嘴角礼貌地翘着细小的弧度："那是我们之间的事。"

原觅只穿了一件堪堪遮住大腿的薄衬衫，细长白皙的双腿起了一层鸡皮疙瘩，骨裂那处青肿不堪，咬着嘴唇冷笑道："你一直赖在锦哥身边不走，你图什么？"

言逸皱了皱眉，不想与原觅废话。他颀长的身躯微微弓起，双腿微屈，像弹射的弹珠一般带着原觅跳上别墅的顶端，在空旷零星的几间房屋花园间飞快穿梭。

原觅被迫抓紧了言逸的衣领，看着忽高忽低忽远忽近的地面直犯恶心，恐惧地看着言逸表情平淡的脸。

这个异种人的基因细胞一定已经进化过，等级不明。

异种人的基因细胞进化概率极小，且只能依靠外部刺激。一旦有一个异种人的基因细胞一阶进化过，那么不论他的出身多么卑微、长相多么丑陋，都将成为精英们争夺的对象。

因为那是优秀的象征。

原觅噤了声，不敢再造次。

自己与这个暴躁的兔子异种根本没有可比性，对方有可能是一个万里挑一的精英。

"你……叫什么？"原觅试探着问。

"言逸。"他说。

原觅瞪大眼睛，难以置信地久久呆望着他。

传说中的言逸，是陆上锦最看重、最信任的心腹下属，是和他闯过无数鬼门关的生死兄弟。十年前陆上锦还在和一群亡命之徒周旋，身边只带着言逸，言逸是他最优秀的保镖。只不过后来陆上锦金盆洗手，离开了那个兵荒马乱的世界，身边也不再需要言逸。

而那位进化级别成谜、能力超群的贴身保镖居然在陆上锦家里做执事。

之后三天，陆上锦都没有回别墅，言逸收到了新任务——照顾原觅。

这是一种无言的惩罚，言逸关了手机屏幕，靠在 VIP 病房外蹲着，点了一支烟。

他把陆上锦当兄长，所以甘愿照顾对方的饮食起居，原觅算什么？

陆上锦真是够狠，拿这种手段侮辱他。

陆上锦坐在办公室的落地窗前，刚结束一场视频会议，手边的咖啡温度退

至温凉,看着助理发回的照片,言逸蹲在病房外叼着烟头。

他扬手把温凉的咖啡倒了,让助理重新煮一杯。

有电话打进来,备注"陆凛"。

陆上锦不耐烦地按了"接听"。

中年人的嗓音浑厚低沉,中气十足,开口便以质问的口气命令道:"下次我再拨这个号码,被拒接一次,你就滚出陆家,我没有你这个儿子。"

陆上锦吸了一口气,漠然听着,"嗯"了一声,说:"很忙。"

电话另一端的陆凛是来下最后通牒的——

"如果这周末我再见不到你把言逸带回来,你就不用再踏进家门。"

陆上锦揉了揉太阳穴,说:"异种人多的是,为什么一定是言逸?"

陆凛的声音变得急怒暴躁:"你若是能找到一个跟他级别同等的异种人愿为陆家效力,我就一句话都不再多说。"

陆上锦的耐心快被磨尽了,慵懒冷漠道:"他只是一只兔子,他能干什么啊?陆家的未来又不需要仰仗一个垂耳兔异种……我还有会,不说了。"

说到最后,陆凛几乎气急败坏,嘶吼声被压在了模糊的电话信号里,陆上锦打开了屏蔽器的开关,把手机扔到一边。

言逸靠在病房外很久很久,几乎靠着冰冷的墙壁睡着了,被猝然间的手机振动惊醒。

言逸木然地捧着手机,呼吸急促,心率骤然升高,普普通通的手机振动对他而言像核弹爆炸,整个人颤抖了整整三分钟才恢复了正常。

屏幕熄灭了很久,按亮后第一条信息跳到言逸眼前:"今晚回家,晚点。"

软绵绵的兔耳朵颤了颤,言逸咽了一口唾沫,冷不防像收到了法院的传票,战战兢兢地揣测简短的一条消息背后,有什么样的惩罚在等着他。

这条消息没有问候原觅的伤势,让言逸稍稍放松了些。陆上锦似乎也没多在意原觅,真心在意不是这样的。

半个小时后,言逸回到别墅,换上执事服,手背上的伤口不算很严重,比起任务途中时常出现在身上的子弹孔,只是轻柔清浅的一块小伤,他找了一片创可贴贴在手背上。其实伤口早就不流血了,但贴上创可贴让他有安全感,伤口被铠甲保护起来,碰到硬物时不会很疼。

他洗净晚餐需要的蔬菜,看了一眼石英钟,下午三点。

陆上锦说今天会晚归,言逸算了算时间,从蔬菜架里挑了一根胡萝卜,窝进沙发,挑了一张光碟看电影。

是几年前的老电影了,言逸总会拿出来重温。

电影内容很感人,他绵软的小兔耳偶尔翘起来蹭蹭眼泪,再小口啃一口甜脆的胡萝卜。

言逸吃完一整根胡萝卜,才磨蹭着从沙发上爬起来,把光碟收进隐蔽的抽屉深处,压在笔记本底下,再放心去准备晚餐。

他刚走到玄关就听见钥匙声响,陆上锦难得自己开门进来,带进来一身外边的寒气。

言逸有点紧张,把吃剩的胡萝卜梗揣进兜里,心虚地去接陆上锦递过来的外套。

陆上锦却边换鞋边从口袋里拿出一个黑色礼盒扔给言逸。

言逸捧着小礼盒不知所措,兔耳朵扬起来,企图听听里面是什么东西,他迟疑半晌,愣愣地问:"锦哥,给我的?"

陆上锦漫不经心地"嗯"了一声,往沙发上一窝:"我记得你今天生日。"

"今天生日。"言逸噎了一下。

言逸拆礼物的手几次忙乱得勾住丝带,他尽量表现得从容,陆上锦不喜欢他举止夸张。

他边拆礼物边问:"是D国新产的消音器?狙击镜?还是那个绝版的九英寸折叠铂金枪口?"

礼盒里放着一枚闪闪发亮的胸针,是亮晶晶的胡萝卜。

陆上锦懒洋洋地挑电影看,随口道:"设计师只做了这一枚,独一无二的款式。"

当然，就算是批量生产，这种奇怪的款式他们也卖不出去。

他不懂言逸的审美，也不知道这种款式有什么存在的意义，或许只能用来配给软弱的垂耳兔。

言逸把胡萝卜胸针别在漆黑的燕尾执事服上，捧着盒子由衷道："谢谢锦哥。"

陆上锦点了点头。

"那我先去做晚饭。"言逸不断低头看胸前的小胡萝卜胸针，再克制着情绪也任谁都看得出来他很开心。

陆上锦微眯起眼睛，缓缓道："去吧。"

言逸站在餐台边，洁白的围裙遮住一半执事服，他踩着小巧柔软的浅棕翻毛拖鞋，从抽屉里拿出半盒咖喱块，掰下三块浸在浓香的牛肉汤汁里，拧开一瓶椰汁倒了一点调味。

在等待烹煮的时间里，言逸翘着唇角发了一会儿呆，很快又把胸前的胡萝卜胸针摘下来，呵了一口气，用洁白的餐巾擦拭，保持钻石切面光滑洁净。

咖喱滚起了热气，蒸腾着飘向上方，言逸又把胸针摘下来，裹了一层餐巾，妥善安放进口袋里，舍不得漂亮的胡萝卜被烟雾熏染得失去光泽。

隔着厨房的玻璃门，陆上锦能看见言逸忙碌着烹饪食材。

陆上锦走近了些，隔着玻璃看他。

是从何时开始，他开始疏远言逸，他早已不记得了。

似乎从某一天开始，他不再将自己的后背交给言逸。

陆上锦不得不承认，言逸是一个极为难得的异种保镖，觊觎言逸的家族不在少数，想要他为自己的家族效力，或是想要除掉他。而陆上锦不一样，他要赶走言逸。

陆上锦接了一个电话，晚上有场聚会，他草率吃过晚饭后拿了外套和车钥匙出门。

灯红酒绿的包厢，昏暗封闭的房间里混杂着烟酒味儿，陆上锦难得和几个朋友出来忙里偷闲小聚。

一个左拥右抱的男人坐在他对面，低头啜饮身边人殷勤喂来的香槟，朝他打了个响指："陆哥，有个礼物给你，你可得好好感谢感谢我啊。"

陆上锦兴致缺乏，托腮道："什么好东西？"

男人卖了一个关子："久安市那块地皮……"

陆上锦按了按突突跳动的太阳穴，说："我打过招呼了，你直接去那边谈。"

男人吐了一个烟圈，露出满意的笑容，拍了拍手，门外进来一个身材单薄的年轻人。

那人走进来，陆上锦无意间抬眼，却倏然站起来，那人吓了一跳，瑟瑟向后缩了一步，夹紧了短软的仓鼠尾巴，清澈的大眼睛盯着陆上锦，想跑不敢跑，又试探着想留在原地。

是一个基因细胞已觉醒的仓鼠异种。

陆上锦缓缓走过去，打量着对方。

斑斓的灯光像午夜的繁星，倾洒在这个漂亮的小仓鼠身上，窗外的乌云拂散，露出藏在灰霾后的一弯明亮钩月，月芒清辉映着面前的人。

陆上锦也发自内心地感受到一种名为"欣赏"的情绪，他恳切真诚地笑了笑。

随后，陆上锦的一句话让整个包厢的人不寒而栗。

陆上锦说："把他后颈的干细胞取出来。"

苍小耳瞪大漆黑的眼睛，惶恐地退到墙角，凄厉恐怖地尖叫："不要！不要！先生！"

陆上锦的眼神中既无怜悯，也无同情，他变得有些疯狂和得意，像想到了什么绝妙的主意。

言逸打了一个喷嚏，小兔耳乱颤，最后安静下来，继续坐在病床前削苹果。

特护病房里只有两个人，原觅右腿打着石膏，战战兢兢地张开嘴，接过言逸递过来的苹果块，嚼的时候警惕地看着言逸，怕他突然情绪激动又伤害自己。

见言逸仍旧闲静地削水果，原觅大着胆子嫌弃道："锦哥手底下没人了？为什么让你来陪床？"

　　如果陆上锦的执事就是逆来顺受的温吞性格，那原觅心里也不会多忌惮，然而却是个不好惹的。

　　言逸闻言抬起头，礼貌一笑，说："我很会照顾人的，会照顾到你痊愈为止，我为之前的失控向你道歉。"

　　对方言谈举止大度得体，原觅更加没机会纠缠，气馁道："算了，反正你也只是一个执事而已。"

　　言逸不动声色地攥了攥水果刀的刀柄，道："嗯，执事而已。我为他打理家中杂务，他付给我薪水，就这样。"

　　原觅诧异地看他神态自若，于是收回了目光，捋了捋几天没洗的头发，小明星的倨傲全被没上妆也没洗的脸搅没了，索性破罐子破摔，枕着双手，靠在立起来的枕头上："他对你很好吗？"

　　言逸觉得这个问题傻透了，看来这人不仅基因细胞未觉醒，大脑细胞也不太完整。

　　言逸无聊地在橘子皮上雕刻玫瑰花，随口道："很好。"

　　原觅也不惊讶，若有所思地想了一会儿，宽容地安慰言逸："那为什么现在不好了？"

　　言逸给了原觅一个同情的眼神。

　　他觉得他们就是班上成绩倒数第二的给倒数第一的讲题，一个敢教一个敢听，糟透了。

　　原觅皱眉道："锦哥很喜欢我，你信吗？"

　　言逸倏地扬起耳朵，看着原觅，如同看着一只会讲冷笑话的鹦鹉，诡异又荒唐。

　　原觅抽出床头柜里的一本书翻看，看来这里有实习护士在准备考研，留下了一摞硕士医学著论和杂志。

　　原觅挑了一本杂志，打算翻翻里面有没有自己的照片作为插图，但里面都是一些医学论文和新研发药品的广告，只好扫兴地合上了。

　　封底有个醒目的广告。

原觅惊讶地拍了拍桌子，叫言逸过来看："你看这个，松林艾尔氮芥针剂……烷化……鸟嘌呤……呃，这字不认识算了，可引导细胞进化的高新药物。胡扯，哪有那么好的东西，这不跟蓝色小药丸的广告一样吗？我看看，举报电话……喂，请问是打假……"

言逸夺下原觅的手机按了"挂机"，抢过那本杂志反复地看，目光定格在"引导进化"几个字上。

原觅"喊"了一声，这世界弱肉强食，没有人能抵抗变强的诱惑，很可悲。

"这就是大街上贴得到处都是的小广告，你信这个，不要命了？"原觅嘲讽道。

言逸叹了一口气，说："你不懂。"

原觅翻一个白眼，说："那你去注射啊，你死了才好。"

言逸无奈地笑笑，这真是一个直白的人，嘴毒情商低，偏偏演技拔群。

病房外挤了一群娱记，等着采访身残志坚的原大明星。

原觅飞快用湿巾抹了脸，扑了一层气垫BB，再戴上帽子把没洗的头发遮住，把枕头底下的剧本拿出来放在膝头，翻到不知道哪天记的有零星几个笔记的那一页，装作入迷地勾画阅读。记者进来时，原觅抬头的弧度、侧身的角度都恰到好处，能在镜头里最完美地展现自己病美人的凋零美感，然后疲惫一笑："没关系，我很快就会赶回片场，请大家放心。"

陆上锦回到别墅时是深夜，身上满是乱七八糟的烟酒味，脸上还余留着几分酒醉的醺红。

司机送他回来时就没看见里面的光亮，以往就算时间再晚，别墅的灯都会亮着，可这次却没有。

客厅里没开灯，只有卫生间是亮的，陆上锦拉开门往里面看了一眼。有什么东西从洗手台上滚落下来，在他皮鞋边炸裂，冰凉的液体溅湿了裁剪精致的裤脚，一声玻璃炸裂的脆响在寂静的空房子里显得尖锐刺耳。

言逸无意识地躺在洗手间的地板上，眼瞳涣散，脸色和洁白的墙壁几乎成

了同一种颜色。他一动不动，身边放着一盒没贴任何标签的针剂，用完的注射器扔在不远处，他的后颈红肿不堪，脸色苍白如一具瓷人。

"言逸。"陆上锦的瞳孔骤然缩紧，弓身把言逸抱起来，冲出家门，把言逸塞进后座，拧开发动机，一脚油门疾驰而去。

言逸的身体冰凉，没有半点温度，软得像一具抽去骨头的尸体。

陆上锦打了一个电话，十分钟内，整个医院的医生全部到齐待命。凌晨三点，黑色宝马停在了医院门口，护士们动作迅速地把言逸抬上担架床，用最快的速度把他推进了手术室。

陆上锦等在手术室外，听着几个医生阐述情况，很快，陆上锦的助理也赶了过来，在大厅里跑腿办手续。

医生是一个普通人，对着冷若寒霜的陆上锦遍体生寒，双腿打着哆嗦。二阶进化的异种人散发出的压迫力巨大且凶猛，医生声音发颤，低声汇报手术室里的实时情况："患者注射了一些不明药剂，导致身体紊乱失控，情况还不明朗，我们会全力以赴，请陆先生耐心等待最终结果。"

助理办完手续匆匆赶了回来，汗还没擦净，就听见陆上锦低沉愠怒的声音响起："这是怎么回事？"

助理欲哭无泪，他能对一只垂耳兔心血来潮的诡异行为做出什么解释？

在陆上锦暴怒的边缘说"不知道"，助理还没那个胆子，他只能尽力回想言逸今天的行程，一拍额头道："今天他在原觅的病房里待了很久，现在这个时间原觅应该在休息……我明天去问问？"

陆上锦把助理扫到一边，独自上了电梯，在特护病房那一层停了下来。

原觅睡得正香，被一声踹门的巨响震醒，下一刻灯便亮了，刺得人睁不开眼睛，骤然被一只手提了起来，直接甩下了病床。

陆上锦居高临下，冷眼看着原觅。

陆上锦听了原觅的解释，并未消除怒气，而是毫不怜香惜玉地一脚踩在原觅脆弱的身上。

原觅痛得蜷缩成一团，一口瘀血卡在喉头，在陆上锦脚下无处躲藏，更加凄厉地尖声质问："他自己发疯犯傻和我有什么关系？锦哥，我哪儿错了你这么迁怒我？我是扎了他的手，可他也没吃亏啊！"

陆上锦的狂躁还未消退，冷漠着不作声。

扎了他的手？

陆上锦顿了一下，他以为言逸无故攻击原觅只是突然起意。

原觅像乞求神明的悲哀信徒般蹲到陆上锦脚下，挣扎着抓住他的一片裤脚，用痛苦哽咽的声音茫然地寻求一个答案。

"锦哥……为什么……你下手伤的是我？"

陆上锦望向窗外，渐渐地出了神。

第二章

我会死吗？

K011-5-13 13：00

乌比达亚雪山公路上,一身雪地迷彩的陆上锦在制高点掩体后擦拭怀里的莫辛纳甘狙击枪,同样的雪地迷彩涂装使整个枪身与斑驳的岩石融为一体。

他轻敲耳机,说:"言逸。"

耳机里传来攀岩的窸窣声响,言逸应了一声:"我在。"

陆上锦把传到手表里的几个暴徒的资料发给言逸,说:"对方有一个 M2 进化(Medium 2,二阶进化缩写)的电鳗异种,豺异种大多是 J1 进化(Junior 1,一阶进化缩写),我解决那条电鳗。"

异种人的基因细胞在一定刺激下有觉醒概率,觉醒后基因会表现为动物、植物等生物特性,且觉醒后再次刺激会促进细胞进化,进行更多样的能力表达。

陆上锦的基因为游隼 M2(即基因细胞二阶进化,觉醒生物特性表达为猛禽-游隼),游隼种族 J1 进化获得能力"极限视力",M2 进化获得能力"定位追踪"。

电鳗种族 J1 进化获得能力"万物绝缘",M2 进化获得能力"高压电力"。

所有异种人的基因细胞能够进行 J1 进化的概率在 10%,在此基础上 M2 进化的概率是 1%,但弱势异种发生进化需要依赖外部刺激,要求更加严格。所以弱势异种群体中连 J1 进化的都十分稀有,进化概率低,觉醒生物特性性情温顺,体型较小。因此,多方原因使上等弱势异种数量稀少。

强势异种觉醒特性表达为猛禽、猛兽、有毒植物等,攻击力强,体型健壮高大,是各类行业的支柱。而弱势异种的觉醒特性则表达为草食动物、一些脆

弱的昆虫之类，使得他们缺乏保护自己的能力，只能依靠进化级别来弥补实力的差距，他们或许会选择经过残酷的进化训练，或许选择依附更强大的异种。

"有车过来了。"耳机里传来言逸的温和嗓音。

"教授就在车上，你把她带出来我们就走。小心一点。"陆上锦将狙击枪架稳，透过瞄准镜看到远方的白雪中顾长清俊的身影。

两辆急速飞驰的GTR在公路尽头出现，巨大马力发出的嗡鸣拖着一路雪烟高速行驶，这种跑车百公里加速达到2.7秒，以最高速度在公路上狂飙，陆上锦闭上一只眼睛，全神贯注于瞄准，但很难瞄准如此高速运动的目标。

陆上锦启用了M2进化能力"定位追踪"。

狙击枪的准星像黏在了副驾驶的敌人身上，枪身角度随着跑车飞驰的加速度稳定微转，飞快拉远的位移丝毫不影响陆上锦子弹弹道的准确度。

在瞄准镜中，一道雪白身影骤然出现在公路中央，言逸穿着一身白色迷彩防弹服，双手各拿一把高射速便携的雪地精英UZI，浅灰色的短发在雪风中飘拂，高海拔区域清澈的阳光泼洒在他身上，像雕琢细腻、华美绝伦的罗马女武神雕像，暴力而美艳。

言逸双手握的雪地涂装UZI在掌心飞速翻转，插回后腰枪械带，在两辆飞驰的GTR到达面前的一瞬间按住了车前盖，恐怖的刹车声几乎震掉山顶积雪，车内的两个人直接被甩出了车窗外——

两辆超速飞驰的狂飙GTR，竟被一只小垂耳兔徒手逼停。

言逸轻轻抬手，戴露指护手的右手扳住了其中一辆车的底盘，车身与地面的角度缓缓增大，言逸微咬牙关，用力一掀，整辆跑车被甩向空中。

一个被剧烈冲撞导致昏迷的女性从车窗内坠落，刚好掉进言逸怀里，被言逸一只手抱着。

整辆跑车轰然坠地，血液渗出车窗，言逸停顿了一下，回头看了一眼。

另一辆车上，副驾驶座上的电鳗异种端着一把AK-47指着言逸，凝重地挑眉打量，吹了声口哨："把枪放下。"

还活着的豺狼异种冲出车外，数把AK-47枪口将言逸围在中心。

言逸缓缓把女教授放在地上，把两把UZI扔到地上，踢给面前的电鳗异种。

电鳗异种故意靠言逸很近——如果他有队友，想必会因为担心误伤而不敢开枪。

强大的压迫力扑面而来，不同于普通的一阶异种给予人的压迫，强大的二阶进化所给予的是一个柔弱的兔子异种根本承受不住的恐怖压迫力，他现在应该已经双腿发软，轻轻一碰就跪在地上哭泣，哀求饶他一命。

言逸却不为所动，按开护颈密闭板，一股极具压迫力的气息蔓延而出，一个柔弱的兔子异种居然试图用异化因子威胁对方的压迫因子，不免太过好笑。

只见身后一阶进化的豺狼异种脸上倏然褪去血色，夹起尾巴倒退了两步，枪口微颤，惊诧万分地望着被包围在中心无路可退的小兔子。

电鳗异种毫不留情地开了枪，没有一丁点儿征兆。

多年混迹危险边缘，刀口舐血的电鳗异种第六感很敏感。他确信，如果现在不开枪，就再也没有机会了。

对方的特性表达居然是垂耳兔A3——一个基因细胞三阶进化的垂耳兔异种。

数把枪的枪口对准言逸，爆裂的火星尽数冲击于一点，那辆高空坠毁的GTR油箱骤然爆炸，浓烈的硝烟伴随着飞扬的雪沙使视线能见度降至零。

那一瞬间，电鳗异种感到背后一冷。

言逸安然无恙，一只手抱着昏迷的女教授，出现在电鳗异种身后，在他耳边温和微笑："私自绑架基地研究员，严重违反联合生物安全条例，太平洋生物进化基地中校言逸为您送行。"

垂耳兔种族J1进化能力"高速弹跳"；

垂耳兔种族M2进化能力"流体变形"；

垂耳兔种族A3进化能力"瞬移"。

话音未落，言逸右手所持UZI抵在电鳗异种的腰眼上开了枪。

爆裂的血花随着子弹从电鳗异种体内迸射而出，电鳗异种本能反抗，全部力气都致力杀死这只危险等级高于导弹袭击的垂耳兔，一股高压电力从电鳗异种体内爆裂而出。

一声枪响，火花四溅。

陆上锦扣了扳机，背起莫辛纳甘狙击枪走出了掩体，踩着高处岩石的碎末跳下来，走到言逸身边。

电鳗异种就倒在言逸脚边，眉心有一个烧焦的弹孔。

言逸站立着发呆，左臂有一片皮肤烧焦了，刚刚被高压电击中了，没能及时躲开。

陆上锦快步走上前，说："疼吗？车上有药。"

"你怎么会躲不开？"陆上锦看着言逸的伤口有点后怕。

言逸叹了一口气，轻松道："他的能力居然和我差不多，基因融合度可能有 90% 以上？像蜘蛛网一样缠着我，我很难动弹。"

陆上锦的脸色肉眼可见变得冷冽。

言逸扶着受伤的左臂，仰起脸笑了笑，说："我们走吧。"

他们带着昏迷的女教授回去，离开前，陆上锦反常地拿 UZI 把电鳗异种的尸体打成了筛子，有一半的子弹都落在他的后颈。

昏暗的特护病房里开着一盏床头灯，言逸摸了摸因为麻药失效而隐隐作痛的后颈，发觉后颈上贴着一层纱布。他睁开眼睛，目视着的头顶有盏没亮的灯，刺鼻的消毒水味溢满鼻腔。

言逸失落地摸了摸后颈，好像没有什么感觉，可能促使进化的药确实不存在，他又犯傻了。其实他的等级已经进无可进，他已经进化到了极致，很难再有提升了。

病房的门被轻轻推开，他习惯性不去惊扰里面熟睡的人。

陆上锦站在门口，与坐在病床上裹着白色病号服的言逸视线相接。

"锦……先生。"言逸愣了一下。

陆上锦把饭盒放到言逸手边的床头柜上，说："助理买的。"

言逸受宠若惊，还没恢复健康血色的细长双手把饭盒端起来，打开后一股暖香扑鼻，是一碗虾腰小馄饨。

他感激地看了陆上锦一眼，拿起小勺子舀起一个馄饨，吹凉了小口小口地吃。

其实他更喜欢吃荠菜馅的，或者胡萝卜馅的。

他吃着吃着，渐渐抿住了嘴，大颗的眼泪滚进汤汁里。

言逸放下饭盒，吸着鼻子哽咽："我觉得药是有效的，化验单出来了吗？"

"好了。你别再自己试乱七八糟的药，好在注射剂量不多，没致命。你没必要执着于高阶基因，我最近找到了一只仓鼠异种，化验结果显示你们的融合度很高，我给你安排手术，你移植他的干细胞，把现在的换掉。"

言逸的眼睛一下子瞪大了，小兔耳翘起来。

他以为陆上锦不只是把他当保镖，他们之间或许有一些相扶相伴的手足之情，是他想多了。原来离开了战场，三阶进化的珍贵基因对陆上锦而言价值还不如一只普通的弱小的仓鼠。

言逸很不解，但作为陆上锦最忠诚的下属，他对陆上锦给他的安排向来只有一个反应——服从，无论这安排是否合理。

手术安排在下个月。

特护病房的窗口有一盆翠绿饱满的碰碰香。言逸披着白被褥，抱膝坐在窗边看着这株植物，它平时是没有味道的。言逸伸手轻轻碰了碰厚软多汁的叶片，再贴近鼻子嗅嗅，碰碰香像含羞草似的把一股清新的气味散发出来。

言逸揪下一小片多汁的叶子，放在嘴里吃，甜丝丝的，像果冻。

他在病房里待了一个星期，这盆碰碰香快被他啃秃了。

在这儿每天都会注射一次药剂，让基因细胞逐渐休眠，为下个月的更换手术做准备。

特护病房整个楼层都很安静，在不必要的情况下没有人会来打扰病房里的病人，门外数米外有脚步声，言逸竖起耳朵听了听，又垂了下来。

言逸一个人住在医院，无聊就刷刷社交APP，关注列表里躺着不少自动关注的明星，好多都打过照面，但不熟。

他想了一会儿，搜了搜原觅的名字，几千万的粉丝，发一条动态，不管有

用没用,都有几十万转发量。

看最新动态说出院了,再往前翻是一段记者采访的视频,视频里的原觅三分娇弱七分坚强,妈妈粉看了心疼流泪,事业粉看了捶胸顿足,黑粉看了都不忍生出嫉妒之心。

再翻,是原觅参加的综艺节目,几个漂亮的明星跟主持人说说笑笑,原觅偶尔说一句话,风趣幽默又得体礼貌。

言逸看着原觅,再看看自己,他像养在鱼缸里的唯一一条鱼,与外面的世界隔着一层玻璃,没有朋友,也没有什么交际圈。

被喜欢被追捧是什么感觉?

他以为自己还记得,但怎么回忆都记不起来更多。十年了,除了一些刻骨铭心的片段,再多的细节都像卵石上的糙砾,被海水冲刷着,渐渐就圆润了,消失了,就像不曾存在过。

只有言逸知道它们曾经存在,只是被时间磨没了。

言逸抬手看着手指上的指环,轻轻移开,还能看见稍微模糊了边缘的细小的英文刺青。他还记得自己收到这枚指环时的心情,那时,他开心地以为他终于拥有了生死不离的家人。

再有一个月,他的高阶基因就不再属于自己了。他疲惫地闭上眼睛,每日注射的药物让他感到有些力不从心,基因逐渐休眠,身体机能也随之削弱,让他很累很累,每天都越来越难熬,仿佛在跑步机上一刻不停地跑了几个小时,却到处都找不到一瓶矿泉水。

下午四点,护士准时推门进来给言逸注射细胞休眠药剂。

药液从后颈下缓缓推进,言逸蜷缩着身子,忍受着席卷全身的冰凉和胸腔里憋闷的恶心感。他趴在床边干呕,又吐不出什么东西,更加虚弱地窝进被窝里。

小护士同情地看着他,轻轻拍了拍他的脊背,说:"难为你了,这种药副作用就是这样,没人陪你吗?"

言逸紧闭着眼睛,说:"嗯,他很忙。"

小护士来医院实习不久，还没见过这样危险的手术准备期间没有人陪着的病人，只好安慰了他几句，临走时关上了病房的门。

言逸瑟缩在被窝里，直到晚上八点，笼罩全身的不适感都不曾减弱，他去卫生间吐了两次，整个人像从水里捞出来似的，汗水湿透了浅蓝色的病号服。

他摸索着从枕头底下拿出手机，拨了那个闭着眼睛也不会拨错的号码，等待着对方接听。

直到冷漠的嘀嘀声响了十来声，对方才接了电话，背景音是几个人在谈某个项目，陆上锦不耐烦道："我在外边，什么事？"

言逸打了个寒战，沉默着不知道说什么。

陆上锦等得更加不耐烦，说："说话。"

言逸虚弱道："没什么，我只是想提醒您注意休息和注意安全。"

陆上锦和别人说了几句话，一连交代了几件事，才转回来继续听言逸说话："还有别的事吗？"

言逸想了一会儿，刚想说没有了，对方已经挂了，翻翻通讯录，他之前还存过原觅的电话，因为前些日子他得给原觅陪护。

言逸无聊地拨过去，电话响了很久，对方无人接听。

原大明星日理万机，没空接电话很正常。

他又翻翻通讯录，除了客户就是一些大老板，没有任何一个人现在能和他说一句话。

他的头脑也越来越混沌，手机屏幕忽然亮了，有个陌生的号码闪动在来电页面。

他不知不觉地按了"接听"。

有个不算温和的男人跟他说话："你在干什么呢？"

打错了吗？声音有那么几分熟悉。

言逸分不出心思想太多，蒙头窝在被窝里，或许是太渴望有人能和他说些什么，于是轻声回应："在睡觉。"

电话另一端的男人笑了一声，说："睡觉你还说话啊？"

打错了还能跟人唠起来，言逸无奈道："不舒服。"

"不舒服？为什么？"

言逸累得不想说话，按了"挂机"。

他浑浑噩噩的时候，屏幕又亮起来，还是那个号码。

其实他不担心有人能循着定位找到他寻仇，因为至今还没有任何一个人能对他造成威胁。他歇了一会儿，又按了"接听"。

还是那道说话轻快傲气的男声，属于异种人的强硬气息快要顺着网线压迫过来："喂，你在哪儿？"

这个电话号码是自己机缘巧合辗转得到的，花了大价钱，他不会轻易放弃。

这时候，隔壁病房的呼叫器刚巧响了，被那个人敏锐地捕捉到："你在医院？哪个医院？"

言逸深吸了一口气，慵懒地回答："这个事我没法跟你解释，因为我只是一只小白兔。"

言逸翻了个身，把胳膊搭在眼睛上。

电话对面的异种人笑了半天，说："我知道。"

是一个神经病。言逸想。

一股恶心感又堵上了喉头，言逸匆匆跑去洗手间吐了一趟，回来时气若游丝，头脑也不大清醒。

通话竟然还没断。

那人明显起了疑心："你病得很重吗？"

言逸含糊地"嗯"了一声，而后又懒洋洋地追问："你还在吗？"

"在。"他回答了，声音不像刚才戏谑，凝重了些。

"这个手术……失败的话……我会死吗？"言逸轻声问。

对方沉默了一会儿，说："不会。"

言逸笑了一声，说："如果失败了，就让我消失吧。"

第二天中午，言逸被推门的"吱呀"轻响唤醒，他抬起眼皮看了看，陆上锦走进来，身后跟着拿药的护士。

"怎么样？"陆上锦问起言逸最近的身体状况。

言逸对昨天持续了十几个小时的药物副作用折磨心有余悸，裹着被褥往床角蹭了蹭，说："今天停一天药吧，再让我适应一下。"

陆上锦皱起眉道："这个手术不能大意，你忍忍。"

言逸闭了闭眼，说："好吧。"

一针药剂推进后颈，言逸脸色泛白。

陆上锦坐在病床边看着言逸，拿了一颗草莓给他，他艰难地咽下去。

大小一致、鲜红欲滴的草莓精致地排列在纸盒中，应该是新鲜采摘空运过来的，还能闻到一股清新的甜香，言逸知道这里面有一半是钱的味道。他只好用尽抵御疼痛后剩下的力气，装出一副喜欢的表情。

胃里翻涌着，像壮汉拧毛巾似的绞在一起，快拧裂了，用绞痛抵制着言逸吞咽这种冰凉带水的食物。

言逸一连吃了十来个草莓。

异种人的基因细胞中有微妙的功能差别，大致分为压迫类、安抚类等不同功能性异化因子，根据本体的心情和意图发生变化。

所释放的因子需要保持耐心宁静才能发挥效用，出于对弱小者的保护欲而自然流露，刺激身体内的感受器，产生神经冲动传入中枢，使人得到充足的安全感，起到镇痛和稳定的作用。

释放安抚因子让陆上锦感到疲惫，因为他缺少耐心。

一个凭实力站在金字塔顶端的异种人，拥有普通人望尘莫及的三阶进化顶级基因，能徒手逼停两辆GTR，徒手接住AK-47的高射速子弹，徒手破开直升机双层防弹玻璃。这么一个万里挑一的人，却年复一年地消磨着陆上锦的耐心。

陆上锦不再信任言逸。对于陆上锦来说，只是不再信任。而对于言逸来说，却是自己十年的忠诚追随变得不值一提。

陆上锦站起身，说："我下午要出一趟短差。"

他走了，空荡灰白的特护病房里又剩下了言逸一个人。

言逸在洗手间的马桶边沿趴了两个小时，才把胃里搅动的冰凉的草莓汁全部呕了出去，胃里空着舒服些。

他爬回被窝里，翻翻社交账号，无聊得把关注列表里所有不认识的人都取关了，从前不大会操作，关注了几百个乱七八糟的账号。取关了几十个以后，似乎触发了什么保护机制，每取关一个都得输入一次验证码。言逸发着呆，一个一个地输入，等他回过神来，关注列表里就剩了原觅。

原来一个人可以无聊到这种地步。

原大明星的新剧上映了，一张华丽的古装剧海报里，原觅黑衣佩双剑，一脸冷淡，和另一个长相杀伤力很强的演员同站中心位。

粉丝们号叫着截图抢热评，评论里的"啊啊啊啊啊啊啊"像发了语音一样震耳朵。

动态图里的演员低头亲吻原觅，原觅抬起一双含水的无辜的小狗似的眸子，深情款款地望着对方，有点用力过猛。

言逸也发了一条评论："演技很棒。"

十分钟后，这条评论被上千粉丝辱骂上了热评。

"现在黑粉已经隐藏得这么深了？八十八个人格是你吗？"

"内涵我们圆圆，你行你上。"

"桂圆们不要误伤，如果是新粉还请你控制一下，不要给圆圆招黑，谢谢。"

言逸："……"

原觅还在片场，边补妆边刷手机，看见自己的社交账号下有一条评论"演技很棒"，立刻眯起了眼睛，再看ID——怎么可以吃兔兔。

原觅一股无名火挤到脖颈里，压了一口胖大海强行顺下去，点开外送软件订了两斤辣兔头。

刚下完单，有个电话打进来。

确认了一下备注——夏总，是惹不起的人。

"喂喂，您好，夏总。"原觅客气微笑，拿剧本遮住嘴，到角落里轻声说话。

"你把那个医院的地址发来,钱打在你卡上了。"男人的声音倨傲且轻慢。

很快言逸收到了被拉黑并删除的私信,还三天都不能发评论。

人生中第一次有这么多人和他说话,而这种热闹非凡的状态十五分钟就夭折了,好可惜。

逗原大明星玩儿很能消磨时间,一晃六七个小时过去,言逸累得拿不住手机,窝在枕头里,等着骨髓中蔓延鼓胀的疼痛如潮水般袭来,药力发作,日复一日地折磨。

有时候他想出去走走,寂寞不是夜深人静的失眠,是偶尔想喝杯酒,翻遍了通讯录,想想还是算了。

快八点了,言逸跑了几趟洗手间,呕都呕不出任何东西,到最后连爬回床上的力气都没有,就趴在马桶沿上。

他就跪在马桶边上睡着,吐起来方便一点。

午夜十二点,病房的门轻轻打开,一个高大挺拔的身影提着一摞方盒走进来,他没去开照明大灯,而是用屏幕照亮,把床头昏暗的小台灯打开,免得惊醒里面正在休息的人。

来人屏着气息,小心翼翼靠近,看了一眼病床,是空的。他在病房里找了一圈,在洗手间里发现了蜷缩着睡在地上的言逸。

这和印象里那个一只手提着黑色头盔,另一只手举着一把沙漠之鹰指着他脑门的垂耳兔判若两人,现在的言逸虚弱得像一只残翅的蝴蝶,即将僵死在寒冬的第一场北风中。

不安稳的昏睡中,言逸感觉自己被人轻轻扶了起来,病房里弥漫着一股花香,像是满天星。

言逸睡到中午,被端药进来的护士唤醒,枕边放着一摞不知谁留下的纸盒。

他拆开看了看,三盒进口的提摩西干草。

护士边吸药边问:"谁送的茶叶?"

言逸也记不清,窗户大开着,仅有的能判断到访者身份的信息也在他醒来

前全部散尽了。

他说:"不是茶叶。"

护士好奇道:"那是什么?"

言逸拿了一小把干草放进嘴里,香气扑鼻有嚼劲,忍不住又吃了一把。

"是兔粮。"

这成了他未来几天里唯一吃得下、不会吐出来的主食。

但他不敢去探寻,也抗拒知道盒子上沾染的淡淡的满天星气味属于谁,他本能地恐惧来自陌生人的善意。

陆上锦回来以后,言逸的状态有所好转,逐渐适应了这种药剂的副作用,可以接回家等待手术了。

言逸坐在副驾驶座上,看着窗外飞速后退的绿化带,车开向了不熟悉的方向,言逸忽然惊醒,诧异地问:"不回别墅吗?"

陆上锦仍旧直视前方,等红绿灯的时候,修长的指尖轻轻敲着方向盘的真皮护套。

"去我家,陆凛要我带你回去看看。"

出差期间,陆凛又打国际长途催促了一次,陆上锦不胜其烦。

言逸永远微微翘着的嘴角变得无比僵硬,鼻尖小幅度抖动,克制不住地跺脚。

"不,我不去。"

他颤抖地扶着自己的左手,把手藏到背后,缩进衣袖里,手心里汗涔涔的冰凉,恐惧地扶着后颈。

陆上锦知道言逸对陆凛很抗拒,自己也一样,但这次不得不回去一趟,陆凛催得太急,如果一直不带言逸去见他,让他安心,恐怕他会提前擅自对言逸下手。

黑色宝马驶入长惠市郊区松林卵石路,数年前开发出的一片贵族疗养住宅,雪白栅栏围护的花园生长着大片的郁金香,簇拥着花园中心的陆家府邸。

被动式超低能耗建筑,装配整体式高性能外挂墙体,使室内恒温宜人。

言逸焦虑地抱着双膝,窝在副驾驶座上,瘦弱的身体挤在角落,松林入眼，他却只能看见松果上蒙的一层灰尘，欧风白色栅栏装饰上细小的蜘蛛网状裂纹，还有会车时对方车辆挡风玻璃上不小心落的一根松针。

静谧的世界里所有的不和谐在言逸眼中无限放大，他焦虑地急促呼吸，不断攥着自己的左手，左手在隐隐作痛，越接近那座熟悉的宅邸，胸闷的压抑感就更加强烈。

陆上锦没有注意到言逸的反常。

言逸小心地从口袋里拿出一小把提摩西干草，一根一根地吃，就剩一口袋了，要省着点。

这种干草上沾染的清淡气味让他勉强镇定。

陆上锦恰好朝右瞥了一眼，说："你吃什么呢？"

言逸一愣，如实回答："提摩西干草，一种兔……零食。"他心里惧怕，思考着若是陆上锦追问起来历该怎么回答。

陆上锦挑了挑眉，说："你喜欢吃这个？"

言逸点点头，道："还行。"

车停在宅院外，一团巨大的金棕色的东西朝着这边冲过来，拴在小花园里的金色长毛藏獒猛扑而出，吼叫声震天动地，言逸整个儿吓得凝固住，下意识抓住了陆上锦的衣服。

他本就焦虑，又极其容易被惊吓，他唯一能用来自保的三阶进化基因细胞已经处在完全休眠状态，他现在甚至还比不上一个普通人。

陆上锦微蹙着眉道："它不咬你。"

陆上锦领他进门，漫不经心地笑了一声，说："你是和原觅学的装可怜？从前你当我保镖的时候可没这么胆小。"

言逸咬了咬嘴唇，意外地反驳道："从前我的基因细胞没有休眠，你嫌我弱就不要换了。"

脱口而出的驳斥让言逸随即反悔，他懊恼地看向别处，失控焦虑暴躁的状态让他口无遮拦，这是他从没有过的失态，仿佛被填满蛋糊烤在了锡纸盘里，有一股气在膨胀，胀得他浑身发疼。

陆上锦略显惊讶地看了他一眼，耐心道："以后我会帮你，换干细胞这事跟我爸不要提，听到了吗？"

陆上锦独自走进陆宅。言逸把手缩进衣袖，默默上了台阶，失落地跟在他身后。

一位戴着金边花镜的中年人躺在落地窗前的藤椅上喝茶，他听见玄关处的走路声靠近时，顾不上摆一家之主的谱，主动站起来，微笑着让言逸进来坐。

一个一阶进化的异种人，基因表达为游隼J1，身上自然流露出的压迫力并不沉重，但言逸失去了三阶基因的支撑，面对两个猛禽异种时双腿都在发抖。

在物种食物链上，兔子是最底端的种族。

言逸走神的工夫，陆凛开口要陆上锦去茶室，把他给言逸准备的零花钱拿过来。

陆上锦并不想让言逸和陆凛独处，可陆凛的态度却不容置疑，为了不引起怀疑，陆上锦快步去了茶室。

言逸有些慌乱，正要追着陆上锦的脚步一起跟过去，便被陆凛开口叫住，只得硬邦邦地坐回原位。

陆凛捧茶坐在言逸对面，把果盘往言逸面前一推，说："言言吃水果，不用客气。"

言逸指尖发抖，拿了一个苹果捧在手上，垂着眼睑不敢与陆凛对视。

陆凛释放了一部分安抚因子，摸了摸言逸的头发，说："这么多年了，你怎么还会这么怕。"

来自恐惧源的安抚根本不能起到镇定作用，言逸把左手藏到背后，小声回答："我……我……"

陆凛淡淡一笑，说："你是怪叔叔曾经对你的训练太严厉了？吃得苦中苦，方为人上人，三阶进化就是你努力的回报。"

言逸勉强点头。

陆凛看到言逸手上的指环还在，欣慰地点了点头，靠回椅背："你也年纪不小了，对未来有什么规划吗？"

陆凛格外看重言逸的 A3 基因细胞，自从三年前那件事后，他便与言逸失去了联系，如今各大家族能人辈出，他必须找机会让这个 A3 异种重新为自己效力，此外，也得提防着言逸投靠其他家族。

两人对面无言，心中各怀心思。

在餐厅忙碌的仆人把切块的西瓜和纯净水放进自动榨汁机，打开了开关。

榨汁机的嗡鸣声传进言逸灵敏的兔耳中，脸上瞬间褪去了血色，言逸发出一声失控的呜咽，陆凛顺势扶了他一把，衣袖中滑出一支电池大小的芯片注射枪，趁机按在言逸侧腰，将一枚追踪控制器打了进去。

注射枪的针口带有迅速麻醉功能，言逸又太过紧张，并没感知到异常，他迅速挣开陆凛的手，慌忙逃窜到楼上的卧室去了。

陆凛叹了一口气，自己削了一个苹果。兔子终究是兔子，一种无比脆弱的生物，无论多么高级的进化基因都无可救药，无非是一些促进进化的训练而已，他有这个天赋，再严苛也是为他好啊。

他忽然露出淡淡的笑意，将微型注射枪扔进口袋。既然小锦不愿放弃这只兔子异种，他有的是手段让他们分崩离析。

楼上有几间宽敞明亮的卧室，言逸循着童年的记忆闯进最深处的一间小储藏室，储藏室里放着洗净的床单枕被，狭小而幽暗，却是陪伴幼小的垂耳兔最久的小窝。

放着樟脑丸的被橱里还有言逸小时候给自己搭的窝，这座大房子像一个监狱，只有这个软乎暖和的小窝才属于自己。

言逸惊慌地钻进去，蜷成小小一团，把被橱的门合上，一个人在黑暗中瑟瑟发抖，把左手放在唇边舔舔，确认自己安然无恙，才默默侧缩着安静下来。不知道为什么，他感到腹部有些不适，但又并不明显。

陆上锦换完便服，特意给助理打了一个电话。

"你去买一种叫提摩西干草的零食，像茶叶，D 国品牌。"

助理一头问号。

陆凛在会客室等他，见他坐到对面，推了一杯工夫茶给他。

"他人呢？"陆上锦舒展长腿交搭在地毯上，枕着一只手，垂眼看看助理发来的下午的行程。

陆凛缓缓道："楼上，大概是累着了，你们今晚就住这儿，我特意让他们收拾了房间。"

陆上锦敷衍地道："我下午有事，等会儿就走。"

陆凛严肃拒绝："不行。关系到陆家的未来，不可忽视。"

陆上锦收了手机，用略带凌厉的眼神与陆凛对视："陆家的未来跟他一只兔子有什么关系？"

陆凛云淡风轻道："怎么跟他没关系？"

陆上锦喝了一口茶，说："你别胡说八道了。"

陆凛阴郁了脸色，说："别的大家族也会抓进化过的异种人回去进行改造，有的是法子让他们死心塌地忠诚，相比之下言逸幸福得多。"

"没必要。"陆上锦低头看文件去了。

言逸缩在被橱里，本能驱使他扯来绵软的东西给自己搭窝，然后趴进里面半睡半醒地休息。

手机屏幕忽然亮了，在伸手不见五指的被橱里极其刺眼，言逸在铃声还没响起的一瞬间按了"接听"。

"身体好些了吗？"还是那个打错电话的人，"我给你的礼物，提摩西干草，还吃得惯吧？"

"谢谢……下次不用了。以后你别再打来了。"言逸面无表情地拒绝道。

他应该按"挂断"的。三阶进化基因细胞是所有人都想抢夺的珍贵资源，所以本能不允许他在虚弱的时候和陌生人接触。

漆黑狭小的被橱如同一方小小的庇护所，把危险和吵闹的噪声隔离在这一角寂静的世界之外。言逸趴在羽绒被铺的小窝里，默默听着电话那头的话痨没话找话。

"你要做什么手术？"他一直挺关心这个事。

言逸不肯说。

"你现在在哪儿？"他追问道。

言逸小声回答："被橱里。"

他好像听见对方摔了什么东西，朝听筒以外的方向说了一声脏话，喘气声明显比刚刚更加粗重："你的家人呢？没有人照顾你吗？"

言逸缩成更小一团，软软的兔耳朵被震得卷成奶油芝士卷："你好大声。"

他一愣，压低了声音。

他纳闷地问："你身边有人吗？之前那么难受都没人管，还是我长途跋涉……给你送零食。"

言逸侧躺在窝里，嗓音慵懒微哑："你不要再打来了，我的家人对我很好。没有人照顾我，只是因为他工作很忙。"

话音未落，被橱门被猛然拉开，刺眼的光亮激得言逸的兔耳朵直立，抬起手臂遮在眼前，手机掉进角落，还没挂断。

陆上锦居高临下看着言逸，说："你怎么躲在这儿？刚刚医院那边通知，排在你前面的人临时转院，明天就可以进行手术，你跟我回去准备一下。"

言逸的眼睛还没适应外面的光线，眯成一条缝看着陆上锦，说："我不做了……过一阵子再做吧。"他的身体有种说不出来的难受。

此时，言逸并不知道，注入自己身体内的控制器正在连接他的血管，读取他的体征数据，让他隐隐作痛。

"你又作什么？"陆上锦对于他今天三番两次的忤逆感到不快，抓住他的手腕，把他整个人粗鲁地拖出被橱，扔在脚下。

虚弱的兔子变得富有攻击性，易怒且暴躁，言逸也被这充满威胁性的动作激怒了，反手抓住陆上锦的小臂。

他原本的实力足够把任何威胁驱逐到数米外，可身体被连续注入休眠药物，变得一点力气都没有，软弱得像扒在陆上锦衣袖上的藤蔓，轻轻一碰就能

断裂成两截。

他只好蜷缩进墙角,警惕地盯着陆上锦:"我不做手术,你别过来。"

陆上锦强迫地抓住言逸的手臂,把他拽起来往外拖:"你给我过来。"

言逸拼命挣扎,想把手从铁钳似的束缚里拔出来,他就是一只被游隼抓在利爪中的小兔子,根本毫无还手之力,只能绝望地等待着被啄食、被撕碎,血淋淋的骨架抛尸荒野,再被蚂蚁蛀成一具雪白的标本。

"离我远点!"言逸瞪着通红的眼睛嘶吼,一脚踹在陆上锦的小腿上。

就算是小白兔,蓄力蹬鹰的一脚也并非毫无杀伤力。陆上锦的小腿猛地一痛,这一脚成了倒进浓硫酸里的水滴,让陆上锦整个人瞬间炸了,一把拎起言逸,提着走出宅门,扔出了台阶外。

"手术爱做不做,滚。"

被遗忘在被橱里的手机仍旧亮着,电话另一端的人听着里面嘈杂的火药味和浓重的争吵声渐渐远了。

他攥着手机的手暴起青筋,听着对面实力悬殊的对峙争吵,那只小兔子太虚弱,这场争吵完全成了一场单方面的欺凌。

陆上锦坐进车里,熟练且不耐烦地倒车转向,车尾扬起一路尘烟,把无助地坐在卵石路上的言逸抛在后视镜里,渐渐没了影子。

这不知好歹的兔子让陆上锦气血上涌,差点气死。

他紧攥着方向盘,头脑里混乱地浮现曾经的记忆。

第三章
那是你该做的

K016-2-14 23：00

克尔迪维亚篝火小镇，燃烧的松木炸开飞跃的火星，顺着漆黑夜空飘忽而上。

言逸走在空有回响的窄巷深处，风衣衣摆随风扬起，他拎着一把已经枪口过热的590M，按着左下腹的枪伤，跨过几具被霰弹打成筛子的尸体，黑亮的绑带高筒陆战靴底沾上黏稠血液，像踩了饭黏子一般走在地上一黏、一黏。

言逸路过一家花店，老板是一个普通中年人，紧紧抱着自己的孩子瑟缩在墙角，双手发抖，把收银机里所有的钞票硬币都倒在言逸脚边，跪在地上颤声哀求："不要……不要开枪……钱……钱都给你……"

花店老板捂住孩子的眼睛，颤颤抬头乞求言逸，俊美的青年风衣内穿着一身漆黑执事服，身材颀长、腰身纤细，浅灰色的柔软发丝里两只软绵绵的兔耳朵轻轻动了动，他掸落落在耳尖上的雪花。

刚刚就是这个异种人，在小巷尽头与十辆吉普里的J1进化的鬣狗异种猎人对峙，只拿一把涂装的590M霰弹枪，对方有十几个强大迅猛的异种猎人，而至今，只有他一个人活着走出巷口。

言逸弯腰从柜台花桶中折了一枝玫瑰，小心地摘去遏止玫瑰提前盛开的白色丝网，沾满血迹的手因为失血和疲劳显得极为苍白。

他把玫瑰插在胸前的口袋里。

言逸摸了摸后颈，后颈上箍着严丝合缝的黑钢护颈，是为了避免战斗时伤到最脆弱的要害，也能遮住他的后颈。

路口有盏路灯不亮了，阴影底下停着一辆银灰色保时捷，言逸俯身敲了敲车窗，说："先生，我做完了。"

陆上锦睁开眼睛，推开车门，把言逸推到车门上，上下检视。

言逸一只手挎着霰弹枪的皮带，轻声邀功："先生，这次任务很顺利。"

他奢望着这些能让陆上锦更加信任自己。

陆上锦无动于衷："那是你该做的。"

陆上锦的手毫不顾忌地放在言逸侧腰的枪伤处，用力抓紧，言逸不得不咬紧牙关忍受着他赐予的剧痛。

在陆上锦眼里，言逸是他无所不能的保镖。

在言逸眼里，他每一次的任务都是九死一生，而陆上锦的信任则是他心里苦涩的遗愿，忠心又沉默地跟随着陆上锦，想重获陆上锦的信任与欣赏，弥补自己的过失。

言逸无力地扶着车门，不敢挣扎，细密的疼痛无时无刻不提醒着言逸，就在一周前，他和陆上锦解除了雇佣关系，陆上锦把他清出了住了那么久的别墅，他知道是自己的错。

陆上锦脱离了枪林弹雨的生活，不再需要保镖，更加不需要一个柔弱的垂耳兔异种人保护自己。

周期感染到来时，言逸根本无法纾解，他忍耐着头痛，压制剂和止痛药注射后剩下的包装外壳扔了满地，他还是痛得难受至极。

他终于抵不住周期感染的折磨，违背了陆上锦之前交代他的"周期感染期间禁止接触陌生人"的原则，穿上大衣，戴上棉帽，用宽大蓬松的围巾挡住了半张脸，偷偷走进一家按摩院，找了一位按摩师。

言逸只脱了外套，里面穿着柔软乖巧的家居针织衫，趴到按摩床上，板着脸要求："不用脱衣服，就按摩，按摩后颈。"

当言逸舒舒服服在按摩院度过周期感染，回到家时，陆上锦坐在沙发上等着他，用审判的语气质问："昨晚你去哪儿了？"

言逸张了张嘴，怕说了实话让陆上锦生气，只好随便编了一个理由企图搪塞过去。

陆上锦却把一张照片摔到言逸脚边，把他扔出门外。

时至今日，言逸又一次被拎着扔出了门外。

他的钱夹里还有一张银行卡，是在陆上锦身边工作时攒下来的。合作解除以后，他成了陆上锦的一个普通员工，领着固定的月薪。

他得给自己找一个能休息的暖和住处，于是他呆呆地离开了陆宅花园。

他找了一家不起眼的小旅店，问了问价钱，住一晚七十元，还住得起。

有时候其实言逸也觉得不公平，同样是为陆上锦工作，为什么别人就能得到丰厚的报酬，只有他，什么都得不到。

这种无名的街头旅店监管不严，给钱就能住，不需要登记身份证。他只能选择这种地方住，身份证上等级那一栏，用紫色的高贵醒目字体标着"垂耳兔A3"。

普通人对基因已觉醒的异种人的态度是羡慕和欣赏，像班主任总会给好学生一些赞许和特权一样，大多数人对J1进化的异种人态度是毕恭毕敬，高看一眼，可能人家天生的进化程度就是普通人无法企及的高度，前途无量。

如果见到了一个M2进化的异种人，必然不敢轻易得罪，二阶进化的异种人，很大概率背后都有一个大家族为他运作提供资源。因为二阶进化需要足够的稀有基因催化激发，不排除有人得天独厚，自然而然出现了自然进化，但大部分J1进化都需要尝试上百上千种稀有基因人工激发，才能成为金字塔顶端1%的天之骄子。

而A3进化的异种人一旦出现，人们先想到的绝对不是崇敬羡慕，而是蜂拥而至围观，像发现活体恐龙现世一样惊恐又好奇，拍照上传网络。第二天全世界都会知道，在某国某省市，出现了稀有A3异种人。

至今也只有少数几个记录在密案中的精英特工级别达到了A3。

国家对异种人隐私保护的政策还不够完善，等级就直接印在身份证上，异种猎人应运而生，为各大家族势力寻找高等级的异种人，绑架或是移植。

很少会有人在发现高级异种人的时候选择移植他们的干细胞，融合度是个问题，接受移植的异种人能不能承受如此强大的基因也是个问题。为了避免意外，大家族会选择更保险的方式——囚禁异种人成为克隆机器。

今年天气反常，四月份仍在倒春寒。小旅店里没有地暖，言逸把软和的棉被和枕头堆成一圈小窝，把电暖器拖过来，暖烘烘地烤着后背。

他临走的时候没忘记把手机从被橱里拿出来，万一陆上锦找他，他还是可以接到电话的。

他漫无目的地翻手机，在各个手机软件之间来回切换，明明没什么想刷的，似乎困了，却又放不下，潜意识里等一个安心入睡的理由。

他翻了翻短信，给陆上锦的备注是全名。

从前备注的是"锦哥"，忘了是哪一天改掉了。

怎么会变成现在这样，明明以为可以一辈子跟随他，为什么就这么风平浪静地被打翻了？

他能对陆上锦的嚣张行事和冷暴力一忍再忍，不过是贪恋着从前的温暖，陆上锦变了，不再是那个悉心照顾他的小小少年，也不再是那个领他走出深渊的锦哥。

他发着呆，拨通了陆上锦的号码，对方接电话的速度比想象的快。

"言逸。"陆上锦的冷漠语气中蕴含着恼怒，"在我用进化能力找到你之前，回来，不然你就永远别回来。"

游隼 M2 的进化能力"定位追踪"，不论他逃到天涯海角，陆上锦都能把他抓回来。

言逸捧着电话，抱着膝蜷缩成一团，颤抖的睫毛挂上水滴，嗓音因为过于悲伤而变了调。

"锦哥……为什么……你为什么不信任我了？"他多少年都没哭过，示弱至此，实在是因为熬不住了。

"如果是因为我周期感染期间去了按摩院，我给你道歉，我错了，我不该让你担心……这么久了，你还没消气吗？"他的声音有一半被掩在哭腔里，抱膝坐在自己搭的小窝里，把脸埋在臂弯里，仿佛回到幼儿园的小孩子，算不出

2+5等于几，又急又害怕，号啕大哭，"除了那一次，我从没欺骗过你，请你相信我。"

对方沉默了几秒，刚要开口，身边传来助理的提醒："先生，是夏总的电话。"

他和言逸的通话便结束了。

陆上锦不耐烦地接了助理递来的电话，逼迫自己用尽量平静的语气道："凭天。"

"你最近是不是看中了一个仓鼠异种？"夏凭天问。

"是啊。"陆上锦冷淡地回答，"你能打听垂耳兔异种，我为什么不能看上仓鼠异种？"

"陆哥你真会开玩笑，我哪敢打听垂耳兔啊。"夏凭天打了个哈哈，还没意识到问题的严重性。

"那只仓鼠的基因与言逸匹配度很高，我打算换给言逸。"陆上锦说。

夏总笑道："哟，真的假的，你确定要让他移植吗？他好歹追随你那么多年，忠心耿耿。当年在部队，锐哥还得叫他一声队长呢，要是锐哥听说你干这事，恐怕要数落你。"

陆上锦吸了一口气，说："让他数落吧，你还有别的事儿没？"

对方"啧"了一声，说："得了，我才不管这闲事呢。"

言逸默默趴在枕被堆的窝里，不敢关灯，又怕亮，只好把兔耳朵遮在眼睛上。他的身体出了些故障，让他越来越虚弱。

有电话打进来。

他吓了一跳，扶着惊惧跳动的心脏愣了半晌才按了"接听"。他承认，他抱着一线希望去听对方会说什么，希冀着对方有一点点被打动。

陆上锦毫无波澜的声线让言逸心里越发泛凉。

"我最后问你一遍，手术还做不做？"

言逸抠着枕头的拉链说："现在真的不能做……明年……明年一定做。"

陆上锦轻哼了一声，说："为什么？"

言逸犹豫着回答，却又担心自己的回答会触怒陆上锦。陆上锦在言逸心中的公信力已经降低到及格线以下，他渐渐开始怀疑，换了基因细胞以后是否能得到陆上锦的保护。

陆上锦咬了咬牙，说："随你便，你想怎样都行。"

临近晚上十点，透过落地窗望出去，密集的乌云从西北边挨挨挤挤地涌过来，密不透风地吞了半片天空，吐不出半丝光亮。

餐桌上胡乱扔着外卖盒子，或许是送餐地址有些令人敬畏，连索要好评的爱心贴纸都战战兢兢地贴得很端正。

这座别墅里，除了园丁和来接送陆上锦的司机，没有保洁阿姨，没有厨师，也没有任何能照顾陆上锦饮食起居的仆人，这一切都是言逸的工作。他们解除雇佣关系之后，言逸再次出现在他面前，手里拿着一张简历，要应聘这座别墅的执事。

陆上锦等待着电话另一端的回应，他跷腿靠在沙发上，皮鞋偶尔不耐烦地点点地面。

离家出走，小兔子长本事了。

电话那头沉默了很久，陆上锦现在不忙，可以多一些耐心。

沙发边的地板上摞着三十盒提摩西干草的包装盒，他之前叫不出这种草的名字，但听助理说这是从宠物商店买来的兔粮。

他每次看到言逸，想到言逸身上血肉相连的 A3 基因，就无法忍耐心里的排斥，残忍地想要言逸滚出自己的世界。

陆上锦知道，事情会走到今天这个无法收拾的地步，都是陆凛的错，不是言逸的错。陆凛就是一个彻头彻尾的变态，拥有整个随时能为他吸血的游隼家族，是他的恐怖手段彻底摧毁了他和言逸。

他们之间的信任消失了，只是消失了而已。

是陆凛在已经风雨飘摇的纤细栈桥的中央开了一枪，亲手切断了所有的可能。

从那以后，陆上锦下意识把排斥言逸当成了反抗陆凛的要挟筹码，无辜的垂耳兔成了这段畸形不堪的父子关系的陪葬品，而他毫不自知。

陆上锦叹了一口气，碾灭了抽至最后一口的烟蒂。

"你回来，把手术做了，听话。"

电话里的声音有些虚弱："锦哥，我不想做手术了。"

烟灰缸被陆上锦猛然打翻在地上，丝丝落落的烟灰沾在西裤一角，随着一声炸裂的响声，陆上锦的耐心彻底消耗殆尽，对着听筒怒道："行，言逸，你就别回来，我看你能在外边撑几天。"

他按了"挂断"，把手机狠狠往外一砸，把摞得整整齐齐的兔粮盒子砸得七零八落，草屑凌乱地撒在地板上，因为被追捧惯了，忍受忤逆的耐心就少了。

言逸是很期待换上一个能让陆上锦满意的基因细胞，可是为什么对方对他的牺牲那么理所应当？三阶进化的基因不是天生的，他为此付出过许多痛苦血腥的代价，连他都心疼自己。

言逸用木愣无神的双眼看着自己修长苍白的左手。

陆凛按着这只手放进高速运转的榨汁机里的时候，他很清醒，飞转的刀片实在太过锋利，以至于几秒后他才感觉到疼。

那是一种怎样的疼啊，疼到他根本不敢记得。他在陆凛的金边眼镜镜片上看到了自己，表情扭曲得自己都认不出来那是他。

陆凛希望他的三阶进化能力是"肢体再生"，于是给他注射了大量蜥蜴的基因，惨烈的引导训练却只让他进化出了"瞬移"。

他是被作为陆家的尖端兵器培养的众多战士之一，但只有他成了独一无二的精英。在他经受最痛苦严苛的进化引导时，陆上锦大概在上学。他听过陆上锦在琴房弹钢琴，他还记得旋律，《克罗地亚狂想曲》，热烈浪漫的曲调像一条把他拖出泥泞沼泽的救命绳索。

他就是不愿意承认，陆上锦和陆凛其实都不是什么好东西。

曾经他的愿望是能安安静静地坐在小板凳上，听陆上锦弹一支曲子，每个生日他许的都是同一个愿望。

但愿望说出来就不灵了，从前他不想说，现在不敢说。

屏幕忽然亮起来，那个号码又打过来，言逸垂眼接了。

"你还难受吗？"他知道言逸身体不好，却一如既往地关注言逸，"你在哪儿？给我一个地址，我去找你。"

面对这个陌生的关注者，言逸不觉得受宠若惊，只感到无暇应付更加疲惫。

言逸盘腿靠在床头，怀里抱着一个软枕头，叹了一口气，无奈地拿出几分精力正视这个电话，直言不讳地问："你几岁了？"

那人显然被问了个措手不及，迟疑着瞒报了一个数："二……二十四。"

言逸又问："叫什么名字？"

那人被盘查起户口本，竟没有一丝不悦，反倒兴奋地回答："夏镜天。"全然没了故作稳重成熟的低沉腔调。

言逸笑了一声，说："小孩儿。"

"夏镜天。"言逸心不在焉地低语，重复他的名字。

久安鸿叶的老总名叫夏凭天，前些日子他还给陆上锦查过一个号码，但不是这个号码，或许是重名，或许是这位少爷上了心故意为之。

但他习惯性不去探寻这些人的身份，因为陆上锦不喜欢他融入这些贵族人的圈子。

起初，陆上锦关心他，怕他被其他家族的异种猎人盯上。于是他待在别墅里，拿惯了枪的一双手开始摆弄起奶油和裱花袋，身上火辣刺激的弹药气味被浸润得香甜柔软。

在小兔子放下屠刀之后，陆上锦却变了。言逸理解他，自己不过是一个杀人机器罢了。

电话里的那位少爷忽然匆忙起来，声音忽高忽低："哎，下雨了，我没开车，我今天下午刚落地。"

言逸的房间在二楼，窗外确实掉了细密冰凉的雨点，底下的窄路尽头传来踩地的急促声响，有个二十来岁的人边打电话边寻找躲雨的地方。

是他。

言逸的记性很好，见过一面的人都能记得很清楚，他在加油站里，用沙漠之鹰顶了那个狮子异种的脑门儿。

他居然找上门来了。

仔细想来，他的容貌的确有些熟悉，与夏总的眉眼如出一辙。

最初出现在言逸脑海里的念头是这个人不是恰好经过，他一定调查了自己的行踪和身份，现在仓皇经过他住的窗口定然是有意为之，因为他确定不了自己住在什么地方，但言逸还是穿上裤子拖鞋，拿了钥匙下了楼。

因为雨中顶着几张健身房的宣传单遮雨的小孩儿实在狼狈，电话里又缠磨个没完。

夏镜天举着宣传单遮雨，四处张望着还有没有在营业的店铺能进去避一避，心里却想着，自己在家里舒舒服服泡澡打游戏多好，只是听见了电话里面陆上锦粗暴地把小兔子赶出了家门，便订了一张当晚的机票。

他快步走着，前面十米远处走出来一个身材单薄、只穿了一件纤薄的米色羊毛衫的人，浅灰的发丝里垂着两条无精打采的小兔耳朵，缓缓抬头看了看天，被滴在脸颊的冷雨惊了惊，小兔耳甩动了一下，把雨滴掸了下去。

他的脚步渐渐慢下来，停在了距言逸两米外的路灯下。

言逸听见声响，转过头看他，呆萌的小兔耳朵茫然地动了动。

言逸瘦削得下巴都尖了，本就纤细的身体在细软的米色羊毛衫包裹下显得更细瘦，在医院待的那些天被折磨得憔悴虚弱。一个身体虚弱的兔子异种，竟然还被赶出了家门。

路灯下，言逸的脸色是苍白的，眼睛里只有路灯照映出的忽明忽暗的光影，不再是骑在北欧女神上潇洒地脱了头盔的嚣张小兔子了，眼底有种无家可归的凄凉。

夏镜天回了神，匆匆走过去，脱下外套递给言逸。

夏镜天穿着一件宽松的白T恤，把胸前的狮子文身遮挡得严严实实，像校园里指尖转着篮球耍帅的少年，周围会围满给少年欢呼喝彩的女孩，为他每一次潇洒的投篮而沉迷心醉。

"上去吧。"言逸不动声色地退开一步，没接他递过来的外套。

他随着言逸进了这个促狭得只有一张床和一个卫生间的小住所，他倒是不嫌弃，只是觉得太委屈言逸了。

言逸喘了口气歇歇，去拿电水壶烧水。

"你没吃饭吧？这儿只有方便面，我给你泡一盒。"言逸拿了盒折叠桌上的泡面，拆了包装。

言逸苍白细长的手指扒泡面盒的塑料膜都感到吃力，撕了好一会儿才撕开一条缝。

"我来我来。"夏镜天抢先过来把泡面盒子撕开，然后抢过电水壶，跑去接水，嫌弃地嘟囔，"这个干净吗？"

随后就传来伴着水流的刷洗声。

小少爷十指不沾阳春水，干起活儿来看似利落，拿着灌满水的电水壶回来，插上电源仔细研究怎么操作。

言逸抱着枕头，盘膝坐在床边看着他忙来忙去，偶尔笑道："平时不干活吧，小孩儿？"

夏镜天终于找到了开关按了下去，有点懊恼地看他，看了一会儿，又傻呵呵地笑了，笑完又懊恼自己傻。

"哥，我听说你是PBB前特工？"

言逸眼神一凛，疏离冰冷地看向他："你听谁说的？"

"我听我哥说的。"夏镜天向后仰去，双手撑着床沿，畅想道，"我也想去PBB当特工，我哥死活不同意，我就来找你了。"

PBB，是太平洋生物分化基地缩写，由顾远之任职总指挥，为世界维和部队。言逸曾为PBB首席特工，编号PBB000002，只不过近些年来，风向有所变化，陆凛掌控着军方资料，翻手为云，覆手为雨。不过言逸早就撤身退役，无法再关注到内部情报。

"当特工很苦的。"言逸埋头吃面，懒懒敷衍。

K019-4-18 09：00

纳西干公海海域，一艘豪华游轮在此地驻留已有两天。

远空出现一个黑点，涂装游隼家徽的直升机逐渐靠近，随着巨大的螺旋桨轰鸣声降落在甲板，一股气流冲面而来，甲板上聚着的三三两两的贵族不禁扶住了帽檐。

仆人搬来垫着虎皮的脚梯，陆上锦缓缓走下直升机，披在肩头的墨狐大衣下，一身裁剪修身的黑色西服，他摘了护目的墨镜，随手扔给身边跟着的人。

他露出一双冷淡的、仿佛永远对任何东西都怀着仇恨和无视的眼睛，深不见底。

底下站成一排的黑衣保镖整齐点头，叫了一声"陆少"。

陆上锦目不斜视，朝甲板上在阳伞下喝茶的中年人走去，微微躬身对长辈叫了声："叔叔。"

中年人五十来岁，正悠哉地听着收音机里悠扬的戏曲，右手却握笔在一本英文著作上勾画注解，热情地跟陆上锦打了声招呼："小锦，我还以为你不来了，哈哈。"

他寒暄的时候手却没有停，仍在书页上勾了几笔，整齐地写出一串英文，随后夹了书签合起来放在一边，热情地笑道："快坐。"

陆决是一个一阶进化的蜘蛛异种人，J1进化能力"分心控制"。

原觅匆匆接住陆上锦扔来的护目镜，自己跟了陆上锦三年，平日里被招之即来，挥之即去，正是因为足够听话，才能在陆上锦身边待这么久。

原觅刚出院，就被陆上锦叫了出来。原觅还是头一次在片场外见到这么气派的阵势——

保镖们偶尔露出袖口的枪口闪着寒光，一眼望去，那种厚重冰冷的质感就不是自己曾拿过的仿真道具可比拟的，原觅有种打脚底生到头顶的寒气淹没的恐慌感。从前跟在陆上锦身边的一直是言逸，这种场面，他该是见惯了吧。

原觅正了正色，故作镇定地随着陆上锦下了直升机，发颤的指尖扶上了陆上锦的臂弯。

即便原觅什么都不说，陆上锦也能感觉到这人在害怕，只是来见个人而已，怕什么。他本以为见惯了闪光灯，走惯了红毯的原觅足够驾驭现在的局面。

陆上锦皱了皱眉。言逸穿着黑色窄腰燕尾服跟在他身边的时候，总有一种无形的冷峻气势从其身上散发出来，言逸平时很安静，看上去毫无攻击力，在他身边时却能像换了一个人似的撑起场面。

陆决满面春风地迎上来，拥抱了陆上锦，拍拍他的脊背，说："过一次生日就少一年喽，下次你还不一定能瞧见我。"

陆上锦松开微拧的眉头，与陆决拥抱，淡笑道："怎么会，叔叔身体康健，万寿无疆。"

他吹了声口哨，一只灰背的游隼从直升机的猛兽笼里展翼而出，随着一声恶戾鹰啸，巨大的游隼落在他半抬的小臂上。

"我爸训了它几年，让我送来给叔叔祝寿。"陆上锦弯起食指，摸了摸那头猛禽的喙，居然得到了凶猛游隼的依赖回应。

陆决笑着想去摸游隼的羽毛，被锐利的鹰目瞥了一眼，游隼扇动着翅翼，张开锋利的喙，试图啄咬陆决的手指，被陆上锦抬手按住了头，轻轻摩挲，低沉道："安静。"

原觅默默站开了半步，怕被这只大鸟啄了眼珠子。

陆决注意到陆上锦身边换了个人，略微打量这个浑身像星星似的闪闪发亮的娇弱小美人，跟陆上锦笑笑："倒是很漂亮。"

原觅不敢妄自搭话，只好等着陆上锦为自己解围。谁知陆上锦并不屑于为原觅解围，拿了服务生端来的香槟啜饮了一口，显然不愿谈这个。

但陆决好不容易把话题引到这上边儿，并不想这么早结束话题，于是话语上又向前试探一步："言逸怎么没来？"

游隼适时地拖着长音啸鸣一声，随后，陆上锦微微扬了扬唇角，说："言逸身体不舒服。"

原觅感觉到陆上锦陡然上升的紧张感，不由得更往陆上锦身边缩了缩。跟

了陆上锦三年，原觅知道"言逸"在陆上锦面前是一个禁止提起的名字，而每当陆上锦听见旁人提起这个名字，眼神里复杂的情绪又并非痛恨。

"好好。"陆决点了点头，带着陆上锦下了阶梯，仍在热情地寒暄，跟陆上锦追忆起他去世的亲人。

"前几天我让人去烧了纸，叶晚若还在，看到你这么有出息得多高兴。"

提起叶晚，陆上锦的手不动声色地攥成拳，攥得骨节发白。叶晚是一个变色龙异种，在他十岁的时候就已经过世了。

今天他来只是为了一件事。

游轮中藏匿着一座穹顶恢宏的赌场，在金碧辉煌的大厅中，优雅的绅士和漂亮的小姐们在赌桌前堆满钞票，雪茄的气味弥漫在从容燃烧的蜡烟中。他们见陆决进来，纷纷点头致意。

陆决坐在赌桌对面，双手十指交叠着托腮，越过戴着暗红领结的服务生发牌的手，眯眼笑望着陆上锦。

陆决从保镖送上的手提箱里拿了两摞钱扔在赌桌上。

"锦哥。"原觅坐在陆上锦身边，拢着火替他点了一支雪茄。

陆上锦叼着雪茄垂头的模样冷峻性感，夹着烟的骨节分明的手指松了松领带，翻开一张扑克看了看，微抬下巴，说："跟。"

原觅匆匆把钱箱敞开，拿了两摞钱扔到桌上。

陆上锦微微吐了口白雾，一只手搭在原觅的椅子上，一只手搭在桌上掸了掸烟灰："叔叔，我是来要人的，玩两局意思意思就得了。"

陆决脸上仍旧带着春风得意的笑容："你来了就陪叔叔玩一会儿，不着急。"

其实在场的贵族都知道，这些年陆家在分裂，起初是基因觉醒特性为蜘蛛的陆决离开游隼家族自行发展，其次是陆上锦近些年在疯狂架空蚕食他亲爹的权力，想将整个陆氏家族洗牌换血的勃勃野心已见端倪。

现在的陆上锦早已不是当年那个玻璃橱柜里被层层保护的矜贵小少爷，一颗心也早已硬得不知该怎么跳了。

陆上锦找到了逃逸在境外的，他爸曾经的一个亲信，对方因为知道过多内幕而被放到国外养老，他只能靠陆决将对方带回来，不然他根本不屑于来这里一趟。

陆上锦的赌术绝佳，而且有 J1 进化能力"极限视力"，他只是不想用罢了。

陆决不怎么在意输赢，微笑着与陆上锦提起："前些日子有黑网消息传过来，言逸的基因已经被叫到二十五亿 M 币。你要的人我已经抓到了，你把言逸交给我，那人就归你。"

只要得到这个人，陆上锦有很多方法可以从他嘴里撬出重要的东西，足以彻底让陆凛倒台，陆凛再也把持不了陆家的生杀大权。

陆上锦的手指僵了僵，烟灰散落到指尖也感觉不出烫。

陆决给了他时间考虑，微笑地望着自己的侄子。

他没理由拒绝，陆决一直监视着他，他给言逸安排了基因手术，垂耳兔 A3 基因对他而言已经没什么用处了。

他知道陆决这些年捕获了不少异种人，那些资料里的驯化方式让人看着心惊，他不敢想那些异种人到底经历了什么。陆决觊觎那只垂耳兔很多年，或者说，任何知道垂耳兔 A3 基因存在的家族都虎视眈眈地盯着言逸。只要言逸离开陆上锦的势力范围，会有数以千百计的异种猎人将言逸拆成一堆碎肉——他们不过是忌惮着言逸现在还是陆家的人罢了，他是很强，但无法以一敌千，迟早有油尽灯枯的那一天。

"抱歉。"陆上锦碾灭烟蒂，淡淡抬眼，"别打不该打的主意。"

忽然，原觅被他推到一边，陆上锦从原觅的腰带里摸出一把沙漠之鹰，上膛瞄准一气呵成，一声枪响，陆决应声倒地。

沉重的枪身和强震般的后坐力并未让陆上锦的手腕颤动半分。

大厅一片寂静，气氛骤然降至冰点。

原觅瞪大眼睛，呆滞地坐在地上，脸颊上被溅了一股温热的液体，双腿软得根本撑不起身体，只能惊恐地坐在原地，缓缓把僵硬的视线移到陆上锦的脸上。

他一只手平举着枪，微微侧身，表情一如既往的冷漠。

他本可以再沉稳些，但陆决的这句话骤然引爆了他。

整艘游轮的保安和保镖都朝赌场大厅涌来，在场的贵族尖叫乱窜，秩序已然失控。

陆上锦抓住最靠近自己的保镖的衣领，按着他的头狠狠砸在桌子上，从他的枪带上摸出两把手枪，就地一滚单膝跪立，弓着身子朝原觅伸出手，习惯性扔了一把枪到原觅面前，下意识低沉吼道："到我这儿来！"

话一出口，原觅抬起头，与陆上锦视线相接。

原觅被吓呆了，颤抖的双手摸索着面前的手枪，有一两公斤，根本端不起来，更别说操作上膛和扣动扳机。原觅张大水灵灵的眼睛，害怕地嘤咛："锦……锦哥……"

与原觅视线相接的一瞬间，陆上锦眼里的神采熄灭了，掺杂着几分茫然。

那一刻，他心里有道声音，恍然间告诉他："这不是你想看见的那张脸。"

心里有些已经熄灭的东西在那一瞬间试图燃烧，与他合作过的人数不胜数，但唯一能把背后交给他的只有一个，手中的沙漠之鹰上有熟悉的温度，有些沉睡的记忆在醒来。

第四章 我辞职了

原觅浑身发抖，手脚并用爬到陆上锦脚边，陆上锦皱了皱眉，抓住原觅的衣领拖起来，快步避开赶来的保安，顺着出口往甲板走。

下直升机前，陆上锦往自己衣摆里塞了一把枪。

原觅的哆嗦就没停下过，原觅想不到陆上锦的圈子是这般血雨腥风，他身边的位置真的不是谁都能站的。

原觅瘫坐着靠在门边，仰头看着陆上锦。

陆上锦仍旧披着墨色大衣，用淡漠的目光扫视门里冲过来的西服保镖们。沙漠之鹰强震般的后坐力丝毫无法撼动陆上锦的手腕，每一发子弹都毫厘不差地击中对方的要害。

他背靠满天繁星，目光冷淡锋利，像一头淋着血雨朝猎物俯冲而下的鹰。

子弹射完，陆上锦翻手换了一把，沙漠之鹰掉在原觅面前，发出一声沉重的坠响，原觅不禁打了个寒战，却听陆上锦低沉微哑的嗓音："捡起来，收好。"

"……好。"原觅缓了缓神，像仓皇捡滚落苹果的老太太，颤巍巍地趴在地上，把那把沉重的沙漠之鹰揣进怀里，用外套裹着。

滚烫的枪口烫了原觅的锁骨，原觅不敢松手，如同替陆上锦保管着一件重要的宝物。

原觅抬起眼睛，受了极度惊吓而涣散的眼瞳蒙上一层颤抖的水雾。

陆上锦扔了空了弹匣的手枪，粗鲁地抓起原觅，拖到已经发动的正在轰鸣的直升机旁，抽出一把AK-47，无需肩挂枪带，一只手持枪朝围拢而来的保镖扫射，攀着直升机跳了上去。

涂装游隼家徽的直升机缓缓升空，陆上锦将射空子弹的AK-47抛进海里，按下了遥控器的按钮。

那艘游轮以赌场为中心爆炸，一朵黑云缓慢升空，强大的震爆波及直升机，直升机剧烈摇晃，离开了是非之地，准备回程。

不大不小的爆炸足以将赌场内的设备全部烧毁，至于在场的贵族们有没有拍下视频，陆上锦相信，不愿与游隼陆氏决裂的家族，会知道什么该说什么不该说的。至于被陆决藏起来的那个知道内幕的亲信，陆上锦有耐心自己把他找出来。

陆决本就没打算把那个人交出来，想空手套白狼，陆上锦不屑与他周旋。陆决足够狡猾，自己并不接触那个人，没在他身上留下任何痕迹。不然，只凭这一丝浅淡的信息，动用游隼M2的能力就能追踪到他的位置。

游轮被炸毁了一座大厅，滚滚黑烟伴着烈火冲天而起，将半壁星空烧得像一块紫红的烙铁。

甲板上的保安和船员们混乱地灭火，有个年轻男人静静地靠在甲板围栏边，手悠闲地搭在扶杆上，右手拿了杯红酒，微微摇晃，使酒液均匀地在杯壁上滚过，垂眼轻嗅香气，颀长身影在火光照映中更显妖娆。

那人别过脸，抬起下巴朝着渐行渐远的直升机举了举杯，微笑着以口型对陆上锦道："Cheers（干杯）。"

桃花眼的眼角微微上扬，一点泪痣缀在卧蚕边，一张令人过目不忘的美艳面颊邪气凛然，是一个蜘蛛异种人。

他从口袋里拿出一张名片，双指夹着朝外一扔。

陆上锦攥紧防护带，紧盯着甲板上对自己微笑的蜘蛛异种，手背上青筋暴起，不知不觉咬紧了牙关，发出刺耳的磨牙声。

就算挑染夸张的头发已经染回黑色，那张脸也无法淡忘——在按摩院与言逸见面的人是他。而这人，也并不是什么按摩师，他在异种人最脆弱的感染周期接触言逸，肯定另有目的。

陆上锦首先释放了J1进化能力"极限视力"，仿佛要把这张脸镌刻在自己的调查名单上。

翻飞的名片在落水前让陆上锦看清了名字，邵文璟，M2 蜘蛛异种，陆决的养子和继承人。

达尔文蜘蛛 M2 进化能力"神经麻痹"，当初那张照片里的言逸是昏睡的，又是谁故意把照片给陆上锦看的？

"邵文璟……"陆上锦猛地拿起 AK-47，直升机却已然飞离了射程。

邵文璟呡了一口红酒，眯起桃花眼朝陆上锦轻松一笑："我只是开个玩笑。"

直升机渐渐脱离视线，平稳地飞往既定着陆点。

陆上锦靠着枪，坐在折叠板上闭目养神，原觅无力地靠在对面，脸色苍白。

原觅把怀里的沙漠之鹰还给陆上锦，裹紧了外套，无助地望着他。

陆上锦面无表情地看着远方的夜空，回过神，把沙漠之鹰接过来，指尖在枪口擦了擦，又擦了擦。

原觅疲惫地抱着膝，抬头问他："锦哥……"

原觅仰起脖颈靠在钢板边，雪白的睫毛湿润发亮，抬起胳膊，小臂搭在眼睛上，扯起唇角苦笑。

陆上锦无心理会原觅，只是静静地望着隐约明亮的天空。

"过几天助理把卡给你拿过去。"陆上锦道。

"陆先生。"原觅低落地垂着眼睑，躬身拉住陆上锦的手，凄凉地望向另一边。然后摸出险些甩出衣袋的手机，当面把陆上锦的联系方式挨个删除，然后翻了翻相册，喃喃，"您看一眼，没照片留下，您要是不放心，我把这手机给你。"

陆上锦并不看原觅，望着远方出神。

"行吧。"原觅叹了一口气，把手机扔下了海。

原觅跟了陆上锦三年，他们的关系简直比自己被公司雪藏那阵子的裤兜还干净。

这三年原觅也去过几次医院，但唯一一次有陆上锦陪伴着的，只有初期体检的那次，陆上锦要求医生查了原觅与言逸体检单的基因融合度。

结果出来以后，发现融合度好像挺低的，原觅倒不在意，陆上锦却在看见结果时眸光黯然，到检验室外的楼梯间抽了一支烟。

原觅不敢追问，只是隐约感到自己躲过了一个大劫。

K019-4-18 17：23

陆家墓园。

陆上锦穿着黑色西服站在一座墓碑前。

墓碑照片上的叶晚笑容明媚，三十来岁的年纪，但相貌仍旧动人。

叶晚是一个变色龙异种，和陆凛是结发夫妻。

墓园外停着一辆法拉利，明眼人能看出来是劲风集团毕总的座驾。

毕锐竞也穿了一身庄重的黑西服，拿了一束百合走到陆上锦身边，把花放在碑前，点了一支烟。

"从三年前开始，你就不来送花了。"风大，毕锐竞双手拢着火，吸燃了火星，吐了一口气，"得亏我常年想着，怎么，心里有事？"

陆上锦的眼白挂着血丝，但冷峻气息仍旧不散，只是人憔悴了些。

他并不回答，随口道："你也不必再来送花了。你最近和凭天接触过吗？他对我是不是有什么意见？"

毕锐竞挑起英挺的剑眉，明显愣了一下，仔细回忆道："意见？没，他对你能有什么意见？"

陆上锦忽然被提醒了，深深吸了一口气，忍着怒意问："夏凭天跟我说，他想要一只垂耳兔异种，开价一千万。"

毕锐竞纳闷地掸掸烟灰，说："他至于和你抢人？再说了，人家心思全在弟弟身上呢，哪有工夫跟你旁敲侧击这种事儿。"

陆上锦的嘴角抽了一下。

夏氏兄弟虽说年龄隔着几岁，但长相酷似，连声音都是照着同一个模子生的。仔细想想之前电话里要求陆上锦把仓鼠异种人让出来的那个夏总的声音，

着实跟从前见过几面的夏二公子更像些。

"耍我。"陆上锦咬了咬牙,"他弟弟今年多大了?"

"二十二,今年上大三。唉,小孩子不懂事你多担待,凭子平时最宝贝的就是他这个弟弟了,给惯坏了。"毕锐竞拍了拍额头,低声吩咐身边跟着的保镖,"你看着点时间,夫人醒了得吃新街北门那家的素面。"

保镖低声道:"夫人刚刚打过电话来,说不吃那个了,要您回去做羊肉丸子汤。"

"等我回去都几点了。"毕锐竞皱眉看了看表,"行行,你赶紧让赵妈去买羊肉,绞好了等我,我自己开车回去。"

"是。"

毕锐竞踩灭烟蒂,拍了拍陆上锦的肩,说:"家里有事儿,我先走了啊。"

K019-4-19 12:05

窄小的旅馆里,言逸窝在床上发呆。

他的身体越发虚弱,没有人照顾,独自生活实在是有些辛苦。

之前他为了准备手术注射了大剂量的休眠针,比普通人所用的剂量高出五倍才能让他的基因细胞完全沉睡,A3基因像一座巨大的发电机,其中蕴藏的能量足够供应一座大规模重工工厂运转数年。

基因功能迟迟未恢复,相当于机器人被取了电源,虚弱的身体被沉重的负担日渐拖垮。清晨,言逸推开窗时,涌进来的冷风也能让他打个趔趄,他现在和纸片一样脆弱,急需食物供给他一些体力。

他现在看一会儿屏幕就会眼花,只好扔开手机,侧躺着蜷缩起来,背靠着电暖器。

夏镜天的号码被他加入了黑名单,这几天言逸不止一次跟夏镜天划清界限,那孩子就是不听,倔得像头驴。

门外传来"噔噔"上楼的脚步声,紧接着房间门便叩响了,对方哼着口哨:

"小兔子乖乖，把门儿开开，快点开开，我要进来。"

言逸把头埋在枕头底下，无力应付门外的人。他给陆上锦发了请假的消息，陆上锦也没回复，可能是度假去了吧。

他虚弱地侧躺着，脸色浮着一层白，头几天他还有力气爬起来给自己倒杯水，今天却连床都下不去了，连骨头缝里的力气都被抽走。

言逸拿起手机，把陆上锦的号码一起放进了黑名单，在列表里和夏镜天并排躺着。然后他打开浏览器，搜关键词"辞职信模板"，他不想再为陆上锦工作了。

别墅里还有他的几件行李，等他身体好些就去拿。他想着，头脑里木得仿佛裹着一层糨糊，无法再清晰地思考，于是合眼睡一会儿，其实一整天里他断断续续一直在睡，额头也时而发热，被浑身上下细碎的难受折磨着。

等明天他有力气就去趟医院，看能否尽快解除细胞休眠状态。

门外的人敲了一会儿，声音就停了，言逸得了清净，好不容易睡着。

夏镜天从二楼的窗户翻了上来，蹑手蹑脚地爬进这间窄小的房间，把买来的热粥和素馅小菜包搁在床头。

言逸很冷漠，总是拒人千里之外。

但是夏镜天从久安市追到这儿，总不能无功而返，非要问出个所以然来。

夏镜天正准备离开房间的时候，电话突兀地响了起来，是陆上锦。

"嘀，是陆哥啊，挺忙啊，最近。"夏镜天摸了摸自己的下巴，"我要的垂耳兔异种呢？钱已经准备好了。"

电话那头略沉默，男人微哑的嗓音显得有点疲惫："你把言逸交出来。"

夏镜天挑了挑眉，冷笑了一声，说："言逸？你的保镖丢了，跟我有什么关系？我哪知道。"

陆上锦也只是试探罢了，他虽然用了"定位追踪"，却确定不了言逸的位置，又听说鸿叶夏氏的小少爷来了长惠市。

"别逼我找你哥。"陆上锦哑声道。

言逸的基因细胞休眠后，能外放的基因信息浓度已经很低，况且这地方一

直被夏镜天保护着，所以他才会无法定位到言逸的踪迹。

夏镜天一只手摆弄着钥匙上挂的蝴蝶刀，甩开刀刃在指间轻松转两圈再落回鞘里："陆哥，你就是找我爸也没用，我真不知道他在哪儿呢。"

电话被挂断了。

鸿叶夏氏的小少爷被惯坏了，被整个家族捧在手心，嚣张跋扈已成了骨子里的习惯，还在上学的年纪就已经无法无天。其实他今年二十二岁，才上大三。

他刚挂了电话，家里又打来了。

"喂，哥。"夏镜天稍微老实了些，收起蝴蝶刀，倚靠着门框。

他哥那边像有酒局，陪酒的人娇滴滴地叫"夏总"，劣质香水味几乎顺着电话线熏了他的眼睛。

夏凭天跷着腿倚靠在沙发上，怀里的人乖巧地给他倒酒，他就着那人的手喝了："我听说你去长惠市玩儿了？"

他哥和他的声音很像，不仔细分辨根本分不出。

夏镜天咳了一声，说："啊，你听谁说的？"

夏凭天笑道："你班主任。"

他的语气倏然严厉："你不想念了就赶紧滚回来继承家产！我说呢，还让我给你找垂耳兔，眼光不错啊，挖墙脚挖到陆家去了？你是不想活了吗？"

"你别管我，PBB特工我当定了。"夏镜天固执争辩，"再说了，言逸的身体好像不太好，我想帮衬他一阵。"

"行了，你赶紧回来。不就垂耳兔吗？哥再给你抓一只，这东西有的是。"夏凭天踩了烟蒂，"还有道奇兔、茶杯兔、雷克斯兔、龙猫，你要什么哥都给你找。"

夏镜天沉默了一会儿，压低声音，用气声道："陆哥根本不管他。"

"陆上锦管不管那是他的事，你起个什么劲儿。人家两兄弟闹别扭，你插一脚算怎么回事？"夏凭天语重心长劝导，"PBB最近很危险，不是哥不想让你去。陆凛在PBB实验室里不知道鼓捣些什么呢，他想拿言逸当实验品工具人，你真的别蹚这浑水。言逸的身体说不定已经被他改造过了，他都不能算一个人了，你少同情心泛滥，听见没有？"

夏镜天不想听他胡说八道，一气之下就挂了电话。

言逸缓缓睁开眼，爬起来摸到床头放的水，懒懒地喝了一口。

他看到夏镜天的时候有些意外，声音还带着刚睡醒的鼻音："你还没走？天都快黑了。"

充足的休息让言逸恢复了些精神，体力也得到供给。

房间里弥漫着满天星的味道，言逸一下子清醒过来，攥住自己的衣服，皱眉抱起双膝，苦恼地垂着耳朵："我不需要你的帮助，基因优秀的异种人很多，你不必只盯着我，而且我的基因现在已经没用了。"

夏镜天坐在沙发上，低着头紧张地道歉："我……对不起。"

言逸怔怔地回头看他："什么？你又干什么了？"

"我……"夏镜天怎么也想不出一句委婉的解释。

这时候，手机又响了，夏镜天的班主任在催促他回去参加期末考试。他本打算上报一个考试延期，手机却被抽走了，言逸用恬淡平静的声音对电话对面的人道："老师好，他会回去的，不用延期。"

言逸替他挂了电话，手机在指间转了转，他伸手要拿，被言逸收了回去。

"你听话，回去上课。"言逸垂眼摆弄着他的手机，锁屏是一张还剩几天的期末考试倒计时表。

"你准备了很久吧？"言逸问，"很重要的考试？"

夏镜天不肯承认："没难度，普通考试罢了，明年再考也行。"他心里却一直惦记着大哥那番话，如果言逸在不知情的情况下被改造过，这是不是言逸虚弱的根本原因呢？可他又不能直接问出口，这显得他把言逸的底细调查得太清楚了。

他只好试探着劝导："那个，你去医院的话，要不要做个全身检查？"

言逸难得笑笑。

"你听话，回去上课。"言逸垂着眼，把手机还给他，"你走了我就去医院。"

陆上锦独自回家，家里许久没人打理，家具落了一层浮灰，他也懒得雇人打扫。

茶几上的烟灰缸被摔了，还四分五裂地躺在沙发底下。陆上锦走到落地窗前，把散落一地的兔粮包装盒一个个捡起来码放整齐。

陆上锦在偌大的空旷别墅上下走了两圈，在储藏室里找到了一个衣柜，里面堆着棉被和枕头。

其实言逸有自己的卧室，但从来不睡，自己一个人时只肯睡在这种狭小的柜子里。

他俯身摸了摸，从枕头底下摸出一张照片。照片里，两个不到十岁的少年勾肩搭背，言逸扯着自己的兔耳朵，嘟着嘴，他别过头看着言逸，满眼单纯笑意。

那时候他们刚认识不久。

照片是塑封过的，但能看出照片本身已经有些磨损，大概是被抚摸得太不平整了，只好拿去塑封一层才能完整地留存至今。

"原来还在。"陆上锦的眼神变得温和，把照片放回枕下，枕头底下还塞着一个黑色的礼物盒，里面妥善放置着擦拭洁净的胡萝卜胸针，再摸，还能摸出不少言逸珍藏起来的宝贝，都塞在枕头底下。

陆上锦用力揉了揉太阳穴。

他去地下武器库里挑了一支手枪，装上消音器，带了三支弹匣，开车离开了别墅，趁着夜色去了长惠市郊区松林，陆凛的宅院。

陆上锦把车停在一公里外，徒步走近陆宅。陆凛的卧室熄了灯，但陆上锦还是在花园阴影里谨慎地等待了半个小时，确定陆凛已经睡熟。

陆上锦暗暗把枪上膛，攀上阳台翻进二楼，顺着二楼走下阶梯，拐进了地下室。

陆宅的地下室宽阔明亮，数百平的面积设计了二十来个隔间，陆上锦屏住呼吸，慢慢顺着寂静的地下室通道往深处走。

他在其中一个房间外停了下来，里面亮着灯，看起来有人住在这儿。他右手握枪，侧身抵住门把手，轻轻旋开，拉开了一条缝。

里面很整洁，放置着一张床，墙上挂着电视，电视正放映着老电影。

那人坐在轮椅上，五十来岁的年纪，双腿萎缩成两根筷子似的细杆，脖颈上套着一圈钢套，锁链顺着钢套一直延伸到墙壁的钢钉上，乍一看还以为锁的是什么穷凶极恶的暴徒。

叶晚抬起头，对陆上锦温和一笑，意外的温柔明艳。虽然叶晚的眼角生了细纹，但丝毫掩不住年轻时艳压群芳的面容。

叶晚朝陆上锦悄悄招手，温和地笑道："快来，我好想你。"

陆上锦放下枪，把门反锁，匆匆走到叶晚面前，跪下来，让叶晚抚摸自己的脸。

叶晚吃力地把虚弱的身体撑起来，抱了抱陆上锦，仔细地看着他，陆上锦眼里全是血丝。

"你没睡好？"叶晚心疼地给他按了按眼睛。

陆上锦垂下眼眸，却像被扎了一刀似的瞪大眼睛，盯着叶晚隆起的小腹，已经快足月了。

"又怀孕了？"陆上锦眼神木讷，怔怔地盯着叶晚的肚子。

叶晚的目光柔和，却不免凄凉，仍旧温声回答："是啊，陆凛想要更优秀的后代。"

"他害死了我一个哥哥两个弟弟四个妹妹，还不够？"陆上锦攥着手枪，骨节咯咯作响。

K012年9月25日，陆上锦在地下室找到了他们泡在福尔马林罐里的尸体，每个上边都贴着进化等级的标签，有变色龙异种人、普通人，还有一个未进化的游隼异种人。

他没有声张，一直在调查。

K016年4月1日，也就是从3年前开始，他不再给叶晚的墓碑送花了。

因为那天他发现，在外人口中已经去世多年的叶晚一直被囚禁在这座宅院的地下室，不断地生孩子。

叶晚的基因细胞等级和言逸一样，叶晚是变色龙A3，一个和言逸同样珍

贵稀有的 A3 基因细胞，本人是退役特种兵。陆凛是狙击手时，叶晚是他的观察员。

变色龙种族 J1 进化能力"360 度全方位观察"；变色龙种族 M2 进化能力"群体隐身"；变色龙种族 A3 进化能力"九段突刺"。

一个三种进化能力全部为战斗而生的顶级异种人都逃不过被陆凛抓捕囚禁，榨干最后一滴血液的命运。言逸只是一只小兔子，他的进化能力甚至都对别人造不成伤害。

陆上锦身为二阶进化的游隼异种人，走在哪儿都光芒万丈。在外是手腕铁硬的冷峻精英，冷静自持，但是从那天起，他只要看见言逸的 A3 基因都会躁郁失控。

他既无法拯救叶晚的过去，也无法保护言逸的未来，他恨平庸的自己，连累了最忠诚的追随者。

陆家这种养蛊式家庭筛选培养出的孩子，踩着无数失败的、低阶的、没潜力的兄弟姐妹的尸骨长大，心都是硬的，除非陆凛死了。

然而取代陆凛成为家族的主宰者，还需要一段时间。

叶晚轻轻握起他的手，把他紧攥的枪拿过来放在自己腿上："言逸还好吗？"

陆上锦站起来，一脸无动于衷："我现在已经找不到他了，他终于放弃我了，也不需要我的保护了。"

"噗。"叶晚忍不住笑道，"像我和他这个级别的异种人从来就不需要任何人的保护。"

"但如果，我是说如果，如果我能得到一点关心，这一生也许就不会过成这样。我只是给他生孩子而已，这成了我的工作。"叶晚扶着陆上锦的手，淡淡地笑着，露出两个酒窝，"别让言逸像我一样，成为一个工具。"

"当初他被陆凛引导三阶进化的时候伤得很重，整个左手都被绞断了，他害怕地躲在我身后，整个人都在发抖。"叶晚声音轻柔，却让陆上锦心头剧痛，"陆家现有的技术资源确实非常优越，你甚至都看不出言言的左手是重造的。"

陆上锦瞪大眼睛，细细回忆。光凭触感和视觉效果是完全无法分辨的，言逸的左手也足够灵巧漂亮，只是在提起去见陆凛时，他会害怕地把左手缩到背后。而自己毫无察觉，甚至让可能心理在崩溃边缘的他独自和陆凛待了那么长时间。

叶晚淡然笑着道："三阶进化的异种人，即使一个人，这一辈子也会过得很好的。"

陆凛对叶晚着实体贴，把叶晚养成了一个最优越奢华的囚犯。

陆上锦低声道："你等我一年，我把外面的事情解决完带你出来。"

叶晚一脸微笑，望着他道："门口的郁金香开得还好吗？等我出去，想多看看。"

"因为陆凛喜欢郁金香，所以我为他种了一院。其实我只喜欢百合，你要记得送给我。"

陆上锦心乱如麻，溃逃似的匆匆走出去，却想起枪落在房间里，回身去取，隔着房门只听"噗"的一声闷响。

他的手放在门把手上，脸上退潮似的失去血色。

他缓缓推开门，叶晚倒在血泊中，手里握着装了消音器的枪，额上留下一枚烧焦的弹孔。

叶晚依然笑得很好看。

陆上锦站在门边，人是木愣的，眼睛里映着灯影，仿佛有些微光亮。

"不要！"陆上锦站在门口呆愣了足足十秒，恍如一道惊雷在头皮上炸开，彻骨的寒意瞬间流窜至四肢百骸。

他冲过去，把叶晚抱在怀里，鲜血淌了一地，嗅来竟不是浓腥的血气，掺着淡淡的百合的气味，将留给世界最后的温柔作为安抚送给他，代替叶晚的手抚摸着他的脸。

陆上锦能感觉到怀里轻如羽毛的身体温度缓缓归零，已然油尽灯枯的生命在沙漏里漏完了最后一滴，却永远无法翻转重来了。

他想立刻抱着叶晚飞奔出地下室，带叶晚逃离这个恐怖的地狱，可叶晚脖

颈上套着特种钢锁，没有陆凛的声纹密码根本打不开。他曾经尝试过录下陆凛的声音，他试过无数次，无一不以失败而终。

叶晚肚子里的孩子已经足月了，没几天就会分娩，说不定还有救，说不定还能挽回一丝延续的生命，陆上锦目眦欲裂，跪在血泊中无可奈何。

或许叶晚只是不想让这个孩子一落地就领教这个世界的残忍，叶晚替他做了决定，抱着珍爱的宝贝返回天堂。

叶晚的口袋里掉出一张照片，正面朝上落在陆上锦的手边。

照片里的两个少年勾肩搭背，言逸嘟着嘴，揪着自己的小耳朵，陆上锦别过头笑着看他。

原来叶晚给他们照了照片之后自己留了一张，一直保存到现在。

他伸手去捡地上的照片，却听见走廊里急促的脚步声，紧接着房门被猛然推开，陆凛闯了进来。

"你也去死吧！"陆上锦夺过叶晚手中的枪，毫不犹豫地朝陆凛开了枪。

"砰"的一声炸响。

陆上锦左肩中弹，被强横的震荡冲了出去，撞在墙壁上，牙缝里逸出一声闷哼，他捂着汩汩流血的肩头。

陆凛端着手枪，枪口还冒着一缕白烟，金丝框眼镜底下的一双眼睛充满悲伤："小锦，你居然朝我开枪。"

陆上锦难以置信地看着手里的枪，痛苦地喘着气，把弹匣退出来，里面竟一颗子弹都没有了——明明他来时是装满的。

他看了看倒在地上的叶晚，叶晚手中攥着几颗卸下来的子弹。

"为什么？"陆上锦发狂般朝着地上冰凉的尸体怒吼，"为什么你到死都要护着他？为什么？为什么你还要救他？他……是个没长心的人渣，不值得。"

他的目光再次游移到照片上，看着童年时的自己和言逸，亲密无间，没有隔阂地笑着。

"不值得。"他喃喃着，靠着墙缓缓滑坐到地上，"不值得。"

他已经长成了自己曾经最痛恨的样子，和陆凛如出一辙。

陆凛缓缓走到叶晚身边，单膝跪下，俯身把叶晚抱起来，在叶晚耳边低声道："晚晚，我爱你。"

任何录音设备都无法复制出这句话中的无限深情。

叶晚脖颈上的声纹锁响了一声，掉落在地上。

陆上锦捂着尚未止血的肩膀，苍白着一张脸，朝陆凛怨毒道："你太恶心了，你不配说这句话。"

陆凛并不在乎，让叶晚褪去颜色的脸偎靠在自己肩头，他吻了吻叶晚的眼睛，一言不发地走了出去。

不知道这句密码是哪一年设的。

也不知道叶晚等了多久，才绝望地发现，其实自己根本再也等不到陆凛来打开这把锁。

密码还在，爱不在了。

陆上锦失魂落魄地走在卵石路上，车停在距离陆宅一公里外，免得惊动陆凛，此时他只能捂着肩头的弹孔往停车的地方走。

他完好的时候刀枪不入，而现在，无尽的孤独和恐惧似乎都顺着流血的弹孔钻进身体，叫嚣着啃食他的心脏，他像陷进沼泽的旅人。

曾经他和言逸互相取暖，在严酷的生存法则中辛苦地活着，后来他把心用带刺的铠甲严严实实裹了一层。

小兔子每天蹦蹦跳跳地跑过来问"在吗"，却被他拒之门外，于是小兔子便忍着痛委屈地说："那我明天再来问一遍。"

他坐进车里，叼着烟半晌都没点着火，歇斯底里地把烟连着打火机扔出窗外，用力砸着方向盘。

他小时候看见叶晚的抽屉里放着一大盒整齐排列的锃亮的勋章，这个A3变色龙异种曾经是特种部队的传奇。那时候，连毕锐竟都只是叶晚带的小队员。

曾经的战斗精英被囚禁在地下室当了繁殖机器，而无数人艳羡仰望的游隼陆氏独子，不过是喝着骨肉兄弟的血长成的蛊虫，一个在陆凛眼里还算看得过

去，但随时可以替代的实验品。

陆上锦漫无目的地在公路上一圈一圈地转，他摸出手机，拨了言逸的号码。一连拨了十几次，每一次都在通话中。

言逸在哪儿？为什么定位不到？会出危险吗？他习惯了言逸的强大，甚至敢毫不在意地把基因休眠的言逸赶出家门。直到一只变色龙A3在他面前僵硬变冷成了一具尸体，他才知道没有谁是所向披靡的不死之身。

车停在了毕锐竞家楼下。

大半夜，他敲开了门。没想到里面有人还没睡，没敲两下门就开了。

毕锐竞穿着家居服，踩着可爱到冒泡的长颈鹿拖鞋，右手拿奶瓶，左手抱着说不定还没满月的小男孩，在脸上试了试奶瓶的温度，愣愣地看着狼狈地出现在门口，浑身是血的陆上锦。

下一瞬，毕锐竞从围裙口袋里掏出一把枪，把陆上锦拨进屋里，警惕地指着门外。

"锐哥，救我。"陆上锦扶着肩头的伤，疲惫地坐进沙发角落，沙哑着嗓子道。

"嘘，小梦在楼上，刚睡着。"毕锐竞松了一口气，压着把手轻轻掩上门，紧接着二楼的卧室里就传来拖鞋蹭地的窸窣响动，有人从卧室里出来，困倦地揉着眼睛，扶着木扶手往一楼看。

来人浅栗色的短发在发梢乖巧地打着卷，眼睛又大又圆，年龄不大，嫩得像一朵含苞待放的樱桃花，跟毕锐竞站在一起，显得毕总这位才过三十二岁的精英像一个老男人。

很快，二楼的那人披了睡袍下来，跟陆上锦他们打了声招呼。谈梦没见过陆上锦几次，勉强能认出他来："我给你们倒杯茶。"

毕锐竞歉意地看了一眼被吵醒的谈梦，谈梦揉着眼睛把孩子抱走，进了餐厅。

"叶晚……"陆上锦斟酌着开口，他应该如何在毕锐竞面前提起在众人眼里已经去世多年的叶晚。

"叶晚？"毕锐竞顺手点了一根烟，挑眉看着他，"陆凛？哎，你肩膀谁打的？去洗洗，包一下。里面有弹头没？毛巾架上有医药箱。"

叶晚曾经是毕锐竞的队长，叶晚走了，他至少也有权利知道真相。

餐厅传来谈梦不满的喊声："毕锐竞，把烟掐了，宝宝都被你熏哭了。"

"隔那么远能熏哭？"毕锐竞回头反驳了一句，还是苦笑着把烟掐了，收进茶几底下，朝陆上锦懒洋洋一笑："皮孩子，没大没小地叫我名字。"笑容里多少是带着宠溺的，眼神里看得出来。

谈梦端了两杯茶过来，给陆上锦递了一杯，毕锐竞眼巴巴地等着，谈梦看也不看他，把另一杯茶水搁在桌上，撤了盘子就走。

谈梦身上有股馥雅馨香，是基因细胞已觉醒的蝴蝶异种，与毕锐竞这个箭毒木异种很般配。

"唉。"毕锐竞把茶端过来捧在手上，跟陆上锦低声无奈道，"怪我弄丢戒指，给气坏了，到现在都懒得搭理我，定做新的又不要。嘿，小作精。"

陆上锦喝了一口茶水，热水顺着冰凉的喉管冲进胃里，身上终于有了些暖意。

"你帮我找找言逸，我这边动手查会惊动陆凛。"陆上锦沉默半晌。

"你去把戒指找回来。"陆上锦垂着眼睫，喃喃自语。

毕锐竞怔然看着他。

"不然不会被原谅的。"

日光透过玻璃洒在熟睡的言逸脸上，言逸翻了个身，闭着眼睛爬起来跪坐着，毛球似的兔尾巴软趴趴地从薄羊毛衫底下挤出来。

他后颈的麻木感略微退去些，身体也不像前几日虚弱，应该已经恢复到J1进化的程度，想全部恢复至少要再等一个来月。

窗台上的玫瑰花梗已经被水泡烂，他已经在这家小旅店里住了一周，其间说去医院，身子懒起来一日推一日，到现在也没有什么不适感了，只是战斗力弱一些。

夏镜天被言逸撵回学校考试去了，其间无论他换几个号码打过来，言逸都

拒接。

因为夏镜天在这儿的几天里，社交软件的动静就没停过，除了不停催促他回学校的辅导员外，不是借着公事聊天的学姐，就是一些陌生人的好友申请。

他在学校决计是万人追捧，虽说言逸并未刻意去调查，但这几天断断续续听见他接的电话，也多少能猜出他的身份。鸿叶夏氏的二公子，要家世有家世，要相貌有相貌，基因还是足够尊贵的美洲狮M2，是夏凭天的弟弟。

言逸埋怨自己，早该认出来的，基因休眠使他不再像从前一样敏锐了。

他倒在被窝里刷原觅的个人动态，转发量评论量都骤然削减了不少，不知道是不是陆上锦那边运营上出了什么问题。

"到底有什么好的？"言逸去下了个视频软件，给原觅贡献了一个播放量。

剧情意外不错，演员也挺招人喜欢，言逸看得津津有味。

剧集才更新到第七集，再想看后边的内容就得充会员了，快演到原觅挨打了，言逸挺不想弃剧的。

忽然，手机上沿弹出一条短信，号码没见过，他本以为又是夏镜天，短信上却只有四个字："赶紧回家。"

是陆上锦。

言逸捧着手机发了一会儿呆，想了很久，还是回复一条信息："先生，我辞职了。"

言逸不想再遵从陆上锦的吩咐，他给予陆上锦的纯净忠诚被践踏，这让他失望又寒心。

对方没有再回复，而是直接打了过来。

言逸叹了一口气，按了"接听"。

陆上锦的声音没有想象的那么低沉了，有些干哑，像发了几天烧没喝水，粗糙得扎耳朵。

"言逸，回家。"陆上锦声音疲惫，烟嗓特别重。

"我辞职了，先生。"言逸重复了一遍。

陆上锦没有发怒，声调反而努力柔和了些："你别说气话。"

"什么？"言逸仿佛听见了一个内心毫无波澜但于情于理应该礼貌笑笑的笑话。

言逸目光发滞，喃喃："您再雇一个优秀的执事吧，我已经辞职了。"

"胡说。"陆上锦的声调陡然沉重，意识到自己太过严厉，只好耐心道，"你先回来，我们好好谈谈。别作。"

"我作？"言逸瞪大眼睛，兔耳朵抖了抖，"你打电话来，就为了告诉我，是我在作？"

陆上锦揉着鼻梁山根，说："你先回来。"

言逸咬牙按了"挂断"，这世上竟然有如此拎不清的雇主，活该没人伺候。

他在被窝里赖了一会儿，把陆上锦的新号码也拉黑，然后爬起来收拾东西，赶在十二点前退了房。

他被赶出来时实在匆忙，没什么行李，身上没钱，也不想被陆上锦抓回去。

其实别墅里还有不少他想带走的东西，等以后趁着陆上锦出差不在家再去取也无妨。

陆上锦坐在医院走廊的长椅上，换了身病号服，左肩的枪伤已经消了毒包上纱布，手背扎了针，消炎药还在不紧不慢地滴。言逸当了他这么多年保镖，这还是第一次挂他的电话，竟然还拉黑了他，他半天都没反应过来，想骂一句"不想干了就滚"，冷静下来却发现，人家的确不想干了，走得冷漠又决绝。

走廊里消毒水的气味逸满鼻腔，手机上显示"通话结束"，孤独地自行回到了桌面。

他摸出烟盒，却发现里面已经空了，烦躁地扔到一边。

这是陆家的私人医院，聚集了世界尖端的医疗设备，抢救室还亮着灯，陆凛和叶晚都在里面，可惜该死的还活着，眷恋的已经没了呼吸。

该来的悲痛并未如期而至，陆上锦只为叶晚松了一口气。

手术室的灯忽然换了颜色，陆凛先走了出来，面无表情一直追着盖了白布的叶晚到太平间。

后出来的医生却簇拥着保温箱里的婴儿飞奔上电梯。

陆上锦愣住了,扯掉手背上扎的输液针,匆匆跑了过去。

他抓住一个跟着飞奔的小护士,说:"孩子,孩子还活着?"

小护士匆匆点头:"是啊,陆少,正要送去检验进化潜力。"

陆上锦眼神一沉,快步顺着安全通道往楼上进化检验室跑,眼见着叶晚的孩子被送进检验室,陆上锦卸开新风系统,顺着风机盘管爬进了检验室。

检验室里只有一位进化检验师,正准备消毒检验,冰凉的枪口就抵住了他的后脑勺。

检验师只是一个普通人,面对 M2 进化的异种人根本毫无反抗之力,瑟瑟发抖,把手举了起来:"陆……陆少。"

陆上锦并不多言,俯身给检验师看了一段视频。

视频里,陆凛的弟弟陆决在赌桌后被杀死,像素非常高,鲜血洒在镜头上,检验师吓得脸色苍白,忍不住闭上眼睛。

"这个新闻看来还没传开。"陆上锦俯身撑着桌沿,在医生耳边轻声道,"开枪的是我。"

医生指尖发抖,几乎淌出眼泪,捂着耳朵呜咽:"陆少,我什么也不知道……求求你放了我……"

"我给你一个机会,是忠诚于陆凛,还是选择我?"陆上锦拿冰凉的枪口蹭了蹭医生的脸,"陆家的将来在谁手上你应该清楚,千万别站错队。"

"是……是……我全听您的,陆少……"医生声如蚊蚋,哽咽着保证。

"你出一份检验单,就说这孩子没有进化潜力,再找一个刚出生的婴儿代替他。"

"然后把这个孩子送到安菲亚医院,让夏凭天找人看护。"

"是……是……我会保密的……陆少。"

言逸买了一张长途大巴的车票,顺着公路一路向南,转了三趟车,颠簸了两天,到了南岐小城。原本要去医院的打算暂时搁置,他想到了目的地再说。

南岐有他熟悉的酒吧一条街，他的朋友屈指可数，说是朋友，也不过只有一面之缘。

灰色的不规整的砖墙上挂满红漆的木栏，紫色的木茼蒿刚好盛开，栏下挂满了来往恋人留下的明信片。

整个酒吧一条街的画风都差不多，各自文艺，墙上挂着绣球和山茶，有时也种满红花矾根，偶尔夹着两家刺青店，到傍晚才有生意，这边夜生活相当热闹。

言逸摸了摸自己许久未曾剪的发梢，从周边小铺买了根皮筋，拢起浅灰发丝，在脑袋后扎了一个小揪，走进这家名叫"颓圮"的酒吧。

酒吧里灯光昏暗，只有十来张漆了亮油的木纹不规则圆桌，完全没有生意，一个二十来岁、穿衣风格朋克嘻哈混搭的男人抱着吉他在忘我地唱歌。

顾未发现生意来了，一甩头发，仰起一张故作忧伤的脸，眼睛黑亮，有点痞帅。

"这里招调酒师？"言逸抱着手臂轻轻摩挲，有点冷。

顾未皱了眉，上下打量他一番，说："招是招，但只招异种人。"

一面之缘而已，看来他已经不认识自己了。

言逸温和笑道："调酒师为什么非要异种人？"

顾未一扬下巴，说："最近治安特别乱，总有人闹事砸店，招异种人得打架的。"

言逸的手撑着吧台，轻身坐上高脚凳，饶有兴致地看着他说："你不就是异种人吗？"

是一个哈士奇异种。

"我……"顾未抿了抿唇，"我一看见有人砸店……我老是想和他们一块儿砸……"

哈士奇异种，J1进化能力——"暴力拆家"。

第五章　你不应该怕我

手机又振了一下,言逸垂眼看了看,陆上锦又换了一个号码发了条消息。

"给我地址,我去找你。"

言逸扯了扯嘴角,轻轻捋了捋扎了小鬏的浅灰发丝,双脚都蹬在高脚凳的横梁上,眼神苦恼,盯着屏幕发呆。

"在以前的酒吧。"

短暂的沉默后,陆上锦才问:"哪一个?"

"颓圮"酒吧里有面墙挂满了来往旅客留下的明信片,这其实只是店主圈钱搞噱头的把戏,但对一生只在此停留一次的人而言,一张明信片依旧能成为不可磨灭的回响。

众多明信片里,言逸还是一眼就望见了褪了色的那张风景明信片。

当时他们刚刚结束一场激烈的战斗,九死一生回来,在这家名叫"颓圮"的酒吧的阁楼窗台上,两个少年意气风发,享受着劫后余生的喜悦。

"忘了就忘了吧。"言逸回复说。

"生气了?"陆上锦今天似乎很闲,每一条消息都回得很快。

言逸也没再拉黑陆上锦,挺厉害一大少爷,肯纡尊降贵跟他说这些讨好的话真的不容易。

另一边,抱着吉他的顾未见他发呆,还偶尔被冷风吹得抱起手臂,难免生出几分同情:"行吧行吧,我看你挺可怜的。你调杯酒给我看看,行就要你。"

言逸回过神,恰到好处地收起眼神里的悲绪,转到吧台后,熟练地把一捧蔓越莓熬成汤汁冰镇,左手滑过杯架,指间夹着四个高脚玻璃杯,飞快将它们铺散在吧台上,随后带起一瓶龙舌兰,夹在食指中指间,手背则托着瓶身。

每一次英式调酒壶中倾倒而出的酒液都刚好将一个酒杯的一半装满，鲜红的蔓越莓和烟冰点缀在杯沿，再重调下一杯。

铺开的四杯酒液面持平，不论颜色、透度还是口感都毫厘不差。

顾未摘了吉他坐到吧台，先看了看四杯逐一调配的酒液，对比颜色，拿了一杯品了品，说："哟，厉害。这叫什么？"

言逸微微俯身，一只手托腮支着吧台，右手翻了个腕，一朵蔷薇忽然夹在指间。

他把蔷薇插在酒杯中，垂眼道："圣诞蔷薇。"

顾未吹了声悠长的口哨，认真打量面前的人："你的名字。"

言逸淡然回答："言逸。"

顾未摸着下巴问："你还会干什么？"

言逸想了想说："没什么不会的。"

顾未"嘿嘿"一笑，说："你会打架吗？"

言逸思考了一会儿，说："从前也打架。"

"好！"顾未拍了板，跟言逸撞了撞拳头，"顾未，你叫我老板。"

言逸捧着一杯热咖啡，跟着顾未参观了一遍酒吧。店里招了新员工，顾未明显有点兴奋，吐槽前员工多么的不堪，再抱怨最近治安太差，说到气愤处，踩得木质楼梯咯咯直响。

言逸安静地望着他，眼睛弯弯的，偶尔喝一口冒热气的咖啡。

有个朋友说话真好。

二楼有个露天的花园天台，顾未抱着吉他窝在秋千里，给新员工唱了首歌。

"这歌我写了好久了，一直写不完，我不写歌的时候从来没生意，我灵感一来，哎，那帮游客又挤进来要喝酒，断断续续的麻烦都找上门，以后这店有你打理我就轻松多了。"

"你怎么不认真开店？"

"我不缺钱，我就喜欢这儿。"顾未拨了一把吉他弦，"哗啦"一声，无规则却令人心神宁静的旋律响起。

他的嗓音独特，狂野又空灵。

言逸垂着一条腿，随意倚坐在栏杆上。

顾未好奇地问："你不是孤身一人吧？一个垂耳兔异种，你家人同意放你出来打工？"

言逸淡淡一笑，说："当然同意。"

顾未没法理解，拧着眉头等着言逸再多说些，见他不肯再说，下意识接了话："那你家在哪儿？"

言逸努力想了很久。

这问题似乎难住了他，他望着日落下的巷道，想点一支烟，却想起自己早就把烟盒扔了。

"我……不知道。"我好像一直在流浪。

他之所以在偌大的地图上挑了这个酒吧，不过是因为这里有自己曾经的影子。

"颓圮"酒吧里来了一位新调酒师，细瘦的燕尾马甲勾勒出纤瘦的腰背，领结将俯身时偶尔泄出的完美身形尽数拢在安全的范围。

言逸站在吧台后，安静擦拭着手中的玻璃杯。晚上酒吧生意不错，店内十分热闹。

有个人坐在吧台前，要了两杯威士忌，推给言逸一杯，朝他挑了挑眉，说："嘿。"

言逸靠坐在吧台后，指尖勾着松了松领结，包裹在细长西裤里的两条长腿交叠，自己拿了一杯果汁，朝那人淡淡一笑，说："抱歉，失陪。"

他推开吧台的矮门，匆匆上了阁楼。

工作服下包裹的身体变得滚热发烫，言逸扒着水池用冷水冲脸，身上的冷汗还是抑制不住地顺着身体朝下淌。

周期感染发作了。

酒吧里人来人往，留下的信息确实可以干扰陆上锦对自己的追踪定位，但对于处于周期感染的言逸而言，这地方不啻折磨人的地狱。

他身体里每一个细胞都在叫嚣着、碾压着他的血管，他跪在地上，翻开衣袖，把一管高浓度压制剂顺着动脉注射到身体中。

言逸跪在床底下，双手紧抓着床单，像毒瘾发作而无药可解。

再高浓度的压制剂都没有用了，他的手臂已经布满浮肿的青紫针眼，有新有旧，这些年强行靠压制剂熬过的周期感染，用恐怖的抗药性向言逸发出了最后警告。

他习惯性在最痛苦的时候咬着自己的手指。

当他的骨头快痛碎的时候，电话催命一般响了，电话里顾未的声音急促："快！快下来！来了好几个J1异种猎人，我搞不定了！"

"非得现在……"言逸强撑着一张因为注射过量压制剂而变得惨白的脸爬起来，喘着气艰难道，"这就来。"

言逸吸了一口气，强撑着站起来，从门后拿了一根球棍，拖在地上，一步一步下了木梯。

先入眼的是楼下的顾未，他脚蹬圆凳，右手拿着半个砸碎的尖锐啤酒瓶，尖锐棱角指着门外方向，喘气急促，严厉斥骂："每个月都来闹一次，我们不做生意了？"

店里还有三三两两的客人，缩在倾倒的圆桌后，发着抖躲藏，却被几个穿着皮夹克的异种猎人挨个拎出来盘查。

为首的是一个J1进化的蝗虫异种猎人，顶着染成金黄的莫西干公鸡头。

蝗虫异种猎人拿着一支检测针，挨个拎起躲藏起来的顾客，在每个人身上扫描一遍，再像扔垃圾似的把人扔到一边。

"走，去楼上搜一圈。"蝗虫异种猎人招了招手，身后跟着的五个异种猎人跟着往木梯上走。

"喂，上边不能乱蹿。"顾未怕言逸一个人在上边危险，伸手抓住蝗虫异种猎人的手臂，一瞬间释放出压迫因子，同时释放J1进化能力。

哈士奇异种的J1进化能力一旦释放，手指接触的物品顷刻化为数块碎料。

蝗虫异种猎人的衣袖发出拧裂的皮革声响，他回头狠狠瞪了顾未一眼，及时抽出手,朝顾未甩出凌厉的一腿。

顾未下意识抵挡,而基因觉醒生物特性为蝗虫则给主人加以后腿发达的属性,蝗虫异种人横扫的一腿谁也挡不住,顾未猛然撞上墙壁,忙乱间手搭在高脚凳上,高脚凳即刻化为碎块。

他回头仔细打量顾未,嗤笑道:"一个J1进化的哈士奇,也敢跟我们叫板?"

顾未扶着小腹,他毕竟是个平民,刚刚扫来的一腿像钢筋抽打在肚子上,痛得像碎了脾肺,顾未虚弱地咬牙瞪着他:"你们想干什么?"

他冷笑道:"楼上有高阶异种吗?"

来闹事的不是普通的小混混。

言逸在二楼悄声观摩,退了两步,侧身躲在一面穿衣镜后,按住剧烈起伏的心口,放缓了呼吸。

"异种猎人……"言逸攥了攥球棍,轻轻搁在了一边,解开袖扣,把洁白的袖口一折一折挽到手肘上,从白床单上撕了两条白布,分别缠绕在左右手上做护骨腕套。

"唔。"浑身上下血液躁动冲撞,言逸痛苦地捂着心口蹲下来,跪在地上汗如雨下。他的基因还处在半休眠状态,现在不过恢复到J1级别而已。

但对付几个虫子,够用。

蝗虫异种猎人领着其余五个异种猎人上楼搜查,才踏上七八个阶梯,一道黑影陡然闪现。

言逸身上的调酒师工作服还没来得及换,缠着绷带的手撑着木栏纵身一跃,脚尖踩在墙壁上借力俯冲,旋身飞踢,随着爆裂的木栏木屑迸飞,几个异种猎人被猛然逼下了一楼。

言逸同时释放压迫因子,落地的一瞬间就发动了垂耳兔J1进化能力"高速弹跳"。

"异种人?"蝗虫异种猎人先是一愣,立刻低头看自己手中的检测针,空气中的基因进化指数显示为J1。

"快!抓住他!一个J1异种人!快快快!"他因为激动涨红了脸,盯着

言逸的眼神像盯着稻谷的大群饥饿蝗虫，他在等待一个时机，把这个异种人连皮带骨全部啃噬一空。

蝗虫异种猎人一声令下，五把手枪对准言逸，言逸知道他们不敢开枪，瞬间跃至他身后，一只手锁喉，从背后钳住蝗虫异种猎人，双腿紧紧缠绕在他腰间。

异种人之间体型有差距，更何况言逸还处在感染周期。

言逸翻身坐上他的脖颈，用力拧身，只听一连串铿锵骨响，蝗虫异种猎人颈骨脱臼，惨叫着倒在地上。

"开枪！打残他！别伤后颈一样卖钱！"他歇斯底里嚎叫，被言逸一脚踩住了嘴。

"砰！砰！砰！砰！砰！"连发的五枚子弹瞄准了言逸的腿，只要能让他丧失行动能力，后颈部位完整的情况下价钱不会折得太多。

言逸背朝下翻身跃起，五枚子弹擦着工作服的腰带从言逸身下急速穿越，言逸的右手顺着子弹来向画了一圈，展开手，五枚弹头夹在指间，并在身体落地之前甩手还了回去。

酒吧里见了血，五个J1异种猎人抱着汩汩流血的小腿满地打滚。

"唔……顾未……压制剂，给我两管压制剂……"言逸跪在地上，被无尽的腥臭的混乱气息冲撞着，他痛得把头埋在臂弯，手指抓在木质地板上，发出细小咔嚓的声响。

"死……死……你死不死！"顾未搬着一张桌子往蝗虫异种猎人身上猛砸，听见言逸虚弱的求救声才醒过神，飞快拿了一盒压制剂，拍着言逸的后背说："你感染周期还这么能打？"

他尽力给言逸释放足够的安抚因子，但他们的基因融合度太低，可能低于65%，顾未的安抚对言逸来说作用聊胜于无。

但言逸的脸色还是稍微好看了些，神志混乱地摸出一支压制剂，咬开塑料封口，刚要把针头扎进手臂，门外的压力陡然强盛。

言逸愣了一下，顿时脸色凝重地站起来，悄悄给顾未打手势："快躲起来。"

一个肌肉爆满、高大魁梧的男人迈进酒吧，额上布满青筋，刮亮的头皮上露出一个烙印，"PBB"三个缩写字母，底下是一排细小的序列号——000084。

PBB——太平洋生物分化基地的缩写代号。

"PBB的人……"言逸退后了两步，鼻尖小幅度抖动，不动声色的表情下心率已然飙升。

"住手！住手！"顾未拦在言逸身前，他也能感觉到来人身上气势强横，就算言逸相当能打，但处于周期感染又耗费了相当大的体力，面对这种等级的对手几乎等于送死。

来人是一个犀牛异种猎人，基因类型为巨角犀M2。

男人目不斜视，一把抓住顾未的脖颈，像拿一个矿泉水瓶一般轻松，紧接着用力把顾未往地上狠狠一掼。

"呃……"顾未被狠狠砸在地上，喉头呛出一口血沫，浑身骨头痛得快失去知觉。

进化等级是一条不可跨越的实力鸿沟，J1进化在M2进化面前根本不堪一击。

犀牛异种猎人从顾未身上跨过，朝着瑟缩着躲到墙角的垂耳兔走去。

言逸浑身血液都在沸腾发烫，根本分不出注意力给任何东西，当猎人的手朝自己抓来时，他只能不断地逃。

他再一次发动高速弹跳的瞬间，面前的空气突然像凝固的果酱集结成墙，把他撞了回来，紧接着脚腕一紧，被一只强硬的大手几乎攥碎脚踝。

巨角犀J1进化能力"力量增益"；

巨角犀M2进化能力"无懈之墙"。

眼前天旋地转，他被拎着脚踝甩了出去。

言逸灵敏卸力，在地上滚了几圈，脸颊擦破了一点皮，鼻子也在滴血。言逸抹净鼻血，连最后一丝力气也被抽干，爬了几次勉强撑起身体，又无奈地瘫倒在地上。

猎人露出满意的笑容，朝言逸走来："垂耳兔J1，不枉此行，收获颇丰。"

"你是PBB成员……"言逸艰难仰起头，"叛逃之后当了异种猎人？"

男人摸了摸自己光亮头皮上的序列号："你居然知道PBB，很有见识嘛。"

"因为我也是……"言逸喘着气，忍受着骨骼里蔓延的剧痛。

犀牛异种猎人的脚步忽然停顿。

酒吧一条街的尽头有更强大的气息在靠近。

一个高大挺拔的身影出现在酒吧门口，男人眯起眼睛，来者居然同样是一个二阶进化的异种人，而且一接近，就释放出了独属于M2异种的强大压迫力。

对方充满敌意。

言逸感到自己被一双手扶起来了，富有侵略性的气味猛然闯入鼻腔，是熟悉的水仙香。

过量的安抚因子灌入神经末梢，说不上舒适，但总算将身体中每一个即将爆裂的细胞镇定下来。

陆上锦一只手扶起虚弱的言逸，右手夹着烟，侧着身子让言逸靠着自己。

烟灰随风散了几片，燃着火星的烟蒂落在脚下，被陆上锦抬脚碾灭，他眼神中蔓延起一股凛然寒意。

犀牛异种猎人挑眉看着对方道："这只垂耳兔是我的猎物。"

言逸无意识地抓住陆上锦的衣摆，脸色白得令人心疼。

陆上锦打开右手，衣袖里滑出一把战术匕首，在掌心打了几个转反握在手心，眉头微抬，淡漠地望着犀牛异种猎人："你配吗？"

一辆帕拉梅拉减速驶入匝道出口，零星可见几辆车，披星戴月在凌晨三点的高速公路上行驶。

夏镜天开着车，打了个呵欠，给坐在副驾驶座上身材单薄的人递了一瓶水。

那人正处在高度紧张的状态，抱成一团蹲坐在副驾驶座上，紧紧抱着安全带，病号服下挤出一条短小的仓鼠尾巴。

小仓鼠颤颤接过夏镜天递来的矿泉水，用力拧了半天，没拧开，弱弱地抱着矿泉水，低头看着脚尖。

"力气这么小。"夏镜天笑了一声，把矿泉水拿回来，小臂夹着一只手拧开瓶盖，递给小仓鼠。

小仓鼠一脸感激，双手接过水，小声解释："我因为之前要做手术，打了基因休眠针，所以没……没什么力气。"

夏镜天眼神不屑道："陆上锦为什么安排你去换基因？"

"可能是……我们的融合度高……"小仓鼠抱着细弱的两条腿，光着脚，脚趾白皙圆润，像一排嫩白的黏糕。

夏镜天嗤之以鼻。

"他给了我钱。"小仓鼠捧着矿泉水小声解释，"我爸欠了债跑了，我和我妈禁不住催债人的威胁，我就出来打个工。陆先生答应了，我只要把基因细胞摘给他，债务他都帮我还清，还额外给我一百万。"

"后来……他又说不做手术了。"小仓鼠失望地垂着头，"说让我等夏总来接我。"

"哦。"夏镜天别过头看了看小仓鼠，小仓鼠又蜷缩得小了些，唯恐自己把哪一块昂贵的坐垫弄脏了。小仓鼠身上有一股淡淡的奶油香，和那只小兔子的异化因子很相似，怪不得基因能匹配成功。

装得倒是很在乎，不过是想要让言逸为他牺牲为他改变而已，陆上锦就是一个人渣。

小仓鼠夹紧了短软的小尾巴，紧张地安静了几十秒，然后鼓起勇气，试探着问："夏总……我以后可以跟着你吗？"

车子出了匝道，路口亮起红灯，夏镜天刹车踩得有点急，小仓鼠抱紧副驾驶座的安全带才没被晃出去。

"夏总是我哥，我哥身边从来不缺人。"夏镜天低头翻了翻手机，换了无数号码给言逸打过去的电话都没有回音，几条短信也如同石沉大海。

仓鼠感到自己被婉拒了，知趣地不再提起。

"对不起……我也是第一次遇到这种情况……我……"仓鼠在一旁慌忙解释，夏镜天叹了一口气，释放出安抚因子。

夏镜天中途接了一个电话,他哥说自己在安菲亚医院,出了点事,让他顺道去接自己。

夏镜天匆匆进了医院,夏凭天就在候诊厅坐着,听几个医生轮流汇报情况,夏镜天拿着车钥匙去旁边听了一会儿。

"前几天送来的游隼异种宝宝状态暂时稳定,但因为母体情况复杂,可能对胎儿有所影响,还需再观察一段时间。"

夏凭天郑重嘱咐:"我不管情况复不复杂,托付这孩子的那个人不好惹,这小崽儿必须好好活着,一丁点儿岔子都不能出。封锁消息,就当这孩子不存在,不然我可保不住你们。"

安菲亚医院是夏凭天一手操控的医疗院,只接待一些特定身份的病患,大多数医师都是从前跟随夏父做研究的老教授。

夏凭天刚吩咐完,就听外边救护车的铃响。

"让一下!让一下!"

"急诊抢救!"

几个护士匆忙推进来一架担架床,床上躺着一个犀牛异种,浑身都是伤痕,后颈处深插着一把战术匕首,只需再偏一厘米,足够让他当场毙命。

一个M2进化的巨犀异种居然被伤成这样,他头上烙印着PBB序列号,不知道对手是哪个身手强悍、背景够硬的家伙,竟公然向太平洋生物分化基地挑衅。

夏凭天愣了一下,到楼梯间给陆上锦回了一个电话,响了几声都没人接,他不耐烦地叼着烟点燃。

夏镜天走过来,夏凭天竖起一根手指贴在唇边,让夏镜天安静。

"凭天。"电话接通后,陆上锦的声音有些沙哑,似乎刚打过一架。

"刚刚医院推来一个犀牛异种,是你伤的?"夏凭天放低音量,"PBB的人你也敢惹,真不怕惹麻烦啊。"

"还有,你儿子活得挺好,我让他们照顾着呢。"

陆上锦叹了一口气,说:"那不是我儿子,是我弟弟。我现在跟你说不清楚。

回去请你吃顿饭。"

电话里隐约传来声音，陆上锦忽然噤了声，等安静了，才回过头来继续说话。

仅仅是一声尾音，夏镜天仍敏锐地判断出那是言逸的声音。他一把夺过夏凭天的手机，对着话筒道："姓陆的，你又把他怎么了？"

夏凭天夺回手机，把夏镜天按在墙角，一只手抵着他后颈让他挣扎不开，听见对面陆上锦疲惫地说："你管好你弟弟。"

"算了，挂了挂了。"夏凭天匆忙挂断电话，然后狠狠瞪了夏镜天一眼，扬手要抽他一耳光，在半空犹豫半响都没下得去手。

夏镜天躲也不躲，就站在那儿平视着他："你为一个人渣要打我？他竟然把言逸扔出家门，平心而论，咱们家的保镖，就是伤了残了，哥你会少他们抚恤金和专人照顾吗？何况言逸为他出生入死那么多年，他忘恩负义，这种人不值得深交，哥！"

"你……我管不了你，周末你回家让爸把你的腿打断。"夏凭天顺了顺气，撇下夏镜天往外走。

出了医院，夏凭天坐到车后座，等着夏镜天开车。

夏镜天根本就没往车边走，独自一人走了。

副驾驶座的小仓鼠等了很久才见夏镜天出来，他似乎心情恶劣，转身就走。小仓鼠想也没想就跑下车，穿着病号服追了过去，只留下夏凭天一个人，在车后座郁闷地抽烟。

"夏……夏先生……"

身后有人叫他，他回头看了一眼，小仓鼠追了他很久，宽大不合身的病号服显得人格外清瘦，像套在大人衣服里的布娃娃，手不够长，都没法伸出袖子。

小仓鼠见夏镜天肯停下来等自己，光着脚匆匆跑过来，睁着又圆又黑的眼睛问他："你和夏总吵架了吗？"

白嫩的小脚趾被地上的石头磨得发红，可怜地在脚背上蹭了蹭，短软的仓鼠尾巴瑟瑟夹着。

"我真是服你了，我都够烦的了。"夏镜天抓狂地挠了挠头发，把矮自己一头的小仓鼠抱起来，蹭了蹭小仓鼠脚底沾的小石渣。

陆上锦把言逸安顿在"颓妃"酒吧二楼的卧室，然后自己先去冲了个澡，清理身上的血迹和其他人的异化因子气味，他不喜欢身上沾染上乱七八糟的味道。

他回到房间，释放所剩不多的安抚因子，基因细胞犹如一台能量储存机，能量消耗过快会导致基因细胞干涸，需要时间恢复，如果一直处在干涸状态会对身体造成损伤。

言逸听到有人进来的声音，却分不出精力去理会，他微敞的衣领露出胸前陈旧的青蓝色烙印。

PBB 三个字母，加上一排序列号 000002。

陆上锦伸手去解开言逸手臂和手掌上缠绕的绷带。随着绷带一圈圈解开，露出了小臂上无数浮肿的青紫针眼，全是压制剂留下的针孔痕迹。

言逸昏睡了一整夜，身体过于疲惫，却难得睡得很踏实。

小窗遮着纱帘，暖淡的阳光烘烤在身上，言逸缓缓睁开眼睛，挠了挠兔尾巴根。

陆上锦从门外进来，言逸僵住，怔怔地看着他。

"你醒了？"陆上锦的脸上难得出现了一丝人情味。

言逸受了惊吓般退开，警惕又迷茫地看着陆上锦。

"你不应该怕我，言逸。"陆上锦深沉叹息。

四月里最后一次倒春寒，窗外花盆里盛开的紫色木茼蒿在凉风里发抖，言逸只穿了一件衬衫，冷得打了个寒战。

昨天的缠斗消耗过大，言逸的身体还没恢复到最佳状态。陆上锦毫不吝啬地释放着安抚因子。

言逸并不与他视线相接，小声说："是陆叔要我回去吗？"

提起陆凛，陆上锦胃里翻涌起一阵恶心。

"不是。"这话让陆上锦听着特别刺耳，言逸竟然把他和那个恶心的男人混为一谈。

"你过来。"

言逸不断后退。他才被陆上锦赶出家门，一个人窝在狭窄阴冷的小旅店里，可怜得像在人群里走丢的孩子。

血管里刚刚平静了一夜的躁动因子又开始冲撞脆弱的神经，言逸感到痛。

陆上锦仍旧在接近他，直到他退到一张小圆桌后，陆上锦尽力安抚他，不断说着："言逸……"

言逸退无可退，一把掀了圆桌，嘶吼道："陆上锦，你到底想干什么？"

他发了火，自己都吓了一跳。

陆上锦认识言逸这么久，还从没听言逸这么大声说过话，桌上的杂物劈头盖脸砸了一身，陆上锦走过去，把言逸逼至墙角，抓起他的双手，上面还有最新的针眼。

原来是因为周期感染，他还处在暴躁期。

言逸痛苦地拿头抵着墙，哑声哀求："你别再抓着我了，我好疼。"

陆上锦恍然发觉自己又使劲了，连忙松开言逸，言逸甩开陆上锦，拧开门跟跟跄跄逃了出去。

顾未扶着昨晚摔痛的腰，绑着围裙在一楼收拾桌椅，昨晚这里一场打斗把店里砸得乱七八糟，但没什么大的损坏，唯一惨烈牺牲的几件东西好像都是他自己砸的。

顾未听见楼梯间匆忙的踩地声，稍稍抬头，就看见匆忙跑下来的言逸。

言逸还没跑下楼梯，就被匆匆追下来的陆上锦拦住了。

言逸用力挣扎："我不回去……"

"你别乱跑，咱们好好说一会儿话，行吗？"

顾未一见有人欺负自家员工，上前一把将言逸拽到身后，拿扫帚指着陆上锦，凶狠道："你又是哪儿来的畜生？"

言逸蹲在地上，头也不抬道："老板，快赶他走。"

陆上锦与顾未对视了一眼，察觉到他的基因进化能力，紧接着释放了自己的压迫因子："哈士奇？居然什么奇怪的觉醒都有。"

M2进化基因释放的压迫因子在气势上完全压制J1，顾未顿时夹起尾巴："告辞。"

"阿言，昨晚算工伤，工资我给你算进去了。"然后他夹着尾巴拿扫帚去角落里扫地。

言逸跟着陆上锦回了二楼。

顾未在网上发了一条动态：

#颓圮酒吧# 亲身经历老鹰抓兔子，嘻嘻。

底下配了一张自己的大鼻孔搞怪自拍。

"颓圮"酒吧因为店主太帅一直在网上小有名气，评价大多是"店主的嗓音赶超一流歌手""顾老板傻帅傻帅的""顾老板还没有对象，给好评分配对象吧"。

顾未不管发什么，热评都是例行的"顾老板今天砸店了吗？"，底下跟着几十条"砸了"。

南岐小城最北边的度假温泉会所今天清场，专门给少爷的朋友聚会，温泉池中安安静静，只漂着一盘水果。

邵文璟靠在池中，拣了一块凤梨扔进嘴里咀嚼，桃花眼眸像被熏了一层雾气。

邵文璟懒得跟那群朋友嬉闹蹦迪，找了一个清净的池子泡汤，碍眼的干爹终于被陆上锦除掉了，邵文璟舒心得很。

一个小孩跑过来，挤到邵文璟身边道："哥，你好不容易回来一次，陪我去玩吧。"

"哥累了，歇歇。"邵文璟仰面靠在池边，"你把你手机给我玩玩。"

"哼。"小孩把手机丢给邵文璟，怏怏抱怨道，"臭鸡居（蜘蛛）。"

"小鸡居（蜘蛛）。"邵文璟笑了一声，拿弟弟的手机刷网络最新消息，被推荐了一条同城话题＃颓圮酒吧＃。

本来轻易就刷过去了，忽然定神仔细看了看照片的角落，灯光下的影子有些熟悉。

"哟。"邵文璟吹了声口哨，"小兔叽（小兔子）。"

上午酒吧生意冷清，顾未一人在楼下收拾店面，周围的摆设看着整齐舒心了，往角落的软沙发上一窝，抱起吉他唱一首《分手快乐》。

二楼的卧室被反锁，言逸抱腿坐在床上，总是不自在，双手无处安放，陆上锦破天荒地拿来吹风机给他吹干头发。

陆上锦再一次释放了安抚因子，他确实疲倦，但现在他只能通过言逸来确认自己的归属感和安全感。

"冷吗？你在发抖。"

言逸沉默着不回答。

言逸的态度让陆上锦有些紧张，但很快又笃定地冷静下来，因为他想到了之前阅览过的书籍内容。

"高阶繁衍本能理论"早就已经被证实，高阶异种人数量稀少，种族本能为了延续这种高阶基因，会寻找高阶异种人合作。

而进化等级越高的异种人，则会寻找更多的异种人合作并留下高阶后代，这是优胜劣汰种族进化的本能。

虽然也有学者提出"高阶本能服从基因融合度理论"，但对于未知领域，人们总习惯于相信自己愿意相信的。

万物皆有两面性，三阶进化的超高阶基因让异种人在拥有常人无法企及的强大能力的同时，也像一道无形的枷锁，使之沦为自然法则的囚徒。

所以陆上锦有恃无恐。

陆上锦昨晚和那个M2犀牛异种猎人打了一架，不知道那个异种猎人还有

没有活路,陆上锦打架向来手黑,下手就是十足的狠劲儿。但他也因此耗尽了体力,释放安抚因子没一会儿就靠在沙发上睡着了。

陆上锦醒来时,言逸已经不在了。

他坐起来,隔着薄窗帘望见外边天色近傍晚,心里有些怅然。

他转头看见床头柜上放着一碗还温热的鸡肉粥,于是又放松地端起粥碗,嗅到碗沿上还沾着细微的香气。

陆上锦换了衣服走下一楼,酒吧里十分热闹,旋转的舞台灯在地上投映出无数圆形光点,顾未抱着吉他坐在高脚凳上,直播摄像头摆在角落,调出一个合适的角度,忘我地唱着粉丝点的歌。

吧台边围聚着形形色色的顾客,有几个人满脸迷恋地看着吧台后娴熟地倒酒的兔耳调酒师。

其中一个人有点害羞地问言逸:"你的耳朵好可爱,我能摸摸吗?"

言逸穿着调酒师的西装马甲,将一杯假日甜心推到那人面前,手指一捻,翻出一朵小雏菊点缀在酒杯上,一只手托腮,朝那人淡淡扬唇:"摸一下也有代价的。"

他打了个响指,指间翻出一张淡彩卡片推给那人:"老板要做一棵许愿树,你想当第一个挂上去的宝贝吗?"

那人的脸像红透的小气球,鼓着腮帮认真写了一张卡片给言逸,言逸扬起一只小兔耳,给那人摸了摸。

"好软……"那人摸完就红透了脸。

又有几个人搭伴过来搭讪言逸,吹了声口哨,倚到吧台边故意挤眉弄眼:"我们也想摸摸耳朵,好不好呀?"

"耳朵只给可爱的人摸。"言逸侧身坐在吧台后,轻笑着说。

频闪的圆点灯照在言逸侧脸上,小兔子像在发着光。

陆上锦伫立在木梯边,原来不围着围裙专注家务的言逸在外边可以这么受欢迎,而自己竟为了安全,关闭了他连接外界的大门,一意孤行地将他禁锢了这么多年，不曾向他解释一句。

犹如古画小镇的街道在夜色里点了灯，酒吧里迷离的灯焰摇曳，狂野空灵的歌声伴着吉他弦响蔓延到远方。

蚂蚁顺着青砖蜿蜒爬上花藤，在木茼蒿的花瓣上理着触须。

陆上锦穿过酒吧大堂里随着音乐晃动的人影，带着一身驱逐信息走近吧台。

M2高阶基因代表着强者对于领地的侵占，吧台边的人群感受到这股不善的气息逼近，纷纷退开，几个搭讪言逸的人立刻收敛笑容，匆匆撤到一边。

"这儿居然有M2的异种人。"旁人悄声低语，"小兔子被盯上了，都散了吧。"

陆上锦坐上高脚凳，双手交叉抵着下巴，手肘支着吧台，认真打量言逸。

言逸站了起来，有些不自在。

"你把我的客人都吓走了。"言逸垂眼看着自己的指尖，灯光映在低垂的睫毛上，眼下遮出一片阴影。

言逸淡声问："喝点什么？"

陆上锦抿唇道："你最拿手的，给我调一杯。"他又从上衣里抽出一张卡推给言逸。

言逸看着那张卡发了一下呆。

言逸从玻璃杯架上拿了一个形状优雅的酒杯。

陆上锦用欣赏的目光看着言逸娴熟地调和酒液，最终细长的手指推来一杯淡红鸡尾酒，散发着蔓越莓的酸甜清香。

"我没有花吗？"陆上锦仿佛看着幼儿园老师分发玩具却略过自己，"你给了他们每个人。"

言逸无奈翻开手腕，指尖夹着一朵蔷薇，插在酒杯里。

陆上锦托起酒杯品了品味道，普通的鸡尾酒，也品出了名贵红酒的优雅滋味。

"有名字吗？"陆上锦摇了摇酒杯。

言逸弯了弯眼睛，说："圣诞蔷薇。"

这样平等对话的机会很少，言逸从小在与世隔绝的训练营长大，去过的其

他地方只有进化基地和陆宅,确实很没见识,陆上锦极少过问言逸的意见,常常替他做安排,言逸也一直欣然接受。

因为那时候他只认识陆上锦,他的世界尽是黑白马赛克,只有陆上锦色彩斑斓。

陆上锦尝了尝酒,眼神带着夸赞笑意:"很好。甜味再淡些就更好了。"

言逸的小兔耳抖了抖竖起来,又乖巧地垂下去,搓了搓指尖,轻快道:"那我再试试。"

陆上锦喝完了一杯,把蔷薇插在上衣口袋里,说:"不用,这样也很好。我还想尝尝别的。"

"我还有其他客人呢。"言逸收了另外一位客人的钱,调了一杯阿丽娅幻岛,散着白烟的粉蓝色鸡尾酒在言逸指间捻动了两圈,顺着光滑桌面旋转滑到客人面前。

"那好吧。"陆上锦侧身倚靠吧台,扶着空酒杯的杯沿问,"你什么时候学会的调酒?"

言逸有些惊讶,陆上锦从前是不会关心这些细碎小事的,所以他们之间能聊的东西并不多。

"在PBB训练的时候,基地里什么都有,我训练之余也没什么事情做。"言逸边摇晃调酒壶,边轻松讲述,"其实我还学了几国外语,可惜一直用不上,可能都忘得差不多了。"

身边乖巧听话的垂耳兔执事,除了在战场上身手令人赞叹,那么多优秀的地方陆上锦都不曾了解。

"你还学过什么?"陆上锦颇有兴致,与言逸攀谈。

"我还学过些西洋乐器,可惜我没什么天分,后来就不再练习了。"言逸说着,其实在基地里训练残酷,痛苦多于怀念。

但有些可爱的人天生容易忘记残酷,习惯记着美好的东西不忘。

时钟指向凌晨三点,顾未早就关了直播,抱着吉他四仰八叉躺在软沙发里张着嘴打瞌睡,店里的客人也少了些,三三两两怏怏地把着酒瓶打呵欠。

言逸趴在吧台上，困倦袭来，小兔耳无聊地在吧台上弹起来，落下去，弹起来，又落下去。

陆上锦今天睡到傍晚才起，成了酒吧里唯一尚且精力旺盛的闲人。

他在酒吧里逛了一圈，在一面寄语墙上找到了眼熟的一张明信片。

他早就忘了自己写过这张明信片，所以看见熟悉的字迹时发了半天的愣。

陆上锦把指尖按在圆珠笔画过白卡纸留下的字迹沟壑，似乎还能感受到十年前遥远的温度。

陆上锦蹙起眉，证明曾经青涩的痕迹居然留到了现在，现在看起来就像小时候做的难堪事，倒觉得有几分不自在。

言逸趴在吧台上，自己甩着耳朵快睡着了，忽然听见浅淡的钢琴声，声音不大，柔和地振动鼓膜。

陆上锦坐在角落的三角钢琴前，骨节分明的修长双手在琴键上和缓轻按。

这双手早已不属于十年前琴房里的小王子，指腹覆盖一层枪茧，手背布满陈旧的伤痕，但手指在黑白琴键上跳动时仍和少年一般灵动单纯。

曲子是他以前常弹的那首。

对音乐一向敏感的顾未忽然惊醒，起初看见是陆上锦坐在钢琴前，十分不屑，听了一会儿却抱着吉他沉迷地靠在墙边，指尖随旋律打着节拍。

言逸坐起来，微张着嘴望着钢琴前的陆上锦，怔怔走过去，站在他身边静静地听。

"你会这个吗？"陆上锦侧着头看着言逸。

言逸点了点头。

陆上锦淡淡地笑了笑。

言逸听着曲子睡着了，陆上锦停了下来。他上楼的时候路过沙发上的顾未时，顾未压低声音问："你就是陆上锦？"

陆上锦挑眉道："不然呢？"

顾未俯身收拾地上的酒瓶，随口道："他挺傻的，像长不大似的，活在童话里。"

陆上锦回了房间，手机上显示着十几个未接来电，都是助理打来的。

他离开公司做甩手掌柜好几天了，不得不回去。

言逸醒来便看见陆上锦坐在沙发上，拿着手机正在看文件，见他醒了，便说道："我该回公司了，堆了不少事儿没办。"陆上锦看着他，用商量的语气道，"一起回去吗？"

"你去忙吧。"

"那你要好好保护自己，知道吗？万一遇到什么事给我打电话。"

陆上锦居然没有逼他回去，言逸有些意外。

陆上锦把之前的卡递给言逸，说："卡你留着。"

他接过那张卡片，卡片上贴着一张蝴蝶形的贴纸，上边写着密码。

密码是很普通的一串数字，并不是什么有意义的数字。

言逸很快断定这张卡不是陆上锦的，但他还是收下了，也没有在脑海里思考缘由，更不会去抽丝剥茧地查。

"我走了。"

他把车钥匙扔给陆上锦，说："回去吧。"

还没到营业时间，顾未坐在窗台边，托着腮发呆。

"为啥不一起回去？"顾未撕开一块软糖塞进嘴里，"那个人好像挺关心你的……"

言逸坐在门口的高脚凳上，倚靠着门框跟顾未闲聊："基因细胞啊。他想要我的基因细胞。"

顾未愣了一下，望着空荡的街道随口哼唱《讲真的》。

言逸拿了一块软糖砸他："换首歌。"

顾未避开砸过来的糖果，吐舌头嬉笑道："我是你老板，我想唱什么就唱什么。"

言逸无奈地弹了弹小兔耳，低头看了一眼手机，好多陌生号码的未接来电。

还有一条短信："言逸，你接一下我电话，我有重要的事跟你说，真的。"

言逸嚼着软糖低头翻看短信："又是他。"

安菲亚医院今天格外热闹。门前停了一辆黑色宝马760Li，以及帕拉梅拉和法拉利612。

医院3楼会议室最里侧，有一张通往精密监护室的密码门，通过门禁需检测指纹、声纹、虹膜和步态，四重身份验证杜绝了一切可能出现的意外。

此时，3个大男人围着一个婴儿保温箱观察。

粉嫩发皱的小婴儿仰面睡着，身上爆了一层细细的白皮，脐带脱落，露出一颗粉嫩发红的小肚脐。

毕锐竞双手扶着保温箱，卷起袖口，肌肉分明的小臂上有一串青蓝烙印：PBB-000026。

他眼瞳颤抖，盯着小婴儿的脸说："长得真好看，生他的人生前一直是美人，孩子长大差不了的。"

叶晚曾经是毕锐竞的队长，他突然得知早已去世多年的队长其实一周前刚刚去世，对他而言如同晴天霹雳当头一棒，半晌都没回过神来。

夏凭天手搭沙发背，跷着腿，嘴里叼着一根没点燃的香烟，烦躁地拨弄打火机的金属盖，发出叮叮的声响："陆凛前些天又去了PBB总部，他养了一头怪物，一直在做进化引导。万一哪天真让他养成了，估计就无敌了。"

"他已经疯了。"陆上锦仰头闭了闭眼睛，"我迟早让他付出代价。"

"这个孩子状态一直不太好，"夏凭天望了一眼保温箱，"或许会短寿，或许会有其他的病症，我这边一直在尽力治疗，你如果有资源就联系我。"

"多谢。"陆上锦的手肘撑着膝盖，坐在沙发上，不断揉捏鼻梁山根，看起来极其疲惫。他勉强打起精神，仔细看看那婴儿，隔着玻璃抚摸他的小手，是一个漂亮的游隼异种男孩。

其实陆上锦不大在意孩子的进化潜力，叶晚真的走了，这个孩子是叶晚唯一的遗物，除此之外，陆上锦什么都没有。

夏凭天憋闷得厉害，走出精密监护室，抽了一根烟，夏镜天就靠在墙壁边等着他。

"哥，你给我查个车牌号。"夏镜天递给他哥一张记了牌照的便笺。

夏凭天抽过字条看了一眼，一串眼熟的数字。

"你有病吗？"夏凭天压着声音把夏镜天推到墙角，"你查陆上锦的车干什么？"

"我得找一下言逸，我有重要的事跟他说，他一直不接我的电话。"夏镜天目光清澈诚恳，"真的是特别重要的事，你帮我一次。"

夏凭天看着弟弟苦求示弱的眼神，心里松动。

这小子从小就犟，鲜少向人示弱，却为了言逸反反复复求他。

"你先跟我说实话。"夏凭天碾灭了烟头，给夏镜天整了整衬衫领口，"你到底想做什么？说实话，只跟哥说。"

"没有。"夏镜天扯着他哥的手按在自己的后颈处，显示自己的顺从和诚恳，"有些话我要和他说，说完就走。"

夏凭天知道他的性子，他从不对自己说谎，因为根本无所畏惧，不屑于找理由胡诌，反正自己也拿这个宝贝弟弟没法子，打也打不得，骂也骂不得。

"行。"夏凭天把他递来的便笺揣进兜里，"这是最后一次，别给人家找麻烦。"

"嗯。"

"颓妃"酒吧最热闹的就是晚上八点和九点，这是属于失眠和夜游者共同的狂欢。凌晨三点，酒吧里生意逐渐冷淡，言逸趴在吧台上打呵欠。

口袋里的手机突然振起来，言逸惊醒，拿出来看了一眼，是陆上锦的视频电话。

"下班了吗？"陆上锦微哑的烟嗓隔着手机听筒传来。

"我……还没。"言逸趴在桌上，尖下巴抵着桌面，看着屏幕里的人。

顾未边捡地上散落的酒瓶，边往言逸这儿看了一眼。

言逸有些局促，回了顾未一个眼神，指了指手机，然后匆匆跑上了二楼："我……我现在下班了。"

顾未："……"

顾未抄起扫帚，炫酷地在脖子上甩了三百六十度，边扫地边倾情献唱一首《心太软》。

视频里，陆上锦拿毛巾擦了擦滴水的头发，屈着一条腿靠在床头，一只手拿着手机，平日里冷淡的眉眼多了几分温和，在微黄的壁灯掩映下显得脸颊轮廓更加立体。

"你不用怕，我没想做什么。"他的浴衣衣襟敞开来，露出皮肤上陈年的伤，他知道言逸重情，曾经并肩战斗的时光言逸永远无法忘记。

陆上锦身上的枪伤疤痕并不比言逸少，年轻时他把这些疤痕当成功勋奖章，酷爱争强斗狠。他身形高大，呈倒三角的背部连接劲瘦的腰，扬起手臂时显露的鲨鱼肌上还刻着几道凌乱的伤痕。

那几道深伤是陆上锦为了救言逸留下的。

言逸曾经与6个M2进化的异种猎人对抗，纵使拥有A3顶级进化基因细胞，却因为太过年轻经验不足，被其中一个异种猎人勒住脖颈扔到轧地机前。

轧地机的滚筒安装了长刺，朝言逸飞速开来，他险些被绞成肉酱的一瞬间，陆上锦抱着他滚了出去。几根长刺刮中陆上锦的侧胸和肋骨，当时伤口深可见骨，鲜血淋漓，迟迟止不住血。

"你什么时候回来？"陆上锦问得平淡且温和，似乎没有逼迫言逸的意味，但言逸总觉得有一种无形的压迫力迎面而来。

言逸当然想回去，可是现在的他太脆弱了，他怕自己无法承受意外之外的反应，更怕陆上锦阴晴不定的态度。

言逸刚要开口，屏幕忽然闪出来电提醒。他本来是要挂断的，忙乱间却按了"接听"。

夏镜天的声音伴着汽车喇叭声不太清晰："我快到你在的酒吧了，出来接我一下吧。哎，你会不会开车啊？"

言逸脸色微变，电话已经挂断了。

陆上锦那边的显示则是画面定格了一会儿，直到言逸挂断了夏镜天的电话

才恢复正常。

他挑问:"来电话了?"

言逸平淡地回答道:"卖保险的。你早点休息,我也要休息了。"

"半夜三点卖保险?"

言逸小声道:"不可思议吗?"

"那你也早点睡。"陆上锦说完就挂了电话。

言逸给夏镜天回了一个电话,披上外套出去找他。

他下楼时,夏镜天已经等在吧台,不断搓脸驱赶倦意,开了十来个小时的车,中间只停歇了两回,已经属于疲劳驾驶了。

他一见从二楼下来的言逸,倏然站起来,安抚因子不受控制地蔓延到言逸周身。

垂耳兔这个种族对猛兽天生就有些骨子里的惧怕,对陆上锦也是,一见他过来,言逸连连后退。

"你找我有什么事?"

"陆上锦对你做什么了?"夏镜天上下打量言逸,见他身上没什么外伤,脸色也不显病态,才稍稍放心。

"什么也没做。"言逸勉强露出礼貌微笑,走到吧台后给夏镜天调了一杯清爽解渴的薄荷茶,这小孩儿帮了他很多,虽然这样热烈恳切的少年让他感到压力,但他至少应该感恩。

夏镜天捧起薄荷茶,喉结上下滚动,犹豫着问:"你最近身体怎么样?"

"身体?"言逸摊开手道,"恢复了大半。"

夏镜天深吸一口气,鼓起勇气道:"你明天一定要去医院拍一张CT,我怀疑你身体里被装了东西。"

言逸浑身一震。

第六章　没关系，我习惯了

陆上锦挂了电话，在床头靠了一会儿，然后又去天台倚着栏杆抽了一根烟。一支烟吸尽，他看了一眼时钟，已经凌晨四点，再过一会儿天就亮了。

陆上锦忽然一脚踢翻了天台的小圆桌，用力踩断雕刻了波浪的桌脚，低低骂了一声。

他脱力般坐了下来，靠在雕栏上，背靠整片星空。

为什么他会这么烦躁？

这栋房子的负荷平衡出故障了吗？

这种烦躁不安的感觉是第二次出现了，第一次是和言逸解除合约时。

言逸跑回来信誓旦旦说要做这栋别墅的执事时，陆上锦没有拒绝，因为他只会自私地把言逸当作花园里一盆装点庭院的绿萝，习以为常地看到言逸。

陆上锦回了卧室，把薄被和浴袍混乱地扫到地上，他摸出手机，一只手不由自主地抚着后颈，另一只手在通讯录里不停地下滑，跟他有过联系的人大多没有名字，只有诸如1、2、3的序号。他把通讯录滑到了底，也没有一个序号能让他选中。

他选一个删一个，到最后把通讯录都删得差不多了，仍旧找不出能聊的。最后他只能拨打言逸的电话。

陆上锦有些狼狈地坐在地毯上，等着电话里的等待音一声一声过去。

等待音响到第六声时，对方接听了。

"什么事？"言逸的声音很清醒，似乎还没睡。

陆上锦扬起唇角，笑着说："我睡不着。"

言逸诧异地"啊"了一声，他走到洗手间里，背靠着门听这位半夜失眠的大少爷任性的发言。

"刚刚你生气了吗？"

陆上锦坦然地靠在床边，舒展的长腿交叠在地毯上："没生气。"

言逸说："我……听你嗓子哑，少抽烟。"

陆上锦随手把叼在嘴里刚点燃的烟按在烟灰缸里掐灭，轻松道："没抽，只是天气太干。你不在房间？你在哪儿？"

言逸抱着手机犹豫了一下。他现在在酒吧大堂的洗手间里，夏镜天就在吧台边。

陆上锦忽然直起身子，道："你身边有其他人？"

言逸叹了一口气，说："你快点睡吧，我明天还要上班。"

陆上锦之前被打断视频电话的火气忽然蹿上来："我问你是不是身边有别人。"

言逸被震慑到了："你别这么大声。"

"言逸，我警告你不要在感染期接触……"陆上锦的声调越来越控制不住地抬高，他紧紧按着后颈，攥着手机就像要把电话那头的小兔子捏死。

"你已经不是我的老板了，你有什么资格警告我？"言逸不再像从前一样低声下气，他直接质问陆上锦。

"你可以试试。"陆上锦先松了口，但仍旧不愿在跟言逸的对话里落下风，放了狠话，"我不弄你，我弄他。"

他如今放任言逸在一个哈士奇异种的店里打工，只是下意识觉得那只哈士奇对言逸没任何威胁罢了，级别低，也没什么出众的能力。

"你找了新老板，对我的态度都变得这么硬气了？"陆上锦刻薄道，"明天我派人过去把那条街买下来，你想开哪家店就开哪家店，怎么样？"

"我老板早就睡了。"言逸的声音变得疲惫失望，低声道，"我不想和你吵架。我去睡了。"

过了十多秒，陆上锦终于软化态度，放低身段道："我很快就过去，你等着我。"然后他烦躁地按了"挂断"，到洗手间里用凉水冲了一把脸。他从镜

子后的医疗箱里抽出两管压制剂，咬开封口，扎进了后颈。

他双手撑着水池，镜子里自己的眼睛里爬满了血丝，下巴的胡楂也没仔细刮干净，这几天他过得像本大纲，生活里的细节都被丢到了脑袋后边。

他深呼吸三次，闭了闭眼睛，苦涩地笑了笑。他好些年没注射过压制剂了，忘了这种麻木微痛的滋味，多少有些不适。

他收拾医疗箱时发现角落里还有一卷没开封的压制剂针管，每一管都贴着一张胡萝卜形状的可爱便笺纸，用来仔细区分。

陆上锦拿了一管压制剂看了看，注射器针身印着药品名"高浓度压制剂"，适用于 A3 基因、变异强化基因、长期注射压制剂产生抗性的基因细胞。

注意：静脉注射，不可直接注入后颈部位。

他忽然愣住，拿着注射器呆呆地站在镜子前。言逸这三年的周期感染都是靠压制剂……都在靠压制剂苦撑吗？

这三年里言逸唯一一次去按摩院，他得知后是怎么做的？他大发雷霆，将言逸扫地出门，对言逸的痛苦，他不曾过问过一句。

一瞬间，他又回想起言逸小臂上的针眼，新旧针眼相互覆盖，因为长期注射，小臂那一块皮肤下都是淡青的肿块。

陆上锦攥了攥手里的注射器，把贴着胡萝卜便笺的压制剂全部拢在一起，收拾到卧室的抽屉里。

与此同时，"颓圮"酒吧的砖石屋顶上仰面躺着一个身材修长的蜘蛛异种，他跷起腿，正拿着手机在浏览一份加密文件，右上角则是一张模糊的言逸的照片。

邵文璟枕着手，悠哉地盯着屏幕，手指向下滑，文件下方是一段关于垂耳兔 A3 基因细胞的介绍和黑市估价。

邵文璟翘起嘴角，桃花眼眼角带着一丝邪气。

夏镜天背靠着卧室门坐下，把言逸落在大堂的手机从门缝里推了进去，他仰头枕着手,望着吸引了一只小飞虫盘旋的花形吊灯,轻声问门里的小兔子:"你还好吗?"

靠在门里的言逸久久沉默。

夏镜天等了很久也没有得到答案,背靠的木门松了劲儿,门里的人离开了。

他也站了起来,坐在大堂的沙发上,低头看着屏幕,锁屏的照片是三枝玫瑰花梗。

他再打开地图,查询到本地最近医院的路线。

顾未坐在二楼花园的秋千椅上,仰头看星星,隔着卧室敞开的玻璃窗看见言逸窝在床上,侧身抱着枕头,弓着身体像一个瘦弱的小球,眼睛旁的枕头濡湿了一小片。

他走过去把身体探进窗里,拉上窗帘,替言逸合严了窗,打着呵欠去自己卧室里睡了。

第二天上午,店里来了一群背包客,来南岐旅游,逛逛酒吧一条街,言逸脱不开身,只好等明天再去医院。第三天,顾未给言逸放了一天假。

言逸收拾了卧室,裹上一件灰色风衣——领到工资那天,言逸一个人逛了一上午的街,导购小姐热情地夸赞言逸简直是衣架子,怎么穿怎么好看。

言逸看着镜子里的自己,消瘦的锁骨凸出,兴许是基因休眠针作用还没消退,脸上还带着一丝淡淡的病态。

"这样……好看吗?"言逸问导购小姐。被这双浅色的眼瞳寡淡的眼神注视时,忧郁像温度一样可以传导入人的内心。

导购小姐愣了一下,热情笑道:"您的身材修长高挑,不挑衣服,但是这件最合适。"

言逸听了,又对着试衣镜照了照,眼睛里的忧郁忽然消失了一半,弯起眉眼打量镜中的自己,看起来打心眼里舒心。

"那就包起来吧。"他笑得春风和煦,和刚刚照镜子时仿佛变了一个人。

言逸没有叫夏镜天跟自己一起去医院,而是选择独自打车前往医院。

前一晚他辗转难眠，现在眼底发青，支着头靠在车门里侧，按下车窗，吸了吸外边略显潮湿的空气。

市中心等红灯的十字路口有个贵族小学，门口停着不少豪车送孩子，几个家长把孩子送到门里还不放心，就差直接开进教学楼把孩子撂在椅子上了。有个穿同样款式小礼服的小孩没有专车接送，背着书包过马路进校门。

他走入人行道时红灯已经结束，短暂的黄灯闪烁后，绿灯亮起的一瞬间，一辆左转弯的面包车忽然闯了出去。

小孩叫了一声，害怕地往前跑。

但绿灯已经亮起来，密集的车流启动，一辆刚开来的银色大众急踩刹车，轮胎摩擦沥青发出刺耳的嘶鸣，吸引了路上所有人的注意，小孩马上就要卷入车轮下。

言逸双手扳着车顶从车窗翻了出去，身体像一段流窜的闪电，把小孩按进怀里，从车轮底下滚了出去。

一时间马路上急刹车的尖锐声响此起彼伏。

言逸把小孩放到校门口，蹲下来帮他拍了拍小礼服上的灰尘。

小孩吓得愣了半天，直到言逸摸了摸他的头发，他才"哇"的一声哭出来。

"不哭。"言逸给他抹了抹眼泪，指尖触碰到果冻似的奶白的小脸蛋，惊讶地缩了缩手指。

这个脆弱的小家伙，是一个基因细胞已经觉醒的小蜘蛛。

小孩抱着言逸的手哭得上气不接下气，奶白的小脸都憋得通红，像晶莹剔透的樱桃。

"怎么没人送你？你家长呢？"言逸把小孩拢到怀里，轻拍后背哄慰他，不由得在心里指责怎么会有这么不负责任的家长，让这么小的孩子独自过马路上学。

小孩委屈地抽泣，说："我哥哥答应我今天早上送我上学，我在路口等了好久他都没有来，我好讨厌他。"

"不哭了，宝宝，去上课吧。"言逸从风衣兜里拿出一包纸巾，抽了一张给小孩擦脸，剩下的塞到他精致的小礼服兜里。

"没关系，没关系，文池很坚强的。"小孩忍着哭，拍了拍言逸的手。

校门里匆匆跑出来一位女老师，一看见门外邵文池在哭，顿时脸色都青了，踩着细跟高跟鞋抄近路从圆孔绿化砖上跑过来，满脸歉疚地朝言逸鞠躬致谢。

"谢谢先生，谢谢先生，我是文池的班主任。"女老师弓着身子，揽着小孩的肩膀，然后无比关切地询问他有没有什么不舒服，那低声下气的卑微态度，竟然像一个不小心给总裁的高定西服上泼了咖啡的实习生。

邵文池揉着哭红的眼睛安慰老师："没关系没关系……"

若是普通人家的小孩儿，被好心人救了这么一遭，就算小孩子不懂事，老师也会循循善诱让小孩子给言逸道谢。但这位老师明显是不敢让邵文池给言逸道谢的，她把邵文池抱起来，想要言逸的联系方式，方便日后郑重道谢。

言逸不止救了一个小孩儿，还救了这个老师的前途，万一邵文池在学校附近出了任何危险，谁敢去承受后果。

言逸没搭话，摸了摸小孩儿奶冻似的脸，回了自己打的那辆车里。

司机师傅等烦了，没给钱不能走，耗的时间没人赔，不耐烦地敲着方向盘。

言逸皱眉笑笑，说："抱歉，您按时间计费吧。"

司机师傅的脸色多云转晴，一踩油门跑了出去，边开车边跟言逸搭话。

"你的身手还挺好。"师傅啧啧感慨，"你应该多在那儿等会儿，说不定那小孩的家长就过来了，这学校里都是有钱人家的孩子，你随便开口啊，多少酬金人家都不吝啬。"

刚刚那一蹿消耗了为数不多的体力，言逸支着头闭了一会儿眼睛，说："是啊，看那老师的态度，那小孩儿的背景还挺不简单的，万一真给撞了，那司机就摊上大事了。"

司机师傅颇感赞同，夹着烟的手伸到窗外掸了掸烟灰："可不，人家家里一手能遮天，摊上这事，进了局子都别想出来。"

言逸望着窗外沉默了一会儿。

他低头看了看自己的指尖，摸过小孩子脸颊的指尖还留着余温，那孩子像

一颗会走路的小果冻，脆弱又可爱，让人无法不疼惜保护。

出租车在医院门口停下，一辆本应在"颓圮"酒吧外的帕拉梅拉停在医院门口，夏镜天靠在车门边玩手机，无聊地转着车钥匙。

他抬头看见言逸，招了招手，说："我带你上去。"

言逸像看见昨天刚赶走的流浪猫今天又出现在家门口一样，很无奈。

几项检查接连做下来花了几个小时，言逸坐在长椅上等结果。

夏镜天接了一杯热水回来，塞进言逸手里暖着冰凉的手，随后坐在他旁边。

言逸没什么动静，看着水杯发了一会儿呆，言逸想打破这种尴尬的宁静，于是问："你学的什么专业？"

"建筑，辅修了经管，我哥非要我学。"夏镜天讲起自己的专业忽然来了精神，从手机里翻出自己做的BIM模型和工程图，翻转角度给言逸看，"这些都是我画的。"

一方屏幕后似乎有无限空间，立体彩色的精密建筑模型可以拖拽调整，看到不同方向。

言逸的注意力果然被吸引过来，有些好奇地在屏幕上滑了滑："都是你画的吗？"

夏镜天骄傲地点点头，然后找出自己最满意的一张别墅设计图给言逸看。

言逸看了看，别出心裁的绿化和建筑风格，细节十分用心，他十分羡慕夏镜天能学自己喜欢的东西，他在比夏镜天年纪小得多的时候就已经在学习怎么把对手的脖子徒手拧断了。

"我喜欢园林庭院……有山有水的。"言逸在电视里看到过。

"中式？"夏镜天又翻出一张手绘图的扫描件，马克笔上色，色彩搭配温和养眼的一栋古典小楼。

言逸眼神发亮，细细看了看。

"我发给你，你仔细看。"夏镜天顺手加上言逸的社交账号，言逸的联系人很少，消息页被推广和新闻占据了大部分空间，看得出来几乎不怎么用，也不知道他平时有什么娱乐，似乎对什么都不太关心。

夏镜天把手机还给言逸的时候狡黠一笑，说："你不会存了图之后就拉黑我吧？"

言逸反倒不好再说什么。

给言逸做检查的孙医生拿着检查报告，刚要让护士去把言逸叫进来，护士忽然拿着院长的手机匆匆跑来，有个电话正在通话中，示意孙医生接。

"喂，您好。"

"哎哎，邵总您好您好。"

"垂耳兔异种？对对，是在我这儿检查了。"

"啊？"

孙医生愣了一下，匆匆跑去诊室里间，关上门，压低了声音：

"可是这不符合咱们医院的规定……"

"哦哦……"

"哦……行行，那……那我知道了。您先忙。"

半小时后，孙医生主动走过来，把一张检查报告递给言逸。

顺着各项指标看下来，言逸仰起脸道："确认体内无异物？"

夏镜天瞪大眼睛，夺过检查报告一行不漏地读下来。

"确定吗？"他辗转多个途径，求到大学同学的父亲那儿，同学父亲在PBB监控区上班，能接触到一些追踪任务，他在控制面板的文件集中看见了一闪而过的兔子剪影，他怀疑，是陆凛在监控言逸。

他站起来比孙医生高出一个头，一把揪住孙医生的领口，微咬着牙，盯着孙医生的眼睛说："你没弄错吧？我告诉你，我们家也是开医院的，我要是回去查出不一样的结果，你等着倒霉。"

孙医生含蓄勉强地笑了笑，走得很匆忙，随身带的圆珠笔都落在了椅子上。

言逸拿着检查报告，心里的一块石头终于落地，将报告认真折成四方的一块揣进兜里，心情放松，忽然想吃酒吧附近的荠菜饺子。

"哎，不管怎么说，没有就好，算我多心了。"夏镜天也松了一口气。

南岐的建筑风格颇有古朴小镇的意蕴，青石砖铺的巷路每隔几步都会挂一个缠绕花藤的木质路标。

言逸在路上接了老板的电话。

顾未说："你完事了吗？我在钟灵街买干花，你过来帮我搬。"

言逸朝四处望望，找到路标，下个路口刚好就是钟灵街，不远。

"我完事了，我就在附近，现在过去。"

下午五点，长南高速拥挤如同堵塞的湍流，天色渐暗，道路两侧的灯顺次点亮。

陆上锦已经开车驶下长南高速的匝道，车后座放着一大束在盒中保鲜的鲜花。等待红灯时，他的指尖轻点方向盘，手上多了一枚陈旧的指环。

顾未站在钟灵街的一家花店门前，脚边摞着五六箱子干花，这家花店藏在小巷子里，车开不进来，看店的还只有店主的小女儿。

言逸走过来，躬身搬起两箱干花，轻轻用左手托着底，脚尖一勾，挑起一箱摞上去，轻松得像优雅地托着红酒托盘。

顾未搓了搓手，把两大箱装饰干花抱起来，说："车在路边停着。你检查的结果怎么样？"

"你的员工很健康。"

"那就成。"

言逸转过街角，不慎撞上了直角另一侧转过来的行人，手里托着的干花箱子仍旧稳稳摞着，他扬起眼睫，说："抱歉。"

邵文璟扶了他一下，从地上捡起飘落的检查报告，顺手打开看了一眼。

言逸把报告抽了回来，对私自拆开别人掉落物品的非绅士行为很不满，但足够的涵养使他没有发怒。

邵文璟露出那双勾人的桃花眸子，挡在言逸面前，毫无顾忌地打量着言逸。

看来他和陆上锦的关系并没有那么坚不可摧，几张照片就土崩瓦解了。看来不需要费这么多的工夫，趁着言逸只恢复到 J1 级别，强制夺走基因细胞多么方便，毕竟 A3 进化基因那么稀有。

这只看似普通弱小的垂耳兔，居然拥有稀少的 A3 基因，还真是羡煞旁人。

言逸记性很好，一眼就认出来这是 3 年前自己在按摩院叫的那位按摩师。

微暗路灯下，邵文璟的眼睛似乎覆盖着一层金属光泽，像昆虫的复眼，眼角上扬，温柔带笑的眼睛盯着言逸，却令人毛骨悚然。

"你一个人吗？"邵文璟双手插在裤袋里，微弓着身子，低头靠近言逸。

不等言逸说话，顾未也抱着干花转出了拐角，看见邵文璟先是一愣。

邵文璟旁若无人地抓住言逸的肩膀，露出尖锐犬齿，眼睛里一层金属色泽的薄膜发亮。

"哎，你干吗呢？"顾未扔了干花刚要动手，邵文璟就在两人惊诧的注视下退开两步，后背毫无防备地狠狠撞在墙壁上。

言逸回头看了一眼，夏镜天就站在几步之外，右手仍旧保持抬起的姿势，微扬下颏，注视着邵文璟，挑衅道："大叔，别乱动，我怕不小心把你挤成肉饼。"

美洲狮异种 J1 进化能力"重力操纵"。

"没想到这小地方还有除我以外的 M2 异种在。"邵文璟释放出压迫因子，以基因能量抵抗着周围极大增强的重力，缓缓站立起来。

"小夏，别在这里打架。"言逸皱眉退开，身后突然响起刺耳的喇叭声。

黑色宝马 760Li 停在身后，陆上锦从驾驶位下来，靠在车门上点了一根烟。

"挺热闹。"

3 种强烈的 M2 信息互相冲击倾轧，霸道强横的压迫气息瞬间在钟灵街爆炸蔓延，在青石巷道里游逛店面的游客顿时驻足，循着这股威压气势望去，不知通往什么地方，好奇却又根本不敢靠近。

M2 高阶信息的压迫感犹如吞城浓云滚滚而来，店里的人们被突然强盛的压迫因子冲击得头昏脑涨，匆匆关上店门。

顾未买过干花的那家花店店主恰巧回来，店主也是一个异种人，才进钟灵

街便感受到极强的压力迎面而来，突然捂着后颈痛苦地跪在地上。

"是异种猎人吗……附近有好几个高阶异种人……疼……撑不住了……"

小巷里还有不少异种人，他们都抓狂地遮挡后颈，拼命抵抗这股令人发抖的压迫感，有的人怀里抱着的小孩骤然尖锐地哭号。

听到附近传来小孩的哭闹声，言逸放下干花挡在三人正中，说："快住手，你们想拆了这条街？"

夏镜天率先停了手，不再释放压迫因子，坐在自己车前盖上朝言逸微扬下巴。

"我不想用 M2 能力荡平这条街。"夏镜天的视线扫过陆上锦，停留在邵文璟脸上，笑意微哂，"哪儿来的虫子？我最讨厌虫子。"

陆上锦看了一眼夏镜天，说："你怎么在这儿？你哥让你滚回去。"

夏镜天噎了一下，目光立刻变得敌视尖锐。

邵文璟掸了掸袖上沾的灰尘，双手插兜靠在墙边，翘起唇角露出尖锐犬齿，说："陆少，好久不见。"

陆上锦对邵文璟颠倒黑白的挑拨无动于衷，可当他看见言逸逐渐消退了赤忱的表情，忽然变得极其烦躁，用力在车门上砸了一拳，踩灭烟蒂朝言逸快步走去："上车，我跟你解释。"

"没关系，我习惯了。"以他们的关系，言逸并不需要解释。

言逸想先帮老板把干花搬回车上，四下寻觅，发现顾未在五十米开外安全距离的露天火锅店里坐着，抱着一桶爆米花，边嚼边望着这边，隔岸观火。

言逸回头的一瞬间，顿觉手腕蓦然一紧，一股黏稠的蛛丝卷在了右手上，紧接着身体被一股强横力道拉扯过去，后背狠狠撞在邵文璟怀里，双手被坚韧的蛛丝越绞越紧。

"放开！"夏镜天突然从车前盖上跳了下来，邵文璟从背后一只手锁着言逸的咽喉，带着他后退，戏谑笑道，"来，看看这只小兔子能不能承受住你的重力挤压。"

"我……"夏镜天果真卸了劲，他的 J1 能力和 M2 能力都不是针对单体，而是范围挤压，一只垂耳兔异种会被瞬间挤成一团齑粉。

陆上锦皱了皱眉，他见过夏凭天的弟弟几面，小狮子张狂惹事的脾气比他哥哥有过之无不及。反正惹出滔天大祸都有他哥哥替他兜着，争强斗狠时从不犹豫。

邵文璟扬起桃花眼，朝陆上锦弯了弯，说："借我两天。"

陆上锦似乎听到了自己后槽牙摩擦的"咯吱"声。

"你这么说话我很不喜欢听。"被锁住咽喉强行箍在怀里的言逸微抬眼睛，抓住邵文璟紧扣在脖颈上的手，肩头一顶，直接凌空一个过肩摔，被蛛网捆住的双手撑地，长腿甩在邵文璟的腹部，这狠狠一招兔蹬鹰比踹碎原觅腿骨的劲道还大了数倍。

邵文璟没料到基因休眠的小兔子还能爆发出这么猛的劲道，猝不及防被扫出八米来远，像游走爬行的蜘蛛，在竖直墙壁上站立，轻盈踏上了屋顶。

一些种族有概率在基因进化获得能力时，也能够额外出现伴生能力，蜘蛛壁虎等种族可能出现伴生能力"游墙"，不受角度影响在各种材料上站立行走。

言逸脸色苍白，刚刚耗尽了本就没有恢复的体力，即将倒下时，被夏镜天接住了，翻看脖颈还能看见白皙皮肤上瘀青的指痕。

陆上锦倏然消失在原地，带着一串残影出现在低矮的屋顶，刹那间抓住邵文璟的脖子，用力将他整个人砸在细碎锋利的瓦片上，发出一声轰然巨响，速度之快几乎电光石火。

游隼种族伴生能力为"攫取"，以游隼猎食俯冲速度389km/h抓捕目标。

"别动我身边的人，有你干爹的前车之鉴还不够吗？"陆上锦手臂上的肌肉在衣袖中绷出轮廓，眼神中的戾气越燃越盛。

邵文璟当即嘴角沁出一片血丝，眼角却挑衅地上扬："他迟早会落到我手里的。"

邵文璟抬腿把陆上锦扫下屋顶，顷刻消失了踪影。

钟灵街弥漫的强悍信息随着3个M2异种人收手而消退，剑拔弩张的气氛淡出青石巷道。

"我没事，谢谢。"言逸回过头，勉强微笑道了声谢。言逸蹲下来，打算

把干花箱子给老板搬走。

他的指尖刚刚触及纸箱,那纸箱突然"咣当"一声响,被陆上锦极不耐烦地踢到一边。他惊讶地抬起眼睛,陆上锦冷着一张冰块似的脸,居高临下盯着他。

"你在生气?"小兔耳微微动了动。

陆上锦俯身把言逸提起来,恶狠狠拉着人往前走。

"跟我走。"然后他把言逸塞进车里,狠狠带上车门,绕到驾驶位,打方向盘甩尾离开。

"帅哥,帮我搬个箱子?"顾未走过来,波澜不惊地俯身把地上的纸箱抱起来,"雇员工真的不能雇豪门公子,人家可能就是来体验生活的。"

夏镜天被气笑了,"哼"了一声,说:"你个二哈让我给你搬箱子?你知道我是谁吗?"

顾未上下打量他一番,翻了个白眼,然后一个540度螺旋转身,单肩扛着箱子,哼着《乱世巨星》走了。

第七章

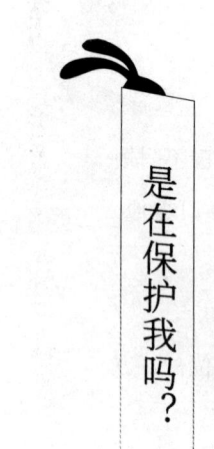

是在保护我吗?

酒吧一条街灯光绚明，门前青石砖两侧的清澈水道里荇草漂荡。

"颓妃"酒吧今夜反常的冷清，大门紧闭。

吧台前只亮着一盏花形吊灯，东倒西歪的空酒瓶滚到角落，被夏镜天捞回来，醉醺醺地往嘴里倒。

吧台前就坐着他一个异种人，满屋子里都是酒味儿和满天星气味的M2异化因子。

"老板，拿瓶威士忌。"夏镜天靠着吧台，看似十分清醒，其实眼睛已经失了神。

顾未坐在角落的沙发上，用力砸自己的后颈，终于抓狂地一头栽进沙发里，用枕头把头都埋起来，以抵御失控疯狂的M2异化因子。

"滚蛋！"

街道中，路灯纷纷点亮，往返于公路的车流逐渐稀少。

言逸被塞在副驾驶座上，安全带被陆上锦凶横地扣上，像勒住猎物般把言逸扣在座位上。

"你干什么？"言逸伸手想松一松安全带，却被拦住了。

陆上锦臭着一张脸，一只手开车，凶神恶煞般把前面挡的车超了过去。

"你认真点开车。"言逸挣扎着说，"这里不能超车。"

"你的身体还没恢复，折腾什么？"陆上锦从后视镜里斜睨了他一眼，看到他苍白脖颈上瘀青的指痕，收回的手攥成拳头，极其烦躁地砸在方向盘上。

言逸往远离陆上锦的方向挪了一点，扶着安全带，说："你生什么气呢，就算你不来,我也可以……"

"可以什么?"

陆上锦目视前方,脸色越来越臭:"你的基因在黑市已经叫价到二十五亿M币,我不在的时候自己不知道低调点?"

"抱歉。"言逸别过视线不再看他。

前面忽然有辆车急转弯,陆上锦骤然刹车,低低骂了一声。脖颈被闪了一下,陆上锦扶了一把后颈,不小心碰到后颈上压制剂的针孔,微微抽了一口气。

这是暴躁凶戾的源泉。

异种人血液中天生的好斗基因被唤醒,一只狡猾阴狠的蜘蛛成功地激怒了他。

言逸攥着安全带,猛地朝前晃,车后座放的一盒东西被惯性甩到了地上——是一个花盒。

陆上锦赶在入夜前上了长南高速,回了长惠市。

别墅前的花园有园丁打理,整面花架上都爬满了郁郁葱葱的风车茉莉。

陆上锦回来时已经是第二天正午,他直接把车开进地下车库,平时偶尔开的几辆车都停在外围,第二围是十几台限量定制款不同车型,用以遮挡视线,最内部虹膜锁隔间车库里则是两台三层防弹挡风玻璃的大皮卡,后排改装配置勃朗宁重机枪和固定弹药箱,最左侧电梯通往天台直升机停机坪。

陆上锦扶着车门想叫醒言逸,才发现言逸已经醒了,正坐着发呆。他揉了揉睡皱的小兔耳,毛都被压卷了。

"醒了?刚好到了。"陆上锦替他扶着车门,"出来走走。"

言逸愣了一下,忽然清醒过来,昨晚他们还在南岐。

"你带我回来了啊……我的东西还没收拾……昨天叫我一下啊。"

"我让助理去拿。"

"好……我和老板说一声。"言逸摸出手机给顾未打电话,屏幕上弹出一条消息,是夏镜天发来的一条语音。

陆上锦眯起眼睛,说:"谁?"

言逸坦然地把手机递给陆上锦，说："应该是小夏那孩子。"

陆上锦眉头微拧，说："那小屁孩儿相当关心你。前几天我跟夏凭天说话的时候，他吼得我险些耳聋了。"

"高兴一点。这可是我收获的第一个迷弟。"言逸把手机往陆上锦面前送了送，"给你，我不听。"

陆上锦抽走言逸的手机，眼神不爽道："少联系。"

言逸看着陆上锦离开的背影，有些失落。

人不可以奢望太多。

言逸抱起花盒，关上车门，追上陆上锦。陆上锦居然没有自己上楼，而是在电梯边等着他。

言逸欣慰地站到他身边，默默望着电梯门上两人的镜像。

"你怎么还抱着这个盒子。"陆上锦点了一根烟，嫌弃地看了一眼被撞破了一小块边角的花盒，轻吐了一口气，"等会儿拿上去扔了，明天我让人送新的来。"

"真的不用。"言逸抱着花盒的手臂收紧，"这个已经很好了，谢谢。"

"我最多忍到它生虫子。"陆上锦掐灭烟头，走进电梯里，"过来，送快递的。"

言逸愣了愣，抱着盒子轻快地迈进电梯里，小兔耳暗自蹦来蹦去。

偶尔被软弹的小兔耳打到肩膀，陆上锦一直板着的脸不自觉地温和了一些。

走进一楼，言逸的表情凝固了一下。

桌上摊着乱七八糟的餐盒，烟灰缸在沙发脚底下碎成好几块，明显有人在这屋子里发过一通脾气。

他望向陆上锦，陆上锦也才想起这码事，脸色有点难堪，但立即正了正色，外套脱了往沙发上随便一扔，看了一眼手机，在混乱的工作汇报里找到一条毕锐竞的消息。

"孩子满月，下周聚个会，有空吗？"

"我刚回来,在哪儿?"

毕锐竞很快回复:"你看看我这消息是哪天发的。"

陆上锦看了一眼手机,是上周。于是他给毕锐竞回了一个电话。

毕锐竞正扶着抱孩子的谈梦给几位部队前辈敬酒,看见陆上锦的电话,道了声"失陪",就找了一个安静的地方接电话。

"已经满月了?"

"是啊,上回你来我家的时候也看到我儿子了。"毕锐竞靠在墙边插着兜,"最近你还好吧?"

陆上锦看着言逸在阳台不知道在收拾些什么,总觉得心里还是踏实了些。

"挺好,我晚点过去。"

言逸收拾完客厅,来到阳台,却看见阳台堆着几十盒提摩西干草。

言逸蹲下来,拿了一盒仔细看了看。

陆上锦把手机扔到一边,走到阳台,倚在落地窗边。

言逸双手拿着一盒提摩西干草站起来,垂着眼睑,轻声问:"是给我的?"

陆上锦记起这些年他每次给言逸带礼物回来,言逸都是这副样子,脸上平淡温和,其实心里雀跃不已。

血液中的暴躁因子渐渐消退。只要确定言逸安全地待在自己身边,陆上锦心里忽上忽下的石头就悄然沉了下去,前几天的焦躁不安一扫而空。

"不然呢,我家里只养了一只吃兔粮的。"陆上锦抬手搭在言逸头顶,"睡了一路,去吃点好的。"

"我做吧。"言逸把干草盒子放下,起身,"你开车累了,上楼睡一会儿。"

陆上锦却拦住他,说:"看小孩去,满月大的,你应该喜欢。"

言逸眼睛亮了亮。

"哦……好。人多吗?我去换衣服。"言逸有点惊讶,这几年陆上锦一直把他隔离在圈子外,言逸想要融入,但陆上锦并不给他机会。

"人挺多的,但也有你认识的。"

"好。"

言逸去衣柜里挑了一身正式又不显得过于庄重的小西服，低头却发现这里面似乎被人动过。

他俯身从枕头底下摸了摸，把珍藏的宝贝们一个一个都摸出来，清点了一下，一件都没少。

塑封过的合影掉到脚边，言逸捡起来，指尖蹭干净照片上的灰尘，一抬头，陆上锦就站在门边看着自己。

"你是不是……动了我的东西……"言逸把照片收进衣柜里的枕头下。

"我前几天来这儿找东西来着。没动别的，就看了看那张照片。"

"哦……没关系。"言逸不想惹恼陆上锦，从礼物盒里拿出珍藏的胡萝卜胸针别在胸前。

酒庄二楼走廊，毕锐竞扶着谈梦去休息室喂奶。

蝴蝶异种抱着小孩，瞥了一眼毕锐竞，说："你关门出去啊。"

毕锐竞蹲下来，仰头望着坐在椅子上的小蝴蝶，戏谑笑道："我自己媳妇我还不能看啊？"

谈梦透白的脸颊浮起一层红晕，皱着眉，一副不大舒服的样子。

"怎么了？"

"疼。"

毕锐竞无奈地笑笑，把娇气的小蝴蝶抱起来放进怀里，边释放安抚因子边吻谈梦的额头："委屈你了，我们小梦也是个宝宝呢。"

谈梦抱着小孩儿偎靠在毕锐竞的肩窝，说："等会儿你还去公司吗？"

"就回去一趟，今晚我早点回家。"毕锐竞温声哄慰。

"七点就锁家门，你看着办。"

"哎，老婆，你怎么不讲理呢？戒指我都找回来了，你怎么还发脾气啊？月底了事多嘛，再加上前两天一个销售被我开了……"

"你再跟我讲道理我就骂你。"谈梦冷冷地看着他。

毕锐竞只好点头，亲了亲谈梦，宠溺地笑道："那你叫声好听的。"

谈梦抿了抿唇，把孩子推到毕锐竞臂弯里，双手搂上毕锐竞的脖颈，喊道："锐叔。"

从酒庄二楼的木窗望出去，道路尽头一辆宾利欧陆姗姗来迟，毕锐竞一眼看见开车的言逸，怔了一下。

言逸竟然也来了，太给面子了。

毕锐竞揽着谈梦下楼去迎，跟陆上锦打了声招呼。

言逸熄完火从驾驶位下来，见到毕锐竞时温和一笑，说："这些年我深居简出，才知道你有孩子了。"

毕锐竞当即站直，抱着孩子朝言逸敬了个军礼："前辈。"

言逸却只是笑了笑，说："我退役这么多年，你别拿我开玩笑了。"

在 PBB 基地，按战斗潜力排名作为永久序列号烙印在身上，序列号的前后不代表绝对的强弱，但也可以作为一种相对稳定的判断方式。

毕锐竞揽过媳妇，说："小梦，叫人呢。"

谈梦并不认生胆怯，从容地和客人握手，或许出身使然，气质矜贵。

陆上锦拍了一个红包到毕锐竞手里，说："恭喜。"

"我就沾我儿子的光。"毕锐竞捏了捏红包，里面有串车钥匙，"哎，我看看是不是我一直想要的那个。"

"送谈梦的，你凑什么热闹。"陆上锦淡淡一笑，"顶配限量，我特意弄过来的，还热乎着。"

言逸一只手插在兜里，微微俯下身，轻声温柔道："花园里的风车茉莉刚好开得漂亮，担心你和宝宝会过敏就没有摘。你比我想象中还要美。"

谈梦被那双浅灰眼睛看得脸颊通红，躲到毕锐竞身后，微微露出半张脸，小心地偷瞄言逸："哼，谢谢。"

毕锐竞怀里的小孩一直乖乖发呆，不哭不闹，盯着言逸的小兔耳。

陆上锦放轻动作，碰了碰小孩的脸蛋："嚄，这么软。"

"给你抱抱，我儿子真可爱。"毕锐竞把小孩儿搁到陆上锦的臂弯里，"快，

你夸夸他。"

陆上锦不大会抱孩子，怕劲儿大了把这个一巴掌就能托起的脆弱小肉球攥碎了。

小孩的一只小袜子掉到地上，言逸俯身捡起来，往他小脚上套回去，胖乎乎的小脚丫像小馒头，踩在手背上又嫩又软，言逸的心都化了。

谈梦从陆上锦怀里接回孩子，轻轻碰碰言逸的手，仰起脸颊看他："他们要去喝酒，我带你去吃点东西。"

整个酒庄占地八百亩，外围则是山水度假胜地，小庄园打理精致，每一种绿植都种植得很考究，闲聊间他得知这些花都是谈梦一个人培育的。

长桌上铺满甜品和各式菜品，供客人自助拿取。

"我叫谈梦，庄周梦蝶的梦。"谈梦抱着小孩坐在长桌边，给言逸拿了一块樱桃酱慕斯，"这是我做的，你尝尝合不合你的口味。"

言逸尝了一块樱桃酱慕斯，这个看起来骄傲可爱的小异种人手艺真不错。

他由衷夸赞道："园艺出色，烘焙也精通。"

言逸能感觉到谈梦的基因进化能力，还没有达到 M2 级别，但比 J1 更强。虽然无法与 A3 基因相比，但绝不算弱，况且谈梦年纪还轻。

谈梦轻拍着宝宝的脊背，小幅度摇晃着哄宝宝睡，趁着宝宝睡着了，就把他交给了身边的保姆，跷起腿，背靠长桌，微扬着秀气精致的下巴。

"之前陆上锦打给我两百万，从我这儿拿了一张卡，应该是给你了吧？"

言逸想起之前那张银行卡，密码普通，上边还贴着一张蝴蝶形的贴纸。

"他让我帮他……"谈梦俏皮地做了一个洗衣服的手势，"那钱可以放心花，陆凛不会追踪到你的。"

言逸迷茫地看着谈梦。

谈梦见言逸这副表情，便一脸古怪地打量言逸："陆上锦没告诉你啊？哦，没关系，陆凛是个什么人圈子里都知道，你的基因这么稀有，他一定盯上你了。游隼家族里有的异种人有定位追踪的能力，你身上要是有陆上锦的基因信息，或者是花了陆上锦的钱，很容易就被监控到。"

"原来……是在保护我吗？"言逸脸上的表情渐渐退却，木愣地看着盘里流淌着樱桃酱的慕斯蛋糕。

"因为三年前陆上锦把陆凛的基因数据库炸了。"谈梦说这话的时候像在看一场笑话，眸光狡黠，"整套计算机都毁掉了，你的基因记录也毁了，陆凛现在想抓到你只能靠陆上锦，他只要好好保护你，陆凛肯定找不着的。"

"这些……我怎么不知道？"言逸有点蒙。

言逸呆呆地望向品酒室，陆上锦托着一个玻璃杯细细醒着，打量红酒成色，陶瓷烛台托着的香槟色蜡烛火焰摇曳，映在陆上锦的侧脸上，阴影深沉。

夏凭天也在，他嗅了嗅杯中的香味，兴致勃勃地听毕锐竞眉飞色舞地讲他的儿子。

"其实我送我儿子去测进化潜力的时候就是想心里有个准儿，没想到臭小子还真争气。"

毕锐竞颇得意，全然不见平时庄严稳重的精英相。

夏凭天"啧啧"哂笑，说："想当年我们部队的花花公子锐哥，改邪归正成妻奴了。"

"去。"毕锐竞"嘘"了一声，"那小妖精作起妖来谁也扛不住，小孩儿脾气，我现在就跟养了俩孩子似的。"

"你教训一下呀。"夏凭天挽起袖子，"哎，甭管别的，上去一顿大嘴巴，抽一顿，保管好。"

"去你的……"毕锐竞被气笑了，"你家小镜子惹毛了你，你下得去手抽他吗？"

"他？"夏凭天摇了摇头，"我动他一下他能直接把我家炸了。"

"对了，我们家小镜子就是熊孩子脾气，之前装作我给你打电话那事，我替他道歉，你别跟他一般见识。"夏凭天朝陆上锦合起双手，无奈地笑道，"这小孩儿我也管不住他，唉，回去让我爸揍他。"

夏凭天都把话说到这份上了，陆上锦也不能再说什么，本来他也没打算对一个大学没毕业的小子做什么，何况还是朋友最宝贝的弟弟。

"我接一个电话。"夏凭天指了指手机,"医院打来的。"

"喂,是我,你说。"

"什么?"夏凭天脸上的笑容凝住,皱眉站起来,"问我有什么用,快去想办法啊!"

陆上锦和毕锐竞同时望向夏凭天。

夏凭天慌乱道:"叶晚留下的那个孩子,多脏器衰竭,正在抢救呢!"

谈梦给言逸倒了一杯红茶,毕锐竞忽然出现在门边,脸色不大好看:"有急事,我们去一趟医院。"

谈梦皱起好看的细眉,说:"什么事?"

毕锐竞看了一眼言逸,堪堪忍住到嘴边的话,隔着门口,言逸看见陆上锦匆匆拿了外套下楼。

三人匆匆离开,谈梦也坐不住,叫保姆拿件外套过来。

言逸无动于衷,低头吃蛋糕。

"你跟我走吗?"谈梦指间转着车钥匙,"陆上锦似乎很着急。"

"我不去。"言逸安静地吃蛋糕。

他们的关系刚刚缓和了一点,言逸不希望节外生枝,也不想打破这份只恢复了一点的信任。

"哼,我非去看看不可。"谈梦披上外套匆匆下了楼。

言逸没办法,放这么一个小辣椒出去令人放心不下。

谈梦开车刚猛,一看就知道是毕锐竞教出来的技术。言逸坐在副驾驶座上,只能紧紧抓住扶手,一路跟随着到了安菲亚医院。

才出生两周的婴儿出现多脏器功能衰竭,即使治愈,留有严重后遗症的可能性也是非常大的,最有可能出现神经系统损伤,比如脑瘫。

言逸走进医院,在精密监护室外看见陆上锦坐在地上,背靠的玻璃内躺着一个婴儿,僵硬无血色。

陆上锦靠着玻璃幕墙,即使浑身上下衣着仍旧整齐,也仍能从失神的眼睛里读出一丝颓废和失魂落魄。

言逸扶着玻璃，看着里面安详躺着的小婴儿，是一个游隼异种宝宝，皱皱的小脸瘦小可怜，长开了一定很帅气可爱，可惜还没足月就夭折了。

陆上锦嗓音低哑道："是叶晚的孩子，我弟弟。"

言逸指尖一颤，瞪大眼睛低头看着他："十年前不是就已经……"

陆上锦揉了揉脸，颤巍巍地站起来，说："我去一趟洗手间。"

他脚步蹒跚，连着开了一整天的车没有休息，又突然被晴天霹雳重创了精神，心里十分疲惫，趴在洗手间池子上呕吐，呕到最后都见了血丝。

洗手池的水开到最大，"哗哗"的水流声掩盖不住脑海里的嗡鸣。一条鲜活的小生命在眼前僵硬褪色，陆上锦只能隔着玻璃，看着叶晚把留在人间的最后一丝痕迹也带走了，什么都没留给他。

言逸拿着一杯温水进来，匆匆扶他起来，让他漱了口。

"今后我再也看不见叶晚了。"陆上锦哑声说，"叶晚彻底走了，用我的枪……"

言逸清楚地看见他眼球上裹满密集的血丝，极度悲怆的眼睛在颤抖，在恐惧，他身体里每一个细胞都在歇斯底里地痛苦嚎叫，无法解脱。

"我为什么会和陆凛这样的人渣流着相同的血？为什么？"陆上锦紧咬着牙关，整个人都在颤抖。

"我都知道了，我们先回去吧。"言逸轻轻拍着陆上锦的脊背，努力安抚受伤的陆上锦。

他太像受伤的猛兽，舔伤口时不慎流露出眼神中的脆弱无依。

四月将尽，道路两旁的绿植抽枝发芽，偶尔一片柳絮掠过挡风玻璃，温和的微风就灌进鼻腔。

陆上锦在副驾驶座靠着车门昏睡，从前不管公司事务有多繁忙，陆上锦也从不会露出这毫无防备的疲惫表情。

只有三年前，言逸见过陆上锦失控发飙的暴怒情绪。

都过去了。

让这痛苦的三年当作一场梦过去吧，一切还能重新开始。

他把陆上锦背到卧室，将近一米九的强壮异种人身体重量不轻，把陆上锦放到床上时，他也险些被陆上锦带倒了。

他去隔壁茶水间倒了一杯温水，回来就看见陆上锦已经呼吸均匀，睡着了。

言逸把温水放在床头，犹豫了一会儿，还是背靠着床沿坐在了地毯上。

"别坐在这儿。"陆上锦还不太清醒，困倦地趴在床沿。

言逸拿起水杯递给他："喝点水。"

"不喝。"

陆上锦累坏了，从下午一直睡到了第二天傍晚。

一楼霎时间传来一声碗盘炸裂的脆响，陆上锦猛然被震清醒了，他穿上拖鞋下楼。

餐厅里飘着煎牛排的香味。

言逸蹲在餐桌前捡地上的碎瓷片，刚刚他手指忽然抽筋，没拿稳碗。

脚步声匆匆从二楼到了一楼，言逸抬头看了一眼，指尖不慎蹭在了锋利的瓷片上。

那一瞬间其实是不疼的，直到一个小伤口开始渗血，才发现伤口居然有一厘米长。

"你怎么回事？"陆上锦走过来，把言逸从碎瓷片堆里拖出来，"你在这儿等着，别乱动。"

酒精和创可贴原本都放在洗手间的医药箱里，但上次被陆上锦折腾翻了，只能去储藏室找新的。

不过陆上锦去找酒精的时间比想象中长，言逸耐心地等，小兔耳无聊地蹦跶。

去哪儿找酒精了……再不回来伤口都快好了。

陆上锦回来的时候，表情有些古怪。

他把酒精和创可贴放在言逸面前，看着言逸消毒包扎。

"你看我做什么……"言逸的表情也开始不自在，一脸奇怪地看着陆上锦。

陆上锦松开手心，里面攥着一张叠成小块的检查报告。

言逸惊了惊，想把检查报告抢回来："你怎么又动我的东西……你看了内容吗？"

陆上锦指间夹着检查报告，把手伸到言逸拿不到的地方："你去检查什么？"

言逸垂着眼睑轻声回答："日常体检罢了。"

陆上锦自来多疑，言逸身为高阶异种，几乎不会生病，况且擅自去不知名小医院检查身体，这让陆上锦感到一阵不安。

他开车带言逸去安菲亚医院做了一次正规检查，一套检查做下来要花费数小时，十分耗费心神。他让司机把言逸先送回去休息，自己则留下来等结果。

陆上锦拿到检查报告和CT影像，逐条读下来，脸色由白变青。

报告结果上明确写着：在左侧腹部肌肉内检测到微型追踪控制芯片。

第八章 我可真蠢

门外传来脚步声，言逸的耳朵忽然竖起来，匆匆关了火，摘下围裙，快步走到门前准备迎接陆上锦。

大门敞开，却一下子闯进来五六个穿白大褂的医生。

言逸后退了两步，警惕地看着他们："你们是干什么的？"

站在最前方的一个医生脖颈上印着一圈烙印：PBB000576，其他医生身体各处也有 PBB 的序列号，都是陆上锦的心腹下属。

"我们来给言先生处理体内的控制芯片，陆少嘱咐过，必须尽快处理掉。"医生放下药箱，拿出手术刀，朝带来的几个辅助医生打了个手势："先注射麻醉剂。"

四个医生一拥而上，两人抓住言逸的手臂，另外一人抓住腰胯，把他按在沙发上，另外一个医生则拿出一管麻醉剂和消毒棉球。

"放开我！"言逸方才从震惊状态中回过神，"有问题我自己会处理，你们的证据在哪儿？"

一管麻醉剂却已经不由分说顺着血管瞬间在四肢蔓延开来，言逸挣扎的幅度越来越小，因为受到过度的惊吓，脸颊褪去了血色，他艰难地去摸沙发上的手机，拨了陆上锦的号码。

电话接通的一瞬间，言逸拼命挣脱医生的手："锦哥，让你的手下放尊重点儿，真以为我不敢反抗吗？"

可电话竟被挂断了。

言逸在医生的控制下艰难抬头，看见拿着手机的陆上锦带着一身寒意走进房间，站在自己面前，一脸冷漠，无动于衷。

言逸抬起眼皮，像渴望沉冤得雪的犯人注视着裁决善恶的法官。

他虚弱地朝陆上锦伸出双手，期盼陆上锦能拉他出地狱。

陆上锦居高临下的目光顿了一下，有一瞬间的犹豫。

小兔子像小时候一样，在分化基地里，瑟瑟发抖地跪在血泊里，爬过来朝他张开手，要他带自己离开。

"陆上锦，你怀疑我？"言逸的指尖紧抓在沙发上，淡淡的血迹印在指痕中。

陆上锦眸光中的犹豫被怒气瞬间点燃了，强势地抓住言逸纤细的脖子，把他按在墙上，眯眼打量他："你骗我，和陆凛联手监视我。他把你安插在我身边，我却一直当你还是当年对我忠贞不二的言逸，我可真蠢。"

言逸愣住了，连失望的情绪都还没来得及产生，就被陆上锦锁进怀里，陆上锦指间夹着刀片，划开了言逸侧腰的皮肤："我自己来。"

麻醉剂尚未生效，本能使言逸疯狂挣扎，他抓住陆上锦的手腕，想要从禁锢自己的怀抱里挣脱出来，恐怖地尖叫："疼！放开我！"

言逸的视线被泪水模糊，痛得连完整句子也说不出："我没……我不知道……我没有骗你……"

陆上锦的手攥出了青筋，微微发抖。这不是他想要的结果，因为他自以为了解言逸，他从没想过言逸会骗他，会对他撒这么一个弥天大谎。

"你伪造检查报告来迷惑我吗？骗我是不是特别有趣？"

"你把我当傻瓜耍有意思吗？"

言逸背叛了他，这是他应得的惩罚。

陆上锦用来支撑精神的一切都是假象，死去的人离开他，活着的人背叛他，此时他的心像被利爪猛然间撕裂，尊严受到了前所未有的挑衅和侮辱。他目眦欲裂，嘴里骂着不堪入耳的话，把小兔子狠狠往死里搓磨。

言逸的声音越来越弱，剧痛和恐惧让他根本无法思考，只知道自己的皮肤被刀片割开，两根手指无情地探入，在模糊血肉中寻找着证据。

可这双手的主人曾经明明宁可自己受重伤，也会紧紧拉住他带他逃离深渊。他难以置信，唯独没想过看似转性的陆上锦仍旧残忍，更胜当初。

言逸的眼睛失去了光泽，鲜血渐渐浸透衣裤，他虚弱地瘫倒在地板上。

陆上锦扔下一枚沾血的控制芯片，随口吩咐几名医生："你们把这里处理干净。"

几名医生站在五步外，噤若寒蝉，被陆上锦声音中的冷峻戾气震了震，匆匆跑过来给言逸止血。

言逸咬着苍白的嘴唇，颤抖地抓住那枚微小的追踪控制芯片，脑海中回忆起上次在陆家老宅，陆凛扶了自己一把的情景。

阴狠的老家伙是在用这种方式挑拨离间，他是陆上锦的父亲，当然最清楚自己的儿子多疑。

虽然如此，言逸依旧对陆上锦的暴虐冲动失望至极。

陆上锦摔门而去，坐在车里一根接一根抽烟，直到嗡鸣的太阳穴被尼古丁彻底麻木镇静。

他按着心口，趴在方向盘上忍着心口急剧的痉挛跳动，双腿冰凉麻木，甚至踩油门时都没什么知觉。

这大概是他活到这么大体验到的最淋漓尽致的狂躁暴怒。

此后两天，陆上锦都待在公司。

办公桌上堆的合同大多签完了，剩了一摞久安鸿叶的合同，陆上锦没有半点心情翻开，索性一直搁置。

久安鸿叶的副总起初打来电话问了一下，察觉到不对劲儿以后不敢再问。

会议结束，夏凭天从会议室出来，脸色黑得像块炭。

陆上锦到底在折腾什么，这是在针对他们鸿叶夏氏？拖着好几个合同快逾期了也没动静，在干什么？

叶晚留下的那个孩子本就难以存活。多脏器衰竭，谁救得回来？也不至于要鸿叶夏氏跟着陪葬吧。

夏凭天越想越憋气，忍不住给陆上锦打个电话，他要是再不接，自己立刻让司机开车往长惠去。

电话响了十声，陆上锦才接起来。

夏凭天忍着火，跟陆上锦好言好语问了问。

陆上锦淡淡地问："你是不是帮你弟弟找过言逸？"与言逸相关的往来他已经查得一清二楚，他必须知道，到底是谁在从中牵线，让言逸竟肯背叛自己。

"啊？没有啊。"夏凭天噎了一下，他确实帮夏镜天查过，但弟弟应该没做什么吧。

"你有个好弟弟。"

陆上锦挂了电话。

夏凭天一口气堵在嗓子眼里，一把抓住助理的领口，说："你去把陆上锦上次带人去检查的报告调来给我看。"

他气急败坏地扯掉领带，下楼开车去了夏镜天的学校。

夏镜天平时懒得回家，也偶尔住寝室，门禁大爷没拦住夏凭天，让他带着几个保镖闯上了宿舍楼。

夏镜天从"颓妃"酒吧回来以后就一直窝在学校，不怎么动弹。

另一个室友在伏案画图，他就靠在床上，拿着一个旧笔记本发呆。

寝室虚掩的防盗门被一脚踹开，伴着一声砸门的巨响，夏凭天气势汹汹地走进来，几个魁梧的保镖冲进来把室友带了出去，关严了门。

寝室里只剩下兄弟二人。

夏凭天一把扯住夏镜天的手臂，狠狠把人从床上拽了下来，扬手抽了一巴掌，咆哮道："把你能的！你在言逸身边都做了什么？你是不是知道什么？"

他收着手劲儿，夏镜天仍旧被他突如其来的一巴掌震住了。

夏凭天把一摞检查报告拍在夏镜天手里："你看看你把人家害得多惨，陆上锦亲自动的手。"

夏镜天咬着牙，低头浏览检查报告，检查报告上的字刺得眼睛疼。

"这不对……"夏镜天慌乱地翻看检查报告，"之前我跟他去医院看过了，医生说他的身体没有任何异常。"

"几十年了，安菲亚医院的诊断结果就没出过一次错。"夏凭天背过身，点了一支烟，努力压抑被怒气冲得暴躁的头脑。

"一定有问题，那就是那家医院有问题，我去查查。"

夏凭天抓住他的手腕，说："你今天敢走出这个门，以后就别叫我哥。"

夏镜天甩开他的手，说："你有本事就打死我。"

一股邪火冲上脑子，夏凭天骤然发动J1能力"重力操纵"，把夏镜天狠狠压在了地板上，从兜里摸出一对手铐，卡进夏镜天的双手。

"回去我就打死你，去给那姓陆的解释，这事儿明明咱们夏家不用掺和，你却在里面搅浑水。你一点都不委屈，把我的脸都丢完了。"夏凭天提起咬牙切齿挣扎的弟弟，叫保镖过来把人弄下去带走。

夏镜天被他哥带回家，禁足了两天，房间门都不允许出。

第二天晚上，夏凭天不放心，进来看了一眼。

夏镜天仰面躺在床上，翻着一本旧笔记。

夏凭天把端进来的银耳汤往桌上一放，坐在床沿，说："小镜子，想通没有？解不解释？"

"要解释也是给言逸解释，姓陆的他不配，他是人渣。"夏镜天翻了个身，背对着自己的哥哥，"你打我，还铐我，你先给我道歉。"

夏凭天深吸了一口气，说："对不起，行吧？你转过来我看看，打坏没有？"

他转过身来，夏凭天低头看了看，好像还有一点肿。

"拿鸡蛋敷一下。"夏凭天刚转身要叫家里的阿姨煮个鸡蛋，一回过头，夏镜天就朝他抬起了右手。

"你干什……"夏凭天周身的重力即刻改变方向，猝不及防吸扯着他飞出去，"哐当"一声，他撞在了墙面上。

夏镜天就在他眼皮子底下溜了出去，还把门锁上了。

"夏镜天，你给我回来！"

卧室门被砸得稀里哗啦响。

自从陆上锦住在公司后，整整四天办公大楼都像被按了静音键，除了偶尔

陆上锦匆匆经过时的脚步声，以及刻意拘谨着不敢有一丁点儿触怒他的员工的问好。

赵副总从陆上锦的办公室出来时脸色阴沉，手里拿着一摞凌乱的文件，明显是被陆上锦甩到地上，他又匆匆捡起来的。

陆上锦不是一个容易把私人情感带到工作中来的人，平时他对任何东西都提不起兴趣，并不暴躁。

所有人都在猜测大老板是不是遭遇了什么重大变故。

四五天过去，陆上锦的愤怒已经消退成了麻木，头脑清醒了些，反复地翻手机。

一条消息也没有。

言逸不该给他道个歉？

这次的事情，确实是言逸的错。

言逸疯狂挣扎时的表情再一次涌上脑海，他一直在说他不知道，一直在说自己不知情——其实仔细想想，他并没有对自己撒过谎。

愤怒过后，一些不合理的蛛丝马迹忽然灌入脑海。如果不是他之前找压制剂时弄乱了药箱，就不会去储藏室找酒精，也就不会发现言逸藏在衣柜枕头底下的检查报告。

那时候言逸的反应仅仅是意外和恐慌，但那不是心虚的表情。

他知道自己一定会带他去医院做全面检查，那时候为什么不反抗，甚至乖乖跟着自己去做检查？

是因为坚信之前的检查结果吗？

那么之前的医院为什么会给他一个假的诊断报告？

误诊？众多细节拼凑在一起，让一向敏感警惕的陆上锦不能相信这仅仅是一个巧合。

如果他当时能冷静一点，再多信任言逸一些，就不会做出那么出格的事情。

他早就应该想起来，言逸几乎不会撒谎。

陆上锦冷着脸站起来，拿了西装外套和车钥匙。

他要去问清楚。

他必须问清楚。

助理走进来,看见陆上锦要走,慌忙拦住他:"今天的会议很重要,您不能不出席啊。"

陆上锦暴躁地推开助理,说:"你去把时间改到下周。"

从公司回家只有半小时车程,一路上陆上锦闯了好几个红灯。

门是虚掩着的,门厅的地上有一串干涸的水痕,陶瓷花缸碎成了好几块,凋零的玫瑰花躺在水中,微微打卷的花瓣散落了一地。

陆上锦愣住了,视线集中在一点,眼瞳里映着一片干枯的花瓣。

"言逸?"陆上锦快步走进去。

屋里是空的,只有厨房里盛着鱼汤的锅还在,汤散发着一股腐败变质的酸味。

他在偌大的房子里搜寻了一圈,没有看见人影。

"你……出去了?"陆上锦怔怔地站在空旷的客厅里。

他忽然想到一个地方。他快步跑去了储藏室,拉开衣柜的门。衣柜里的枕被凌乱,东西胡乱零落着,白色的被单上还有一块干涸的血痕。

言逸不在这里。

但陆上锦能想象出来他曾经害怕地躲在这里,抱着枕头躲在黑暗中发着抖,等待有人能救他。

陆上锦扶着柜门愣了很久,原本因怒气而燥热的心逐渐转凉,而后结了一层霜。

枕头边有一本旧书,巴掌大。他拿起来翻看,之前夹在里面的花瓣被书页吸走了水分,变成了薄薄一片半湿不干的标本。

狭窄的房间内弥漫着陌生的罂粟气味,门把手上沾着一缕黏稠的蜘蛛网。

言逸睁开眼睛,被一股陌生的异化因子气味包裹,是罂粟花的气味。

他挣扎着想爬起来,脊柱却像被钉在了柱子上一样沉重,他伸手摸了摸后背,脊柱上确实钉了一件轻金属打造的注药器,冰凉的药液正顺着脊柱缝隙灌

入身体，他大半个身子都是冰凉麻木的。

周围没有一丝光，他伸出手，想摸摸自己在哪儿，刚伸出十几厘米，就触碰到一面铁丝网。仅仅是伸出一条手臂就已经耗尽了他全身的力气，他侧躺着微弱喘息，失去了继续探寻的精神。

有人推门走了进来，按了照明开关。

毒蛇吐芯般极富侵略性的罂粟气味碾压过来，它属于一个M2蜘蛛异种。

刺目的灯光让言逸睁不开眼睛，好一会儿后，他眯起眼睛，才看清楚自己此时所处的环境。

他被锁在一方铁丝网铺就的狭窄兽笼里。

邵文璟在他身边蹲下，把手指伸进笼子里，说："你终于醒了，我把你从地狱里解救出来，不感激我一下吗？"

言逸吃力地抬起眼睛，呆呆地看着他，浅灰的眼瞳仿佛蒙着一层灰尘。

邵文璟打开笼子，在言逸面前坐了下来。

邵文璟3年前就调查过言逸，陆上锦身边的保镖，他居然拥有稀少的A3基因细胞，从那时起邵文璟就在想法子把他夺过来。

但陆上锦是一个极端疯狂的人，抢了他的东西，还不知道他会想出什么令人咋舌的报复方式。于是邵文璟只好不断制造矛盾，让他们分道扬镳，自己才好渔翁得利。

邵文璟觉得自己其实也没做什么，不过是偶尔在节骨眼上煽个风点把火。

言逸没有动弹，小兔耳病态地耷拉着。

虽然侧腰的伤口已经妥善缝合，但他的眼睛已经被绝望覆盖，完全看不出任何情绪，如同行尸走肉。

邵文璟"啧"了一声，把言逸扶了出来，说："来，我们出去待一会儿。"

言逸失神地念叨："不去。"

"去吧，去外边走走对身体好些。"邵文璟亲切地朝他微笑。

庭院的枫树郁郁葱葱，生长在温泉池边，邵文璟拉着言逸坐在温泉边的长椅上。

"再过几个月，这棵枫树就变红了，红叶飘落在白气蒸腾的水面上，特别好看。"

邵文璟像一只打量着网中飞虫的蜘蛛，缓缓逼近待宰的猎物。

他的目光几次扫过言逸的后颈，现在的垂耳兔还太过脆弱，或许承受不住基因细胞移植。

微风吹敞了言逸的衣领，露出苍白纤瘦的胸前烙印的青蓝色PBB000002序列号。

这行序列号就是强大的证明，邵文璟已经等不及想要夺走他的基因了，A3异种几乎是无懈可击的，陆上锦却能把他伤成这样，真是厉害。

"你困了吗？想休息吗？"

言逸的身体很僵硬，一动也不动，像一座雕塑。

"陆上锦是公认的冷情无心，你非要赖着不走，只会让自己受伤。想将你收入麾下的家族很多，不必吊死在陆上锦这棵树上。"邵文璟靠在椅背上，手搭着横梁，舒展长腿，慵懒地跷起来。

言逸僵硬地抬起头，有了些反应。没有人能透过他的眼睛看到城堡里的小王子，也听不到深渊中救赎的琴声，他感受不到自己被陆上锦救出进化基地时身上被温风吹拂的暖意，是陆上锦从刀山火海里救他离开。

所以别人眼里他的忠诚都是犯贱。

这让他更加痛苦，他的追随没有人理解，没有人在乎，只会被漠视和嘲笑。

他的坚守根本没有任何人懂。

现在，连他自己都不懂了。

再多的恩惠和感动，早就在陆上锦的绝情下消耗殆尽了。

曾经的言逸刀枪不入，像一块钢化玻璃，无论怎么敲打冲撞都可以岿然不动。

但只要找到一个最脆弱的部位，轻轻一敲，整面玻璃都爆得稀碎，骤然毁灭成尘埃。

有什么东西是突然毁灭的呢？

当你看到老树枯藤轰然倒地，你就只看到它因一场风雨而拦腰折断的一瞬间。

想着，它好脆弱。

它独自承受了木心蛀蚀的百年，枝头的鸟儿却只怪它摔坏了自己的巢。

言逸只顾望着面前的温泉走神。被水浸泡的感觉是什么样的？密不透风的水灌进鼻腔，把他赖以生存的空气夺走，刺痛他的气管，最终让他永久沉睡在水底，是种什么感觉呢？

他摸了摸脊柱上附着的注药器，想把它扯下来。

"别摘，只是能量素，能让你舒服一些。"

这是一个没有感情的野蛮世界，只存在兽欲和掠夺，没有法律，没有底线，强者为王。人们争夺异种人的基因，为培育更加强大的后代。

A3基因发生了不符合自然规律的进化，超脱了这个世界的规则，成了变异的特殊存在。

弱势异种过于细腻而专一的情感是不该出现在这个世界上的，在别人眼里可笑又卑微。就像人类安抚动物，动物会回应你，也同样会回应别人，因为它们的感情太过单薄，没有热忱，没有长情。

所以叶晚选择离开。

他也即将灰飞烟灭。

活着太痛，随波逐流又怎样？

"如果你需要的话，可以随时叫我。陆上锦暴殄天物，他不重视你，也不再放你出去为他厮杀。你是天生的杀戮机器，今后我会为你找到适合你的任务，你要做你该做的。"

言逸看了看自己的手，枪茧早就消失了。

温泉水面蒸腾着白气，微风摇着青葱的枫树，偶尔吹落一片在水面上漂浮着。

言逸怔怔坐着，小兔耳动也不动。

"你冷吗？回去吗？"他每一次接近言逸，都会悄然发动M2进化能力"神经麻痹"，微量的毒素顺着言逸的呼吸进入大脑，侵蚀着他的记忆和思维。

精神恍惚的言逸毫无防备，很容易被麻痹毒素蛊惑。

言逸漠然回答："已经掉了十三片叶子，再掉十三片就走。"

蜘蛛习惯了蛰伏，捕食时有足够的耐心去等待。

第十一片叶子落下，他们一直等到了晚上。

言逸睡着了，邵文璟随手扯了两片叶子扔进水里。

"可以回去了。"他很少食言。

他带着言逸回了之前那间没有窗户的卧室，打开笼门，把言逸放回笼子里。

言逸半睁着眼睛，失去的焦点重新汇聚，他问道："你想要……我的基因吗？"

邵文璟轻声答道："当然，谁不想得到你的基因呢？"

"给你……我不要了……"言逸用力撕扯自己的后颈，指甲在脆弱的皮肤上刮出痕迹。

"不可以。"邵文璟把言逸放进笼子里，轻轻把他的手铐在笼子底部，十根手指分别锁住固定，让他不能随便碰到自己的后颈和脊柱上安装的注药器。

只有最失败的异种猎人才会取走高阶异种人的基因去卖，富有经验的捕猎者会让他们心甘情愿为自己效力。

他席地而坐，透过笼子缝隙看着言逸，说："你什么时候学乖了，就可以不睡笼子了，知道了吗？"

言逸轻轻松了松手指，想把手从手铐里拔出来。锁在十指上的锁是电流锁，他拼命挣扎时会释放细小的电流刺激皮肤，用疼痛逼迫他停止挣扎。

言逸的身体僵了僵，明显露出痛苦的表情，他蜷缩起身子，不再动弹。

"乖。"邵文璟锁上笼门，离开了房间。

仆人准备了晚餐，邵文璟坐在桌前，吃饭的时候慢条斯理，也不做任何吃饭以外多余的事情。

言逸的精神受创严重，只能靠能量素维持营养，等到精神好些，可以给他吃一点柔软的东西。

仆人走到邵文璟身边，躬身把电话端来："文池少爷打来的。"

邵文璟露出轻松笑意，拿起电话接听。

"哥哥，周五了，我放学了，为什么不是你来接我？"邵文池的声音十分低落，听起来失望极了。

邵文璟放松地靠在椅背上，说："这几天我太忙了，下周会回家。"

"哥哥……"邵文池带上了哭腔，"之前你就说送我上学的，我等了你好久你都不来，我自己去上了学。"

邵文璟的脸色立刻阴沉下来："我让司机去接你了，他没去？"

邵文池吸了吸鼻子，说："司机来了，但是我没有坐车。你答应我的，老师说不可以说话不算话，臭鸡居（蜘蛛）。"

"我错了，当时我有急事走不开，下次不会了，好吗？"邵文璟的眼神都被溺爱填满，"没出危险吧？"

邵文池刚想开口回答，电话对面忽然换了一个女人，邵文池的班主任客气道："邵先生，文池这周测验三科都考了一百分，真是一个聪明的孩子。"

邵文璟笑了笑，说："还是老师教得好。"

女老师干笑了两声。

邵文璟挂断电话，随手给管家发了一条消息，让他换个司机。

邵文璟临睡前又去看了看言逸。

言逸蜷缩着身体，毛球似的小尾巴翘起来，身体小幅度地痉挛。邵文璟扶着笼子仔细端详他。

"你抽筋了？"邵文璟按开手铐。

邵文璟低头问："你不想睡笼子里，是不是？"

言逸点了点头，轻轻摩挲被电得发红发烫的指根皮肤，哆嗦着抓住邵文璟的衣服，说："安抚因子，难受。"

邵文璟勾起唇角，如他所愿释放出安抚因子，言逸不再抵抗，而是闭上眼睛，舒展了一下脊背。

"睡吧，休息好了我就带你去一个好地方。"他用一丝无害的麻醉毒素给他安眠。

第二天下午，言逸的精神好了不少。

"走，去玩点刺激的。"邵文璟倚在卧室门边，手上挂着一件黑夹克。

言逸抬起头，丝毫没有兴致，但他还是去了，听话得像一只提线木偶。

这座庄园像隔绝喧嚣的另一个世界，被周围的树林和草地孤立成一座无人岛。最深处有一片宽阔的训练场，这座训练场与外界相连，一些家族培养的杀手把这地方当成了俱乐部，常来练枪赌拳。

他们进来时里面有不少人，绝大多数是不同等级的异种人，站在不同的项目前玩得热火朝天、汗流浃背，强烈而富有刺激性的气味四处流窜。

言逸怔了怔，小兔耳胆怯地缩了缩。

有人注意到进来的两个人，先是一愣，随即笑得前仰后合："小兔子也敢进来，看，他的耳朵都吓得缩起来了，哈哈哈哈，太可爱了。"

邵文璟旁若无人地哄慰言逸："别怕。"

邵文璟在释放安抚因子的同时，也向众多不怀好意的人释放出了M2压迫因子，众人收敛了些，只敢暗地里看这只小白兔的热闹。

邵文璟带他站在一排固定靶前，25米外有射击地线和射击台，立墙上挂满各式枪支和不同型号的弹药。

"你还记得怎么操作吗？"邵文璟戴上护目镜，随意拿了一把手枪，将弹匣推进去，上了保险，对准固定靶的头部，按下扳机。

一声炸响。

邵文璟的手指不过轻轻一顿，固定靶应声而倒，随即又一个靶子从原位迅速升起。

言逸平淡地看着那道靶。

邵文璟把枪递给他，说："你玩一会儿吗？"

言逸盯着他手里的枪，轻声回答："国产64，威力小，弹匣容量也小，普通警用的而已。"

"那你去挑一把你喜欢的好吗？"

周围看热闹的人一阵唏嘘，有的已经摘下护目镜，满脸哂笑，专注地转过

来看笑话。

言逸站在立墙边挑选了一会儿，随后他在围观群众震惊的视线里摘了玻璃柜里用来展示的一把 Thunder 雷霆，捡了一颗 50BMG 重机枪弹。

邵文璟赶紧拦住他，一脸无奈道："这东西能杀大象，我的训练场维护起来挺贵的，换一把，换一把。"

言逸嫌弃地看了他一眼，把手枪随手扔了。

看热闹的众人吹了声口哨，阴阳怪气地讥讽："不装制退器敢开雷霆？小兔子的爪爪会骨折的。"

言逸充耳不闻。

当他纤细白皙的手腕轻松端起两把空枪即重达 5 斤的大口径转轮手枪 M500，四周看客的讥讽声立刻弱了下来。

言逸一只手拨开弹匣，熟练地把 5 颗马格南子弹推进弹匣，然后用无名指勾着装填完毕的其中一把，一只手给另外一把装弹。

邵文璟站在他身后，怕他弱不禁风的身体经不住两把 M500 的刚猛后坐力。

"让开点。"言逸拿枪口扫开他，双手同时在肩头推上保险，两把手枪在指尖转了两圈，在枪口停住的一刹那开了枪。

第一排四个固定靶接连倒下，立刻弹起四个移动靶，在立起的一瞬间倒了下去。

最后弹起来两个飞速蛇形接近射击地线的人形靶，在靠近安全距离的一刹那被两声枪响同时击穿。

言逸的双手除了上保险，没有丝毫的抖动。他轻吹枪口，习惯性往战术腰带上插，发觉并没有系战术腰带，眼神里出现了一丝茫然。

这一连串完美的射击赢来了在场所有人的震惊和掌声，他终于明白，为什么各大家族都执着于得到言逸，而陆上锦虽然与言逸解除了合约，也不肯轻易放他走。

他太强了。

四月的最后一天，天气越发燥热，路上人流拥挤，他们已经处在了享受长假的悠闲状态。

陆上锦已经超过二十四小时没有合眼，手下的几位得力干将都在埋头苦查市区四天内的所有监控录像。

他的别墅有保全系统，强行入侵必然会触发警报和隐形电网，但保全系统完好无损，只有别墅内的监控全部被从内部关闭了。

说明是言逸开的门，被入侵者带走时他没有反抗，任由那只蜘蛛把他带走了。

言逸到底去哪儿了？

言逸为什么不能听听他的理由？

言逸一定是在故意报复他。

他确实不该这么粗鲁，他急于让言逸得到教训，错在亲自动了手。

事情不应该变成这样。预想内的事情演变得脱了轨，陆上锦久久地坐在沙发上，按着鼻梁山根思索。

难道自己真的错了？手边的烟灰缸里攒满了烟头，烟灰溢了出来。

陆上锦克制着不去想象更恐怖的情况，他不敢告诉自己，因为言逸在精神和身体双重受创的状态下根本毫无反抗之力。他越不敢去想，这种念头越在脑海中挥之不去，他抱住快疼炸的头，把一桌文件都掀到地上。

手机不合时宜地响起来，陆上锦的目光立即跟了过去，看见熟悉的号码后，眼神沉了沉。

夏凭天叼着烟倚在沙发上："陆哥，我这合同……"

电话这边沉默了三秒，突然陆上锦咆哮了一声："我在找兔子！兔子！"

夏凭天把手机拿远了，等陆上锦吼完才重新将手机贴近耳朵。

因为夏镜天惹的事，他现在在陆上锦面前特别没脸。

但是话又说回来，言逸是丢了，可小镜子也跑了啊，他到现在都没找着人。夏凭天现在回想起来，小时候自己就不该跟小镜子玩那些侦察反侦察的小游戏，那孩子举一反三的能力太强了。

"找不着他，我什么都不签。"陆上锦声音嘶哑，竟让人从烟嗓里听出一

丝弱气。

一向以冷静自持、手段强硬著称的陆少，还从没办出过这么让人大跌眼镜的事。

两人无言，也找不着托词挂电话。

夏凭天当即让司机送自己去长惠市。

他推开陆上锦办公室的门，脚底下先踩到了一份夹着透明封皮的文件，而后才看见，满地都是乱飞的文件，跟地毯似的密集，没地儿落脚。

办公室里一直满头大汗查监控的几个人都被轰了出去，陆上锦靠在沙发上，瞪着爬满血丝的眼睛，在笔记本电脑上噼里啪啦地打字。

夏凭天蹲下来，捡起几份文件扔到一边，给自己开辟出一条能下脚的路。他看了一眼陆上锦的电脑，表情一僵，立刻替陆上锦把电脑合上了。

"你疯了？"夏凭天拔高声调瞪着他，"你用PBB权限开定位干什么？"

陆上锦嘴唇干裂，水杯就放在办公桌上，他却顾不上去拿。

"他被邵文璟带走了，邵文璟一直在境外活动，国内的资料很少，他根本不用自己的名字注册任何东西，不用PBB权限根本查不到他在哪儿。"

"我看你是不了解情况。"

夏凭天从自己带来的电脑上打开一个图标，做成扫雷游戏的程序，插卡输入一串密钥，里面分门别类的加密文件用编号命名。他打开最新的文件，里面是一些模糊的照片，通过背影和一些习惯性的手势，能辨认出是陆凛。

"陆凛一直在进化基地的实验室活动，现在的PBB资料数据已经大半都落在他手里了，他取代了总指挥，派出PBB成员作为异种猎人为他四处搜寻高阶基因。你动用PBB权限，怎么保证他不会顺藤摸瓜发觉之前那台中心计算机是你炸的？"

"他能把我怎么样？"陆上锦闭了一会儿眼睛，长时间高强度集中精神让他头痛欲裂。

言逸已经被抓走了，他一定在等着自己去救他。自己收不到他的消息，一定是因为他被囚禁起来了。

"你出去,让我自己待会儿。"陆上锦把电脑扔到一边,疲惫地倒在沙发上,"夏镜天,我记住他了。"

夏凭天像被戳了软肋似的突然站起来,冷着脸问:"你什么意思?"

陆上锦半眯着眼睛,说:"你说呢?言逸被植入芯片,他偏偏就在言逸身边,你告诉我,为什么?"

"我弟弟我了解得很。是你不信任言逸,你亲手伤害他。"

夏凭天把刚收起来的几份文件重重往地上一摔,说:"我没记错的话,十年前言逸就跟着你出生入死了,你自己把人弄没了,甩锅给我家镜子干什么?"

"我把丑话说在前头,你敢动我家镜子一根手指头,咱俩立刻掰了!"

助理听见办公室里的吵嚷声,赶紧进来拉架。他把夏凭天拉到另一边的沙发上,端茶过来一个劲儿躬身道歉:"夏总,长途颠簸,您到休息室歇一会儿吧。"

手机不合时宜地响了,夏凭天低头一看,是小镜子,他顾不上跟陆上锦置气,连忙接了电话:"小崽子,你还知道找我。"

电话对面,原本清亮的声线也变得有些嘶哑,像在疲惫地寻找什么东西,找了很久。

"哥,司机说你去找陆上锦了。他在旁边的话,我跟他说话。"

陆上锦先一步从夏凭天手里把电话拿了过来。

"陆上锦,我道歉,但不是对你,我给言逸道歉。我不该因为言逸的高阶基因就纠缠他,不该去向别人打听他的电话和地址……"

夏镜天陡然抬高声调,愧疚和愤怒同时爆发,他的声音微哑,即使嘶吼也没有什么威胁性。

夏镜天的声音里带着一丝不易被察觉的哽咽:"基因休眠针让他很难受,我只是想帮助他,至少我帮他了,可你呢?"

陆上锦挂断了电话,他瘫坐在沙发上,什么都无法思考了。

夏凭天把助理拨到一边,望着陆上锦冷笑道:"我要是你,就用定位追踪扫遍全国。"

游隼异种人的 M2 能力需要有信息的联系和大致方向才方便使用,在不能

划定范围的情况下，扫描面积越大越会透支基因能量造成损伤。

游隼的M2能力大多用在狙击和定点追踪上，没有人会用尽能量去地毯式扫描。

陆上锦暗淡的眼睛忽然亮起一丝光。浓度极高的水仙气味蔓延开来，压迫因子弥漫在整个房间内，紧接着，陆上锦发动M2能力"定位追踪"。

邵文璟百密一疏，即使关掉了别墅的保全系统，还是在门把手上留下了一缕蛛网，他循着一缕罂粟信息的气味挨个寻找邵文璟出没过的省市，并且扩大了搜寻范围，把类似信息也划入嫌疑者范围。

陆上锦上一次见到邵文璟是在南岐的钟灵街。他早已寻找过，但没有结果。

夏凭天没想到他真会不要命地消耗基因能量，血色从陆上锦的脸上退潮似的消失。

夏凭天匆匆把手机拿回来，叫医院立刻派救护车过来，这儿有个不要命的在作大死。

陆上锦身体内储存的能量耗尽，他跪了下来，冷汗布满脸颊，流水一般滴到面前的实木地板上。

邵文璟可能使用了一些屏蔽异化因子的手段，陆上锦在脑海里扫过二十几个省市，都没发现邵文璟的踪迹。

他在透支能量失去意识的一瞬间，找到了异化因子类似的——一个幼年期蜘蛛异种，基因信息是曼陀罗。

邵文璟的庄园安装了D国最新的异化因子屏蔽器，是专门为了对付陆上锦准备的，毕竟他早就起了抢夺之心，设备当然得准备齐全。

邵文璟跟几个保镖打了一会儿台球，回来问起言逸，仆人说他在地下健身房。

地下健身房新风系统做得非常合宜，没有任何憋闷的感觉，气味清新。其中划分了几个区域，邵文璟在器械练习区看见了言逸，他穿着黑色的运动背心，专心做颈后高位下拉，重量是200kg。

因为给异种人用的器材最大重量只有 200kg。

小兔子虽然消瘦了,但光看身上的训练痕迹就可以想到他全盛时期的身材。因为弱势异种体型限制,他的肌肉不夸张,柔和而富有美感。

言逸做完最后一组训练,松开手,200kg 的器械"咣当"一声砸落回原位橡胶垫上。

邵文璟拿了一瓶新鲜牛奶扔给他。

言逸接了牛奶,拿在手里歇了一会儿。

"累不累?"邵文璟坐在旁边的器材上。

言逸拧开鲜牛奶喝了半瓶,说:"有点累。"

"你什么时候放我走?"言逸平淡地问,他并不理睬邵文璟的戏弄。

邵文璟摊开手说:"这个不可以。其他的条件我都可以满足你,比如给这里的器材重量都换成 250kg。"

言逸沉默了一会儿,说:"300kg 吧。"

他去冲了个澡。从淋浴房出来时,邵文璟还在,正悠闲地坐在休闲区沙发上翻看书架上的健身杂志。

邵文璟见言逸出来,便跟着他离开,在他身后说:"午餐准备了熏火腿。"

言逸连眼皮也懒得抬,说:"你怎么不准备烤兔肉?"

邵文璟愣了一下,皱眉笑道:"抱歉,是我不周到。我让他们换成素食。"

言逸迷惑地看了他一眼,这只蜘蛛脾气似乎好到没有底线,却又时时处处透露出触及底线时的危险,令人琢磨不透。

邵文璟扶着雕刻了纹路的铁艺栏杆从地下通往一楼,走上旋转楼梯,邵文璟回头看了一眼言逸。

言逸停下脚步,觉得他挡路。

"你不能这样。"邵文璟转过来,"放松一点,人要学着享受生活。"指尖的麻痹毒素顺着微张的嘴渗透进口中。

庄园的警报急促振响,邵文璟抬起眼皮,桃花眼中的关切一瞬间消退,变成冷冽阴毒。

"你去餐厅等我,我出去看看,一会儿就回来。"

监视屏幕上,训练场区域变红,示意有人寻衅滋事。邵文璟派了几个保镖过去,训练场有自己的保全人员,正常是不会触发报警器的。训练场外的监控显示屏上只有一大片白色的雪花,看来里面的摄像头已经被破坏了。几个拿枪的保镖摸进训练场,邵文璟随即闪身跟了进去。

训练场弥漫着一股血腥味,保全人员的尸体横七竖八倒在各个角落。闯进训练场的是七八个异种猎人,站在最前边的是一个M2食人鲳异种。

看来陆上锦还没有这么快就找上门来。

邵文璟放轻松了些,老鹰被蒙住了眼睛,小白兔可能难抓多了。

食人鲳看到慵懒靠坐在铁艺栏杆上的邵文璟,笑起来露出一排尖锐的三角尖牙:"你是这儿的老板吧,听说这里有M2级别的异种人来过?"

言逸的基因恢复到了M2级别,之前玩枪的时候或许有别有用心的人偷偷检测了空气中的基因信息等级,举报给了异种猎人。

训练场入场时要通过安检,一些习惯用举报高阶基因来获得报酬的无业人员,可能夹带了异化因子检测针。

邵文璟温柔地回答:"我不知道你在说什么,他可能来过,但大概走了。"

食人鲳浓重的粗眉拧在了一起,说:"老板,别耍我。"

论攻击力,同等级的食人鲳异种单体战斗力很强,是蜘蛛这种善控制和迷惑的种族难以正面抗衡的。

食人鲳种族J1进化能力"碎骨切割"不算强悍,但M2进化能力"嗜血"令大多异种人望而却步,所处环境血腥味浓度每提高1%,J1能力则能得到1%的增强。

他的领口敞开,露出脖颈上一圈青蓝色序列号烙印:PBB000036。

训练场的保全系统触发时,所有弹药箱自动锁闭回收,以免造成二次伤害。

邵文璟不可能让他们带走自己费尽心机才得到的垂耳兔。身后忽然传来脚步声,一道身影在他手边的栏杆上借力弹了出去。

言逸缠绕绷带的双手各提一把刚从立墙上摘的太刀,面无表情地轻身跃下高台。他纵身一跃的身形在照明灯下描摹出一圈金边，刀刃反射出一道刺目的寒光。

邵文璟的目光在言逸身上停驻，凌空砍下的刀刃毫不犹豫地刺进食人鲳的肩膀，鲜血迸溅，落在言逸苍白的脸颊上。

他根本不惧血腥味对食人鲳J1能力的增幅，正面强攻，招招致命。

训练场中血气冲天，断肢残骸零落满地。

食人鲳异种人倒在脚下，言逸在尸体的后颈上划了一刀，将其彻底破坏之后，挥手甩下刀刃上的黏稠血迹。

言逸垂着头，用刀尖挑起食人鲳异种的下巴，露出脖颈，看了一眼他脖颈上的烙印。

"PBB000036。"他默念着，回头瞥了一眼包围自己的七八个噤若寒蝉的J1异种，觉得他们对自己的威胁度为零，于是旁若无人地收刀。

几个J1异种转身就跑，来时的入口却被一层黏稠蛛网封住，任何缝隙都被堵得严严实实。持枪的保镖一拥而上，把苟延残喘的一群溃逃鼠辈死死压在地上，挨个带走。

邵文璟顺着一条结实的蛛丝从高台滑下来，落在言逸面前。闪着寒光的太刀刀刃忽然抬起，指向邵文璟的咽喉，言逸面无表情地拿刀指着他，让他无法再接近半步。

邵文璟的手停滞在半空中。

言逸轻声问："我什么时候可以出去？"

邵文璟恢复平时斯文优雅的模样，指尖敲了敲刀背，扬起唇角，说："出去做什么？"

言逸怔了一下。

他努力回想，脑海里的记忆变得有些混沌，昨晚的晚餐还历历在目，但有些东西记得却不太清楚了。

"走吧，这儿血腥味太刺鼻，待久了会头疼。"邵文璟侧身避开刀刃，一缕无法察觉的毒素顺着神经游走进入言逸的大脑。

言逸收刀入鞘，随手把太刀扔给邵文璟，说："刀不错。"

邵文璟带着他走出训练场，说："我还收藏了几把有名的打刀，明天白天我带你去武器库看看。"

言逸眼神迷惑，又说不出什么异样。

"你是谁？"他喃喃低声问。

"我叫邵文璟。"

言逸空洞的眼睛无法汇聚眼前人的面孔，一张陌生的冷漠脸和邵文璟重合，冷峻英气的五官逐渐模糊，化成面前棱角柔和的异种人脸容。

他越看越觉得熟悉，脑海里刻印了很多年的那张冷峻面孔反而像被橡皮擦过，擦除了阴影，抹去了线条，他越努力回想，橡皮擦得越快。

言逸抱着头，蜷缩起身体，尖叫了一声，在无尽的黑暗中抓住最后一片凋零的花瓣，化作飞灰闪离掌心。

邵文璟带着疲倦的言逸回住处，言逸在卧室里转了一圈，有点介意之前安放的笼子似乎太凉太窄。

言逸默默看了一眼之前自己躺过的冰冷铁笼，说："我不睡这儿。"

他的指根还留有一丝浅淡的灼伤痕迹，对这座带有电锁的牢狱心有余悸。

"好。"邵文璟温和答应。

言逸大脑里积攒的麻痹毒素达到阈值，在邵文璟的引导下已经产生了喜闻乐见的记忆错乱。

虚掩的卧室门外突然爆发出一声小孩儿歇斯底里的哭号。

邵文璟惊了惊，他匆匆走出房间，就见邵文池跌坐在卧室门外，哭得上气不接下气。

邵文璟赶紧俯身把弟弟抱起来，说："你怎么来了？别哭，你怎么了？"

邵文池"哇哇"哭得直打嗝，眼泪铺满了水嫩的小脸："你不要欺负救文池的兔兔……"

邵文璟愣了一下。

"车子撞过来，兔兔抱走文池，你不要欺负他……"邵文池哭得喘不过气，把手里紧攥的一包纸巾拿到面前。

邵文璟永远带着一丝淡笑的从容僵在脸上。

周末,极度拥挤的车流堵塞了数百米,缓慢蜿蜒蠕动。

汽油和尾气的刺鼻气味让人焦躁,暴躁像蒸腾的病毒,散发在拥堵的车辆缝隙中,偶尔几声凶恶的喇叭声,换回前面车主一连串的脏话。

一辆宾利欧陆在应急车道逆行,几辆警车在后边穷追不舍。陆上锦疲惫地撕掉手背上的医用胶布,露出扯掉输液针时不慎刮出的一道血口子。

他从后视镜里看了一眼紧追的警车,飞快下了匝道。

这时候他又不合时宜地回忆起从前,年轻时在国外常和言逸一块儿飙车。在险峻的断崖边,两人背靠着车门抽烟。

言逸坐在引擎盖上,把头盔放在腿窝里,回头笑问:"锦哥,我怎么总是追不上你?有什么技巧,教教我吧。"

陆上锦吐了一口烟气,得意地挑眉:"你赢了我,我就教你。"

可那似乎过去了太久,连记忆也像老照片一样模糊了。

第九章 他在叫我?

言逸听见门外的哭声，惊讶地拉开房门，看着被邵文璟抱在怀里的小孩子。

邵文池止住了哭声，抽噎着回头看言逸。他呆呆地看了几秒，弱弱地朝言逸伸出小手。

言逸睁大眼睛，犹豫着伸手把邵文璟怀里的小孩子接过来。

"兔兔。"邵文池抱着言逸的脖颈，嫩乳酪似的小脸贴在言逸的颈窝里。

言逸呆滞的眼睛缓缓有了神采，拍着怀里的小宝贝，轻声哄慰："不哭了。"

"嗯。"邵文池听话地抿住嘴，白嫩的脸蛋嘟起来，小声跟言逸解释，"他不是坏哥哥，平时不欺负人的，你不要怕他。"

邵文璟皱眉轻笑，扶着手臂，绅士地靠在门边："哦，当然。你应该记得，我是一个大好人。"

文池少爷忽然跑过来，厨师又多做了几个菜。邵文璟吩咐保镖去庄园外，把邵文池来时留下的痕迹都清除，免得给陆上锦可乘之机。

一切安排妥当，邵文璟回头刚好看见言逸带着文池坐在餐桌前，文池乖乖地握着陶瓷小勺子吃饭，言逸剥了一只虾，掰成两段放在他的小碗里。

文池眨着大眼睛，脆生生地说："谢谢。"

邵文池奶冻一样的白皙肉脸沾着一滴番茄酱，巴掌大的小脸上嵌着一双黑溜溜的眼睛，他和他哥哥一样，眼睛都折射着一层金属光泽，是一只很可爱的小蜘蛛，萌萌地看着令他好奇的东西。

言逸愣了一下，抿唇笑了笑，舀一勺玉米粒给他放在空盘里，再夹两片青菜。

文池苦恼地看着青菜，为难地小声说："这个不好吃。"

言逸一只手托腮，温和地看着他说："这个吃了对身体好，长大了脸上不会长红痘痘，只吃一点点。"

"嗯。"文池犹豫了一会儿，张开嘴。

"乖。"言逸夹起菜叶喂到文池嘴里，筷子尖刮了刮他嘴角的菜汤。

文池得到了夸奖，腮帮鼓鼓的，大眼睛弯成一条弧线。

邵文璟突然出现，站在文池身后，低声道："邵文池，自己吃饭。"

"哼，讨厌的鸡居（蜘蛛）。"邵文池拿起一只虾，笨拙地用小手指头剥，没一会儿就把儿童袖套弄得满是番茄酱，吃得津津有味。

邵文璟坐到餐桌对面，右手只用筷子尖就利索地剥了两只虾，一只给文池，另一只放到言逸碗里。

"我不知道你喜欢吃哪种素菜，就让他们多做了一些，还有鱼和虾，能给你补补身体。"邵文璟又剥了几只虾放在盘边，手上居然可以一点都不脏，属于蜘蛛的细微控制力确实惊人。

言逸看着邵文璟的细长右手发了一会儿呆。

记忆时而模糊时而清晰，他记得自己曾经总和一个人共进晚餐，印象中那人的手没有这么光滑，手背上布满弹片刮过的伤痕。

那人的手也没有这么灵巧，剥虾壳时常把自己的手指弄得全是细小伤口，再把剥得细碎的虾肉都放到言逸的碗里。

印象里的那个人到底是谁呢？

是邵文璟吗？

好像不是，但那人的脸他记不起来了。

言逸吃完饭直接回了卧室。他侧躺着蜷缩在床上，迷茫地闭上眼睛，混乱的画面在脑海里搅和得乱七八糟，斑斓的色彩渐渐混合成黑色。

言逸怀里突然钻进一个暖呼呼的小肉球，他迟钝地睁开眼睛，发现邵文池正往自己怀里钻。

邵文池刚刚洗了澡，小手小脸都热烘烘的，长睫毛乖巧地垂着。

邵文璟站在一边轻声说："我父母是被异种猎人杀死的，那时候文池才一岁半,自从他会说话,就一直问我爸爸妈妈什么时候回来。"

"我没法给他解释,只能说爸爸妈妈变成星星在天上看着他。"邵文璟笑了笑,笑容温柔和煦,平静得像在讲述别人的故事。

"他是我最重要的亲人。你救了他,抱歉,我之前真的不知道。"

言逸摇摇头,其实他不记得了。

他把文池揽在臂弯里,让柔软脆弱的小孩感觉到安全宁静。埋在怀里的小娃白嫩漂亮,像一个瓷娃娃,小孩看起来确实很易碎。

言逸试探地抬起指尖,轻轻摸了摸他柔软的小后背。

这美好得让人难以置信。

邵文璟轻声带上卧室门,拿了西服和一条深紫色领带,从前在境外时往来还算密切的几个朋友刚好回国,邵文璟在庄园内的独立餐厅为他们接风。路上开车需要二十分钟,他给文池学校的校长打了一个电话,问起文池险些遭遇车祸的事,语气不善。

正值假期,学校格外安静,连廊下的紫藤萝仿佛是倒挂的花海,淡草香混在温热的空气中,隔着玻璃望进空荡的教室,椅子端端正正倒扣在桌面上。

校长室里传出严厉的喝骂声。邵文池的班主任蒋老师因为瞒报了文池险些遇到车祸的事情而被停职。

蒋晓红被校长狠狠骂了一顿,之后还要开年级大会整顿教师失职问题。

邵文璟只要求校长严肃对待这件事,但校长急于溜须拍马,会错了意,直接把蒋老师停职了。

她踩着高跟鞋,恍惚地走出校门,被校长劈头盖脸的一通怒骂,脑子还是混沌的。

她很后悔没有把这件事提前汇报给邵文璟,让邵文璟动了怒。

她当时只是怕丢了饭碗。

自从两年前被那个失业在家的酒鬼丈夫甩了一巴掌,她就立刻带着孩子搬了出去,忍无可忍要求立刻离婚。这两年孩子一直是她在带,她一个人的薪水

不仅要还房贷，还要赡养父母、抚养孩子。丈夫不同意离婚，父母也劝她息事宁人，这么大岁数离了婚怎么生活，忍一时风平浪静，日子就这么一直耗着。她学历高，经验丰富，在南岐的贵族小学当班主任，累是累一点，但工资非常高，待遇也很好。

她因为得罪了邵文璟而失去了这份工作，今后甚至都不能在这个行业内立足了。高跟鞋卡在了石缝里，她打了个趔趄，不慎崴了一下脚，痛得她弓着身子躺在地上缓了好一会儿。

她爬起来，一瘸一拐地走到马路边坐下，高跟鞋放在一边，抱着手臂埋头抽泣。

邵文池根本毫发无损，邵文璟为什么要迁怒她，那种不食人间烟火的上位者能知道她活得有多么辛苦吗？

他为了他弟弟，就能断了一个普通家庭的活路吗？

凭什么？

为什么世界上这么多对幸福情侣，而她的婚姻却一败涂地？

她不忿地坐在马路边大哭，忍耐多年的委屈一下子涌了上来，没有注意到停在十米外的一辆宾利。

陆上锦伏在方向盘上静静地看着她。

他刚刚从言逸上一次体检的医院出来。或许是因为医院心虚，检查报告上并没有签医生的名字。

但他可以凭借残留的信息找到写出这张检查报告的医生。

他想知道，到底有多大的仇，才能让这位医生昧着良心欺骗言逸。

孙医生被陆上锦堵在洗手间里。

陆上锦锁上门，把他的头狠狠压进灌满凉水的洗手池里，在他耳边低声逼供，冷淡低沉的嗓音在审讯时不啻催命阎王。

孙医生被折腾掉半条命，才颤颤说出了"邵总"的名字。

陆上锦忽然明白了。

陆凛一直在暗中挑拨离间，他的手段过于隐蔽，甚至能不知不觉地让他们之间的嫌隙越来越大，直到分道扬镳。而邵文璟在其中渔翁得利，引导着事情向着更加无法收拾的方向发展。

邵文璟盯上的是言逸的 A3 基因。

而他，没有保护好言逸。

陆上锦用力攥着方向盘，发红的眼睛几乎快要滴出血来，他一分钟都睡不着，只要闭上眼睛，就会听到言逸颤抖的求救声。

他要救言逸回来，不再让他做什么都战战兢兢，他要和言逸说"对不起"，他会反省自己的霸道莽撞，反省自己这些年的冷淡和漠视。

什么样的人会被自己伤害到呢？

他的暴躁和漠视在不相干的人眼里无所谓，只有最亲近的人会为他担忧着急，会被他脱口而出的恶言刺伤，只有毫无保留地拥护他的人才会被他身上的尖刺扎伤，只有把他的话奉为旨意的人才会为他放弃曾经拥有的一切。

是他高傲自大地以关切之名行伤害之实。

蒋晓红坐在马路上哭了十分钟，哭得陆上锦更加心烦不宁。

他发了一会儿呆，如果不是怕上新闻，他也想坐在马路牙子上哭一会儿。

陆上锦循着一丝基因信息找到了和邵文璟类似的蜘蛛异种，大致范围划定在这座小学，但恰好赶上放假，学生都不在。

蒋晓红是从学校出来的，陆上锦思考着该如何向她打听才能不打草惊蛇。

一辆出租车在陆上锦行动之前停在了蒋晓红面前。

蒋晓红摆了摆手，捂着嘴呜咽着说不坐车。

司机摇下车窗，探出头来给蒋晓红打了个招呼："蒋老师,您怎么在这儿？"

一听见是熟悉的声音，蒋晓红抬起头说："陈师傅？您怎么开……出租车……"

之前一直是陈师傅接送文池，蒋晓红总见着他，常打招呼。

陈师傅苦笑道："我被老板炒了，跟您应该是同一个事儿。我看您脚不方便，上车吧，我正好换班，咱们找个馆子想想法子。"

"谢谢，谢谢师傅。"蒋晓红朝四处看了看，提着高跟鞋上了陈师傅的车。

陆上锦视力极佳，且通过读唇语就能明白他们在说什么。

出租车离开之后，陆上锦将车子打火，跟了上去。

陈师傅扶着蒋老师进了一家小饭馆，陆上锦也跟了进去。

一进去就是一股扑鼻而来的油烟味，极佳的视力让他几乎能通过桌面上没擦净的油污看见上千亿的细菌。

他顾不了那么多，坐在角落里随便要了两个菜，专注地瞄着那两个人互倒苦水。

"邵老板把我炒了。之前他弟弟上学一直是我接送的，有一天老板本来答应送文池上学，后来不知道为什么爽约了。那孩子犟，我劝了半天他也不上车，自己就跑了。"陈师傅灌了一口啤酒，吐出一口气。

"我寻思着这么近的路，一天不送应该没事，况且别人家孩子都是自己上学的。刚好那天我妈在厕所摔了一跤，我急着去医院看我妈，就没去跟着。"

"唉，谁知道孩子就出事了呢，退一万步说，我见文池少爷好好地放假回来了，也没受伤啊。"

蒋老师只顾着哭。

小饭馆里鱼龙混杂，偶尔有发卡片的偷偷溜进来，给每张桌子上发一张卡片。

陆上锦这儿也被发了一张，他拿起来看了看，是最近的异种猎人俱乐部发送的举报悬赏。

异种猎人以搜寻高阶基因贩卖为生，游走在城市各个角落，高阶基因本就稀少，凭几个异种猎人很难随时掌握动向。

于是他们发动群众，用悬赏的方式让更多的人帮他们一块儿找，能提供可靠线索就能得到一笔不菲的赏金。如果成功抓捕了，还能得到一笔奖励。

蒋晓红酒量不太行，看见这张小卡片，下意识就悄声跟陈师傅说："对了，有个事儿你肯定不知道，之前孩子们组织体检，我偷偷瞥了一眼邵文池的档案，你猜我看见了什么？"

陈师傅边嚼花生米边喝酒，说："怎么的？"

"邵文池,基因进化潜力居然有 M2。"

陈师傅猛然呛了一口啤酒。

陆上锦的脸色微变,怪不得那小蜘蛛身边总是伴随着高阶异种人的气味,大概是被邵文璟安排的保镖严密保护着,那小蜘蛛的基因还没进化升级过,还没有自保能力。

学校体检报告是立刻封存的,而且有严格规定,不允许任何机构私自检测未成年人的进化等级和进化潜力,异化因子检测针更是违禁品。

档案上绝不会标注进化潜力。

陆上锦眯眼盯着那个师德堪忧的女老师,以怀疑的眼光上下打量了她一遍,然后看见她悄悄把一张卡片折了折,塞进手包里。

陆上锦趴在方向盘上睡了一会儿,身上还没来得及换的西服背部和裤脚压得皱皱巴巴。他醒来时摸了一把脸,下巴的胡楂几天没刮,他侧身到副驾驶座摸备用剃须刀。

陆上锦一只手扯松领口,先前连领带夹偏离水平线都不能忍受,现在则随意挂着凌乱扯松的领带。

假期结束,小孩子们陆陆续续被家长送回学校。

校门外,陆上锦的座驾换成了一辆普通丰田,在校门口停留的众多豪车中像一颗毫不起眼的小石头,没人注意到他。

陆上锦专注地在学校附近搜寻着邵文池的踪迹,他猜测会有司机送那只小蜘蛛过来。

十分钟后,陆上锦突然愣住,抬起头仔细感受空气中靠得越来越近的熟悉气味。

他想起小时候的牛奶糖,一大箱牛奶糖里,小兔子突然蹦出来,开心地叫他锦哥,还送他一块甜香的奶糖。

陆上锦忙乱地推开车门,下车时险些踩空了,目光在密集的人群里焦急寻

找，一个拿着牛奶冰糕的小孩儿跑了过去。

陆上锦眼前一下子就模糊了。

陆上锦默默靠着车门，指尖抠进窗缝的封胶里。他抬眼的一刹那，以为自己看错了。

隔着校门口拥挤的人流，他还是一眼就看见车流涌动的马路对面，那个人摘下了头盔，一头灰色发丝被风扬起，两只小兔耳翘起来，甩平被头盔压出的几道折痕。

"言逸！"陆上锦情不自禁追过去，一个一个分开遮挡视线的人流，大声喊着，"言逸！"

陆上锦目光所及处，邵文璟出现在了言逸身后。

邵文璟穿着一身紧身皮衣，坐在摩托车后。

言逸俯下身子，从口袋里拿出一袋手工牛奶糖，细心地塞到文池的书包里，轻声细语嘱咐："你跟小朋友们一块吃，自己都吃掉会得蛀牙。"

小蜘蛛乖乖点头，用撒娇的口吻请求道："周五你和哥哥一起来接我，好不好？"

言逸弯起眼睛，摸了摸他细软的头发，说："好，你在学校认真听课。"

邵文池开心地跑开了，跟几个同学一块到人行道等红灯。

"言逸！"急促的喊声把两个人都吓了一跳。

陆上锦绕开拥挤的人流和车流匆匆朝这边走来，憔悴的脸色苍白如纸，嘶哑的声音似乎都带着极度的剧痛。

言逸陌生又诧异地看着他，朝自己身后看了看，露出迷惑的表情。

"他在叫我？"

邵文璟先是一愣，然后恶劣地笑了笑。

以往提起陆少的名字，人们第一个想到的词就是"严整"，在他身上找不出任何不妥帖。

他想拍下陆上锦现在的狼狈模样，给圈里的朋友们开开眼。

陆上锦剧烈地喘息着，胸腔不由自主地起伏。

"言逸！言逸！你不认得我？"

言逸用力一拧油门，摩托车轰鸣绝尘而去。陆上锦追逐着渐远的摩托车，绿灯亮起，他被车流挡住了脚步。

他眼前发黑，脚下一软，踉跄了两步，扶着红绿灯杆缓缓蹲下。

言逸看他的眼神疏离而平静，仿佛从来不曾认识他一样。

面前递来一只小手，手心里托着一颗牛奶糖。

邵文池蹲在他面前，歪头打量他，把托着奶糖的手朝前伸了伸，有点胆怯地眨了眨眼睛，说："给你。"

陆上锦愣了一下，接过牛奶糖。

他望着邵文池蹦蹦跳跳地过了马路，四个保镖保持距离跟随。

陆上锦失魂落魄地想开车去追，颤抖的手却忘记了怎么把钥匙插进孔里。

言逸为什么会变成这样？他到底经历了什么？

这件事情必须弄清楚，可他仍旧找不到邵文璟的去向。

自从言逸骑车和邵文璟离开后，他们的信息像人间蒸发一样消失了，陆上锦在南岐掘地三尺，搜遍了每一个角落，都找不到邵文璟留下的哪怕一点点痕迹。

他想去问那个小蜘蛛异种，但学校全封闭军事化管理，小蜘蛛身边还有保镖护送，他没有机会接近。

整整三天，陆上锦一直花工夫盯着那个停职的女老师。

车不需要停进小区，女老师所住的客厅和主卧都面向小区外，而且是一楼。以陆上锦的视力，能轻易看清她任何细微的活动。

她有一个女儿，停职在家的时间，她大部分用来陪女儿，其余时间外出，三天内又与陈师傅见了一次面。

陆上锦扔了空烟盒，叼着最后一支烟，凑近掌心拢着的淡蓝火焰，吸了一口，目光则一直跟随着她。

蒋晓红特意把陈师傅带到没人的角落里，四处看了看，把卷成一卷的牛皮纸档案袋塞进陈师傅手里。

陈师傅掂了掂档案，跟蒋晓红笑了笑，说："回头奖金一人一半。"他扭头钻回车里，一脚油门飞驰出去。

"哎……"蒋晓红恍惚地朝前追了两步，颤抖的指尖抚在心口，到底还是没能反悔。

她深吸了几口气，平复惴惴不安的心情，一转身，被一片黑色金属挡住了视线。

蒋晓红尖叫了一声，吓退了两步，顺着枪口朝上望去，陆上锦坐在两米来高的矮墙上，一只手提着一把卸掉瞄准镜的 Souct（一种步枪），枪口托起她的下巴，冰冷地抵在脖颈上。

蒋晓红惊呆了，缓缓举起双手。

她对武器没有任何概念，被枪口指着脖颈时仿佛在玩 VR 版 FPS 竞技游戏，游戏大佬在斜上方四十五度制裁她。

冰冷的枪口抵在皮肤上，浓郁的火药味灌进鼻腔，她才恍然惊醒这不是梦。

蒋晓红被塞进副驾驶座，陆上锦把 Souct 斜插在后座，目不斜视地启动车子，与陈师傅离开时走了同一个方向。

"你带我去哪儿……放我下去……你想要钱吗……"蒋晓红瑟缩到远离这个男人的角落里。

陆上锦刀削似的凌厉眼皮下，冷酷的眼睛直视前方，身上的烟草气味和充满攻击性的压迫因子都在诉说着这个男人有多危险。

对于普通人而言，这是一辈子也遇不上一回的恐怖经历。

陆上锦并不绕弯子，直截了当地说："你想让那个司机替你去举报高阶异种人基因的线索，来报复邵文璟吗？"

她不敢自己去举报，因为知道这样做的后果，一旦被邵文璟抓住了蛛丝马迹，别说工作，连她的命都保不住。

蒋晓红本就成了惊弓之鸟，筹谋的见不得光的事被人当面戳穿，她抬高声调，惊恐地看着陆上锦："不……我只是让陈师傅去把线索给他们……邵文璟背景那么硬，那些异种猎人不可能碰得着邵文池的……我……我只是缺钱……"

蒋晓红捂着脸泣不成声:"你没有看到那些拿刀上门催债的有多可怕……我和女儿只能躲在厕所里,不敢出声。我受够了……那个没用的男人欠的债要我们还……我自己还要还房贷,照顾父母孩子……"

原本她还有能力养活这个风雨飘摇的家,现在却觉得日子黑暗得看不见尽头。

蒋晓红哭得陆上锦心烦意乱,躁狂症快要发作了。

陆上锦一把抓住她的下颌捂住她的嘴,狠狠喘着气,眼睛瞪得露出大片眼白,歇斯底里地警告:"你不要烦我,拜托了。"

邵文池就读的小学安保异常严格,里面大多数都是有头有脸的贵族子弟,出了任何危险学校负不起责任。但也并不是百分之百万无一失,有心人仍旧有机可乘。

每天下午第二节课,保洁人员会从学校操场后门把一整天的生活垃圾运出去。而周三下午第二节课,是邵文池他们班的体育课。

这个年纪的小孩儿好动好闹,体育课一般只安排二十分钟的体能训练,剩下二十分钟留给孩子们自由活动。

陆上锦的车停在学校后门附近几十米外,他的视线投向颤颤巍巍朝后门走过去的蒋晓红身上。

蒋晓红被停职的事儿还没来得及全校通报,保洁员仍旧满面春风地跟蒋晓红打招呼:"蒋老师,怎么从这边回来了?"

她的肩膀幅度很大地颤了一下,努力平静下来,干笑了一声:"有个学生住这边,我趁着没课去家访。"

保洁员推着垃圾出后门,门口有个大的垃圾箱,他埋头把盖子支起来,把一袋一袋生活垃圾整齐地码放进去,大半个身子都探进垃圾箱里面。

蒋晓红趁着这一会儿工夫就把邵文池叫了过来。

文池对自己的班主任毫无防备,虽然哥哥已经嘱咐过绝对不能在保镖不在身边的时候踏出校门。

蒋晓红拉着文池的小手，带他往陆上锦停车的地方走。

陆上锦给了她一笔钱，让她在异种猎人循着举报线索追过来之前，把文池带出来。

她猜想陆上锦也是异种猎人，可被枪抵着喉管却又不得不照做。更何况陆上锦给的报酬是她教十年书都挣不回来的工资，她和女儿今后的生活根本无须再愁。

别人家的孩子哪比得上自己家的金贵，她咬咬牙豁出去算了，良心不能当饭吃啊。

短短几十米的路，蒋晓红心里翻涌着不安。

文池抬起头，眨着眼睛问："老师，你怎么没来给我们上课？这次的作文怎么还不发下来呀？"

写得好的作文，蒋晓红常常给全班同学读，再细细地讲评哪里写得好，文池最喜欢作文课。

邵文池的写作天赋比同龄人高，青涩稚嫩的文字里总能闪耀着别人看不见的东西，当别的小朋友写扶老奶奶过马路这些胡编乱造来凑数的琐事的时候，他却写了一片枫叶上的蚂蚁。

蒋晓红问过他，他说不管他走在路上突然趴在哪里盯着什么东西看，哥哥都不会骂他，而是蹲在旁边安静地等着，在他站起来的时候替他拍拍衣服上的灰土。

他也是别人家手心里捧着的宝贝啊。

蒋晓红咬了咬牙，哽咽着拉着文池往回走，说："好了，文池，咱们回去，快回学校……"

陆上锦看出她要反悔，立刻打算下车动手。

他还未推开车门，周围突然强盛的异种人气息快速接近，至少 30 个 J1 级别的异种人从不同方向冲过来，他们从蒋晓红手里夺下文池，将他套进黑布袋里，转身就逃。

邵文池吓坏了，在布袋里疯狂踢腾，叫着"哥哥救命"。

保洁员只是一个普通人,被强大的压迫气息碾压得气都喘不过来,蒋晓红尖声叫喊着跑进学校叫保安。

文池的保镖是不能进入操场内的,他们听见蒋晓红的尖叫声,一下子闯过门禁冲了过来,小少爷却不见了。

陆上锦的脸色冷了冷,重新带上车门,一脚油门踩下,车子朝着几个高阶异种人离开的方向飞驰而去。

一下子出动了 30 个 J1 异种人,大概动用了那帮异种猎人的大半力量。

这只小蜘蛛是能救回言逸的唯一筹码,陆上锦不会放过这个机会。

温泉边的枫叶越来越茂密繁盛,这些天言逸觉得自己的病情加重了。

他常坐在长椅边发呆,一坐就是三四个钟头,手里拿着一片叶子,从叶柄直挺坐到它萎靡弯曲。

在庄园里每一餐都很精致,但言逸越发消瘦了,手指上的指环细瘦得要靠两侧的手指夹着,才不会被甩脱。

他惊讶地发现自己有一根手指上有一串极其精细的花体英文刺青,他抱着头在长椅上坐成一团,邵文璟给了他一部新手机,让他方便联系自己。

言逸拿起手机时,却下意识拨了一串陌生的数字,这串数字属于谁?

他拨出去试了试,电话响了十二声,结果是"您拨打的号码无人接听"。

言逸纳闷地放下手机,继续拿着手里的枫叶发呆。温泉边的隐藏音响放着轻缓的音乐,似有似无的钢琴曲传进耳中。

他直起身子,问身边打扫的仆人:"这是什么曲子?"

仆人停下来,轻轻抹了抹额角的汗,礼貌微笑回答。

言逸惊讶地竖起小兔耳,仔仔细细地听。

他清晰地想起一双手,布满弹片伤痕,指节修长优雅,按在琴键上,有种凄凉的违和感。

庄园内的音乐是传不到外边的,即使陆上锦就在附近。

陆上锦背着一把普通的 Souct 狙击枪,交叉背着一把 AK-47,攥着一撮文

件的手弯折回来抱着邵文池，另一只手扶在墙上轻身翻了过去。

陆上锦身后子弹乱飞，几辆面包车追到矮墙底下，异种猎人全部冲下车跟着翻了过去。

邵文池瑟缩在陆上锦怀里，地面忽高忽低，吓得他紧紧抱着陆上锦的脖颈，在陆上锦耳边呜咽："我要回家……我要哥哥……"

他只是细细地颤声呜咽，看来真的吓坏了。

陆上锦意外的没有觉得太过烦躁，甚至释放了一点点安抚因子给他。但也只限于一点点，他最近一段时间透支过两次，短时间内很难恢复到全盛时期，没有多余的精力可以施舍给别的异种人。

他一直是一头离群的孤狼，游走在黑暗边缘。向深渊里多踏一步，他就彻底成了他最惧怕的模样。

其实是言逸一直在光明里拉着他，被刮伤了手，刺透了心，仍旧愿意拉着他，把他从万劫不复的深壑边吃力地拖回他原本的世界。

手机忽然振了振，陆上锦下意识就腾出手拿出来看了一眼，是一个陌生的号码。

这种场合实在不适合接电话，但陆上锦害怕错过任何一个有关于言逸的消息。

他甚至都猜到了这电话会是邵文璟打来的。

陆上锦按了"接听"，对方沉默着没有开口，似乎在惊讶自己接了电话。后边追捕的异种猎人见那个游隼异种人在接电话，顿时觉得自己身为追杀者的尊严受到了挑衅。

陆上锦并不在乎。

"言逸……是你吗？"陆上锦没有空手拿枪了，不断用手肘撑着矮墙沿翻过去，也舍不得放下手机。

"我……打错了吧，抱歉。"真的是言逸的声音。

陆上锦慌忙道："不，没错，是我，陆上锦，你怎么会不记得我？哥知道错了，哥对不起你……"

"抱歉……"言逸的嗓音里有一点诧异,"我只是想和你说,我真的不认识你。"

陆上锦只感觉一瓶烈酒直接灌到了他的脑袋里,忽然,他的肋骨边疼了一下,他怔怔去摸,右手连着手机上都是血。

一颗子弹从他肋骨侧擦了过去,十来秒后,他才觉出像斩断手指似的疼。

他默默放下手机,翻身跃过一道废墙,摘下背着的 AK 反手朝后扫射,把邵文池按在怀里,躲子弹的时候就地滚了一圈,起身消失了踪影。

或许是因为得到了一点点安抚因子,邵文池安静下来,把脸颊贴在陆上锦的肩头,有一股悲绪透过他的胸口传达进小孩子的脑海中。

这个人好难过。邵文池能感觉得到。

陆上锦带着他甩掉穷追不舍的异种猎人,钻进一片拆了一半的废楼里,顺着布满灰尘的楼梯攀上顶层。

他缓缓放慢了脚步,坐在地上喘息,放任肋下的枪伤一滴滴地渗血,脊背弯出一个寂寞的弧度。

"你……没事吧?"邵文池没站稳,一屁股跟着跌坐在地上。

陆上锦提着他拎到自己面前,说:"邵文璟对言逸做了什么?"

他能猜测出和蜘蛛的麻痹能力有关,他想知道更多,又惧怕知道更多。

文池绞着手指,一脸蒙地看着他。

小孩子能知道什么,他真是脑子坏了。

陆上锦把他放回地上,捏了捏鼻梁,拿出手机给文池拍了一张照片,咬了咬牙,把照片和定位发给了刚刚打来的号码:"你带言逸来换你弟弟。"然后靠在墙根底下翻看抢出来的一沓文件。

如果只是从异种猎人手里抢走了一个猎物,还不至于被这么多人追杀,这沓文件才是他们不能丢掉的重要的东西。里面是一沓厚厚的名单档案,每一张都配着对应的照片。很多都是文池这么大的小孩儿,还有更小的,进化潜力都在 J1 以上,有的待测。

文池爬过来跟着看,指着其中一张照片惊恐地说:"这个是我的同桌,他

从前天开始就没有来上学了，他爸爸来学校给他收拾东西的时候还在哭。"

陆上锦仔细看了看，小孩子的照片吸引了他全部的目光，是一只软糯的小灰兔，软软的小耳朵可爱地垂着，和言逸小时候一样长得讨人喜欢。

这些都是被异种猎人盯上的小孩子。

小孩子没有反抗的能力，最容易捕获。但这家学校里的孩子大多有背景，敢对他们动手的异种猎人恐怕也有实力雄厚的靠山为他们提供武器和资源，才敢在这里肆意妄为。

陆上锦收起文件，卷起来塞进战术腰带里。他没有心情想别的，从口袋里摸出塑封过的一张照片。

文池爬过来跟他一起看，照片里扯着小兔耳笑的人，他也特别喜欢，他想天天都见到他。他回头看陆上锦，不知是不是因为天台上的风大，竟吹得陆上锦流泪。

天台的破旧铁门被一脚猛地踹开，陆上锦警惕地一把抓起文池，抱着他退到天台边缘。

邵文璟走进来，眼睛是血红的，狠狠盯着陆上锦，仿佛盯着天敌的毒虫，恶戾灌注全身。

文池清脆地叫了一声："哥哥！"

邵文璟的眼瞳颤抖了一下，紧紧攥着拳，桃花眼中似笑非笑的轻佻尽数消减成歹毒。

"陆上锦……别站在那儿，你过来。"那里太高，文池会怕。

陆上锦岿然不动，面无表情地站在天台边缘："这附近有不少异种猎人，你把言逸交出来，我不会为难一个小孩子。"

"你还知道你在为难一个小孩子？"

言逸从铁门中走出来，手里端着一把沙漠之鹰，枪口指着陆上锦的眉心，冷淡的目光扫过陆上锦全身，陆上锦极其了解这个眼神，他在测距测速，判断能不能在不伤人质的情况下击毙目标。

他们是多年的搭档，对彼此的警惕动作都熟稔于心。

言逸并没有开枪。

起初他只是担心血溅落到文池身上，会给小孩子的童年蒙上阴影，后来是因为看到了那个男人脸上悲怆的落寞。

言逸捂了捂心口，这里在闷痛。

他看到陆上锦的手，骨节分明的双手上布满陈旧伤痕。

连续的机枪子弹声响突然打破了微妙的沉默，陆上锦看到了自己胸前的红点，骤然翻身躲避，下意识把文池推离了狙击范围。胡乱扫射的重机枪弹漫天乱飞，一枚震爆弹被扔到了天台猛然炸裂，天崩地裂的巨响之后，已经成了半个废墟的大楼天台忽然倾倒。

文池尖叫着，猛然滑出了天台。

邵文璟不顾一切冲了出去："文池！文池！"

言逸就这样暴露在重机枪弹扫射的范围，他愣了一下，忘记了躲避。

时隔很久，他又感到了熟悉的寒冷，他又被丢下了，他永远是被丢下的那个人。

言逸愣了好久，摸了摸自己的后颈，想问自己，A3基因不是很珍贵的吗？他仍在出神，身体却猛地一紧，紧接着重重砸在地上。

陆上锦带着他，翻滚进掩体里，换了背后的狙击枪，微眯双眼，定位到对方的掩蔽点，从瞄准到扣下扳机一气呵成。

他的枪没有任何倍镜，只靠一双拥有极限视力的鹰隼的眼睛。

制高点有个狙击手从楼上摔了下去。天台轰然倾倒坍塌，陆上锦带着言逸跳了下去，手在下层保护窗上勾了一下，身体甩进下层，陆上锦后背着地砸在了碎石玻璃上，言逸被震得眼前黑了黑，脸颊撞在陆上锦身上，水仙气味的安抚因子灌入鼻腔。

"陆上锦？"言逸喃喃低语这个名字。

"是我。"陆上锦紧抓着Souct，撑着布满尘土和碎玻璃的地面坐起来。

"有事没？"陆上锦把手搭在言逸的脖颈上，从头到脚摸了一遍，确认没有伤口，松了一口气。

言逸看见他肋下被血浸透了一片，还在滴血，不知怎的，心底忽然升起一股没来由的邪火。

他一把夺过陆上锦身上挂的AK47，熟练地挂在自己身上，一只手提着枪，从陆上锦身上爬起来，递给他一只细白的手。

陆上锦受宠若惊，握住他的手站起来。

言逸低头检查了一下弹匣，扬起眼尾卷长的睫毛，望着陆上锦说："子弹。"

陆上锦展开西服外套，里衬挂着两扇子弹供他挑选，同时试探着问："你现在记得我吗……"

言逸打断他："给我空尖弹。"

陆上锦被噎了一下，把空尖弹都给了他。

小兔耳敏锐捕捉到了窸窣靠近的声响，言逸托起右手，朝一点钟方向轻盈一发点射。扣动扳机的同时，顺着攀索降下来的一个异种猎人被打穿心脏飞了出去。

陆上锦不得不承认他是训练有素的顶级战斗机器，对待目标会选择杀伤力极强的空尖弹。

陆上锦记起了从前两人并肩作战的日子，言逸张扬肆意，手握枪炮，唇间叼着玫瑰，一面是浪漫，一面是残忍。

这些年，为了不让言逸被陆凛和其他觊觎他A3基因的人伤害，陆上锦让言逸收起羽翼成为笼中雀，等到小兔子听话地改变了，陆上锦还是不放心。

这些年他的阴晴不定、任性妄为一定让小兔子迷茫极了。

言逸顺着刚刚的攀索跳了上去，朝陆上锦微扬下巴："跟上。"

陆上锦轻身一跃，抓住攀索飞快爬上去，带着言逸飞快翻回坍塌的楼顶。

言逸右手拎着AK，左手挂在陆上锦的脖颈，让他带着自己爬上去。

他没有拒绝自己的帮助，陆上锦扯起唇角放松了些。

言逸斜睨了他一眼，用枪托抵住他的下巴问："从前我们是什么关系？"

"什么？"陆上锦反应了好一会儿。

那只蜘蛛到底对言逸做了什么，他的记忆到底怎么了？

人为促成的记忆错乱会让大脑的神经渐渐被侵蚀，对人的身体有害无利。

陆上锦回答道："是……是能把后背交托给彼此的关系。"

如果他早点把这话说出来，兴许事情就不会变成现在这样。

顶层炮火连天，重机枪弹集火于一角，邵文璟一只手抱着哭红了眼的文池，脱下防弹衣把他裹在怀里，躲避着混乱的枪弹，钻进坍塌的铁门里，与扶着楼梯向上跑的陆上锦和言逸打了个照面。

言逸看见文池安然无恙，握在 AK 上攥得指节发白的手松了劲儿。

邵文璟看了一眼言逸，他现在没有心情考虑别的，文池吓坏了，在怀里一直抖，他的心思全在哄弟弟上。

熟悉的气味环绕在身边，言逸的身子振了振，下意识跟着邵文璟下楼。他的脚步有些匆忙，看起来并没有等自己的意思。

言逸挣脱陆上锦的束缚追过去。

"言逸！"陆上锦立刻抓住言逸，恨铁不成钢地低吼，"你还跟着他走？"

"不然我跟谁走？"言逸回答时听见了自己惶恐的尾音，怕被抛在身后的紧张。

邵文璟抱着文池，无暇顾及其他。

看来 A3 基因今天是抢不回来了。

"你抓住他有什么用？"邵文璟抱着文池与陆上锦擦肩而过，低声冷笑道，"他现在只认得我。"带着轻佻尾音的几个字不轻不重地吐出来，一缕蛛丝悄然连接到言逸的后颈，将之前注入的促使记忆混乱的毒素全抽了出来。

"他会恨死你的，Good Luck（祝你好运）。"邵文璟哼笑着，抱着文池翻下楼梯，朝出口逃了。

陆上锦紧紧抓住言逸，压抑了数日的躁郁愤恨一下子被点燃了，下一瞬即发动伴生能力"攫取"，他要立刻把那只蜘蛛撕成碎片。

言逸灵魂出窍似的站着，仿佛有什么东西从身体里剥离了，呆滞地立在原地。

陆上锦看到他恍惚失落的神情，声音颤抖喑哑："是我的错，我们回家，哥给你想办法。"

他看了一眼邵文璟消失的方向，眯起眼睛，把这个背影狠狠刻印在脑海中。他承认自己很恶劣，但他也在保护言逸，避免言逸成为陆凛视线里的猎物。

言逸一直都没再说过话。

陆上锦趁着他没有反抗，把人带走了。

长惠的别墅空了好些日子，没什么人气。

隔着落地窗，能看见天边的云压过来，酝酿着一场云雷。

这些天，言逸唯一的动作就是蜷缩着保护自己，露出迷茫的表情。

陆上锦缓缓靠近言逸，声音很轻很低，不敢过分刺激言逸的精神。

"对不起，我误解你了吗？是我一意孤行，是我的错。"

言逸直勾勾地盯着那份报告，头痛得厉害，混乱的记忆在大脑里打架似的乱撞，错乱的片段像被翻乱的抽屉，想找的东西找不到，想丢的东西堆得哪儿都是。

陆上锦靠近了他一些，说："那是陆凛和邵文璟的挑拨，这一切的一切，都是他们的离间计。他们这样做就是为了让我们兄弟反目，好趁机夺走你的A3基因。"

言逸突然用力推开陆上锦，用力过猛反而从沙发上栽了下去，跪在地板上干呕，想把这种深入骨髓的恶心感全吐出去。

陆上锦靠近时他一把掀翻了琉璃茶几，把客厅里所有能看见的东西全部砸了个稀碎。

"你给我滚——滚！"

言逸突然发了狂，他疯狂地破坏，厉声嘶吼："你是什么东西？我这辈子从未受到过这样的侮辱！你当着那么多人的面质疑我的忠诚，我不该对你心存幻想！"

陆上锦被掀飞的烟灰缸砸在肋侧的伤口上，雪白的纱布顿时浸出一团血红。

他顾不上疼，趁着言逸失神的间歇，过去紧紧抓住言逸。

"对不起，对不起。"陆上锦不断道歉，"哥给你报仇，只要你好起来，哥给你报仇，别这样，别伤到自己。"

言逸渐渐停了挣扎，垂着手，无力地站着，仿佛如果没有陆上锦扶着，一阵微风就能把他吹倒。

"我不想见到你。"他说。

言逸的灵魂仿佛被困在了浩渺星河中，他的灵魂在星河中彷徨，他问过每一颗星，却无他容身之处。

房间里亮着一盏灯，里面就放着一张铁栏杆床，夏镜天躺在床板上，右手被铐在床头。

他无聊地翻看言逸的笔记本，这本子是从"颓圮"酒吧里言逸的房间翻出来的。被关禁闭这几天，夏镜天待着无聊，巴掌大的笔记本被翻了十多遍，都有些旧了，他想在其中找到与PBB相关的只言片语，不过这里面有用的内容不多，每一页都记录着言逸做执事时陆上锦对自己的琐碎吩咐。

对着床头的方窗外传来窸窣响动，窗锁被一股重力牵引打开，夏凭天悄声翻了进来，把保温饭盒放在他枕边。

"排骨汤，趁热吃。"夏凭天站在破床边低头瞧着他，浑身上下都是铁棒子揍出来的瘀青，他从兜里摸出一盒跌打膏，扔到夏镜天身上。

"你看看，你看看，我说什么来着。"夏凭天恨铁不成钢，在禁闭室里转悠，"让你别出去闯祸，你把咱爹惹毛了吧。"

夏镜天坐起身子，靠着铁栏杆，跷着腿，枕着手看着他哥："因为当时我忙着给陆上锦发定位，没时间躲爸的人，不然爸根本抓不着我。"

夏凭天闭眼扶了扶脑门儿。

"哥，我想去部队。"冷不防的一句话让夏凭天顿了顿，他沉默着坐到床脚，叼了一根烟打火。

"那地方可苦了。"他吐了一口气，"好好上学吧，毕业不想干别的来我

那儿上班，或者你想继续出国读书还是自己创业什么的都行。"

"我想去PBB。"夏镜天重复了一句，夏镜天跟他哥犟习惯了。

他在寻找言逸的时候，还发现了很多他不曾注意的小事。

近些年寻人启事满天飞，很多异种人失踪了，消息如同石沉大海，仿佛人间蒸发，没有任何线索。失踪的异种人大多进化等级在J1左右，和异种猎人脱不开关系。

原来世界上阴暗角落里的藏污纳垢，是象牙塔中的小少爷看不见摸不着的。

"我都跟你解释好多遍了……你先念完书。"夏凭天想了想，"这两年风头不对，陆凛怕是要篡了顾远之的权，PBB最近……一直动荡，连我们都摸不清水有多深，等几年才能看清形势。"

"那你帮我跟爸求个情，让他放我出去。"夏镜天退而求其次，"我去见陆上锦一面，最后一次，不给你惹祸。"

夏凭天皱眉道："老爸现在在气头上，说你把夏家的脸面都丢完了，我现在去求情，等会儿我就被铐在你隔壁。"

夏镜天盘起腿，低着头说："这儿真憋屈。"

"嚯，现在你知道憋屈了。"夏凭天嗤笑一声，说破天这也是自己亲弟弟，看着他磨没了嚣张气焰低了头，反倒生出几分不忍。

"你先把饭吃了，剩下的我想法子。"手机振了振，夏凭天低头看了一眼，是陆上锦。

"陆哥。"

夏镜天埋头吃饭，听见是陆上锦，抬头看了一眼，用口型问他哥："人找到了吗？"

夏凭天用口型回他："有你什么事。"

电话里，陆上锦的声音听起来无助得几乎可怜："凭天，抑郁症能治吗？"

夏凭天赶到安菲亚的时候，陆上锦已经在大厅长椅上坐了好一会儿，不断用手按着因为过度熬夜而酸胀的眼睛。

会议室中聚集了几位经验丰富的老教授，询问陆上锦病情。

"他有时候能认出我，有时候认不出。"

"我只是去给他削个苹果，回去就看见他在伤害自己。"

"他经常暴怒，把视线里的一切东西都砸碎才罢休。"

"他现在在衣柜里睡着了，我等一会儿就得赶回去。"

老教授们互相看了看，给出建议，让他回去先好好照顾患者，患者只要得到良好的照顾，病情能渐渐得到控制。

再观察一段时间，若病情没有好转，到时候再派医生去检查。

有个年轻医生出会议室的时候偷偷拉住夏凭天，悄声打听，眼睛发亮："哎哎，这是不是那个……那个之前搞军火现在金盆洗手的陆少？我在国外看见过他们家的直升机，那飞鹰徽章可气派了。"

陆上锦不敢在外边耽搁太久，他没找人照顾言逸，普通的保姆根本扛不住言逸病发时的暴怒，高级保镖也不合适，更能激起言逸的破坏欲。

电梯从车库升到一楼，陆上锦按下电梯开门键，门刚开了一条缝他就挤了出去。

他轻轻拉开衣柜，言逸窝成一团，还在安静地睡着。

回来的路上，他的右眼跳个不停，担心言逸又做出什么天崩地裂的大动作，甚至已经做好了看见别墅成了一团废墟的心理准备，已经去让助理安排新房子了。

言逸在睡梦中抽搐了一下，小腿忽然绷紧了，脸也皱起来，迷迷糊糊地喊疼。

陆上锦匆忙把人扶起来，言逸从朦胧睡意中挣脱出来，呆呆地睁着眼睛，喃喃："哥……"

陆上锦把人扶起来，说："吃饭去。"

他前两天雇了一位厨师，但被言逸一脚踹了出去。点了餐，又被言逸全部打翻了。言逸跟陆上锦要手机，陆上锦给了他，他慢吞吞地打电话报警，说有人要用饭菜毒死他。

言逸对陆上锦的态度也是忽冷忽更冷，但至少陆上锦是唯一能近他身的人。

陆上锦把别墅里所有的利器都锁进地下室，餐具都换成了木质的。

"晚饭吃点虾,补补钙好吗?"

言逸发了很久的呆,说要吃冬瓜汤。

"好,冬瓜汤。"陆上锦松开他的手,说,"你乖乖坐一会儿,哥给你弄冬瓜汤去。"

好在每天都有人送新鲜食材过来,陆上锦从冰箱里翻了翻,还真找到一块用保鲜膜包着的冬瓜。

他去翻冰箱的工夫,回去再看言逸,言逸抱成一团蹲坐在椅子上,餐桌上的木盘子被他掰断了,正尝试着把木尖从掌心戳过去。

"别动!"陆上锦跑过去把木盘夺过来,仔细看了看他的手,掌心里只有一块红印,没流血。

他深吸一口气,说:"言逸,别这样。"

言逸无动于衷,淡淡地说:"冬瓜汤。"

陆上锦只好把他带到厨房,时不时看一眼,再上网搜搜冬瓜汤的制作教程,拿惯狙击枪和战术匕首的手切起冬瓜来显得有点笨拙。他将切得毫无规律可循的冬瓜块全抛进沸水里,分出目光照顾言逸,言逸乖乖站在一边,似乎只有狭小的空间能让其感到安全。

折腾了一个多小时,一碗冬瓜汤终于放上了餐桌。

"来,吃饭了。"

言逸尝了一口,说:"这是南瓜汤。"

陆上锦愣了半天,自己尝了尝,除了盐放少了,味道一般,但应该是冬瓜吧。

"你别闹,是冬瓜汤。"

言逸抬起头,眼睛里仍旧不见神采,轻声道:"那我要喝南瓜汤。"

第十章 我不救他谁救他？

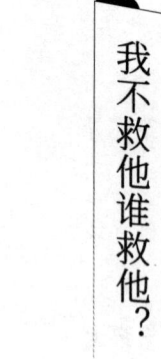

陆上锦无声地把勺子放回汤碗里，认真地看着言逸。

"你认得出我吗？"

言逸看着他，微张着嘴，眼神涣散，也不知道是不是在看他。

他盯着陆上锦看了一会儿，轻声自语："陆上锦……"

"是我。"

言逸头疼得厉害，麻痹毒素退去之后，或混乱或清晰的记忆全涌进脑子里，几段令他终生难忘的痛苦回忆又被记了起来。

言逸用力按着剧痛的太阳穴，尽力遏制着不堪的记忆被唤醒："不……那不是我，那不是我……"

记忆里的自己卑微得让他害怕，他恨不得闯进记忆里把当时委曲求全的自己一枪崩了。

言逸把头埋在臂弯，身体瑟瑟发抖。

他睁开眼睛，恍惚间惊恐地看见邵文璟的双手缠在他的手腕上，眼瞳闪着蜘蛛眼的金属光泽，微笑道："A3基因真的很强呢。"陆凛也抓着他的脚踝，朝他阴森地笑着："引导进化肢体再生，你应该能成功的，忍着点……你会成为陆家最强的人形兵器，我真为你骄傲。"

言逸"咚"的一声撞到墙壁上，头朝下栽了出来。

陆上锦从底下接着言逸，说："不怕，哥在这儿。"

他让助理赶紧送南瓜来，将言逸安顿在房间，轻声说："你等着我，我马上回来。"

然后他趁着言逸精神暂时稳定的间歇去接助理送来的南瓜。

言逸在储藏室里安静坐着。他等了一会儿，忽然淡淡地笑了笑，轻轻晃动两条腿，低头小心地摸了摸后颈。

衣柜正对着一面镜子，言逸踉跄跳下衣柜，颤颤巍巍地走过去。

陆上锦托着一个小南瓜回来，打算带言逸去厨房，推开储藏室的门，陆上锦惊得手抖了一下。

言逸坐在衣柜里，手里拿着一把不知道在哪儿藏着的枪，枪口横对着后颈。

陆上锦手中的小南瓜掉在地上，从脚边滚了出去。

"砰！"

没有装消音器的手枪，枪声是震耳的。

"言逸——"伴生能力"攫取"瞬间消耗了陆上锦所有的能量，陆上锦一把抓住言逸，将他从衣柜里甩了出来，他摔在地上，地上拖出一道血淋淋的线。

一股黏稠的血浆顺着后颈淌满地面，如同一摊炸裂的红酒。枪落到地上发出一声脆响，言逸松开指头，唇角扬起些微解脱般的淡笑。

"大家都想要这 A3 基因，毁了就谁都得不到了。"

陆上锦回过神的时候，胸前已经湿透了。他抬起手时，发现满手鲜红，鲜血都淌到他心里，渗进裂缝中，滋生出刀刃，把血肉割得支离破碎。

陆上锦慌忙横抱着言逸站起来，他的脸渐渐消退了血色，手臂无力地垂了下去。

去医院的路上，是助理开的车。

整个车内像凶案现场，哪儿都是血，陆上锦用毛巾紧紧按着言逸出血的后颈，浑身沾满黏稠的血液。

"言逸，醒醒……"

"你不会有事的。"

担架床紧急朝医院推过去的时候，夏镜天正在大厅听他哥训话。

夏家老大在亲爹面前再三保证，把弟弟提回去以后严加看管，绝不让镜子再做出麻烦事儿。

夏镜天靠着墙，懒洋洋地听教育。

"这还差不多。"夏凭天跷起腿，往长椅上一靠，拦住路过的一个小护士，问起钟医生怎么没在办公室里。

夏凭天近日三天两头找理由往医院跑，就为了见见美人儿。

夏镜天轻嗤道："上梁不正下梁歪，你好意思训我。"

小护士急道："钟医生急诊，刚送来的，是一个垂耳兔异种。"

夏镜天一惊，循着闯进医院的嘈杂人声望过去，一眼望见了担架床上的言逸。

陆上锦跟着一群护士、医生，簇拥着担架床匆匆往急救室飞奔。

急救室的大门在视线里关闭，把家属拦在了外边。助理跑去扶他，被他狠狠一把推远了，助理也没法子，站在一旁看着老板，一动不动地失神盯着抢救室亮起的灯。

夏凭天愣了，说："这……上午还好好的……"

夏凭天的肩膀被推了一下，夏镜天撞开他冲过去。

"你把他找回来就是为了弄死他？"

陆上锦为了制止言逸开枪，已经耗尽了能量，只听一声闷响，夏镜天的拳头就冲到了面前，陆上锦的后背撞在墙上，左边脸颊肿起一块。

他抬手触了触唇角，指尖上沾了血丝。随即他抓住夏镜天的手腕，哑声道："滚，我不想跟孩子动手。"

"冷静点。"夏凭天匆匆过来把两人分开，瞪了一眼小镜子，让他到一边儿去。

夏镜天梗着脖子，脸色涨红，像极夯毛怒吼的小狮子。

对一个脆弱的异种人来说，后颈损坏是多么严重的伤势他不敢去想，那是基因细胞团汇聚的地方，是生命要害。

"陆先生。"钟医生收敛起平时嘻嘻哈哈的笑脸，递给他一份病危通知，沉重道，"子弹横切过后颈，已经损伤了根部神经组织，请您做好心理准备。"

"这是什么意思？会死？会死？"陆上锦甩开夏凭天，抓住钟医生的领口，布满血丝的眼睛几乎撑裂了眼角,"你是医生吗,这点儿伤看不好吗?他要是盖着布出来,我让你……"

钟医生是一个 M2 级青风藤异种,从体型和力量上就处在弱势,最后还是夏凭天给钟医生解的围。

陆上锦抓着钟医生的衣袖,话尾都带上了哀求意味:"救他,不管多少钱、多少资源,我都给得起……救救他……"

钟医生只能表示尽力而为,拨开陆上锦的手,匆匆回了抢救室。

安菲亚医院的医疗资源可以说是世界一流,如果连他们都无能为力,陆上锦甚至没有抱着一线希望去更好的医院碰运气的机会。

夏镜天闭着眼睛瘫坐在长椅上,搓了搓脸让自己清醒。

"说实话,我真的不意外最后会变成这样。我只是想不到,你确实会狠到这个地步。"夏镜天眼睛里漾着一层水痕。

"他趁我不在,自己开的枪。如果我不抓他出来,他这一枪就把颈椎都打穿了。"陆上锦表情麻木,眼神晦暗无光,"我真的没干什么,我只是想他好起来。"

"行,你没干什么……"

夏镜天从口袋里摸出被翻旧的笔记本,扔到陆上锦面前。

陆上锦像被兜头一盆凉水浇了个透,他捧起脚边的陈旧笔记本,像捧着一张昂贵的丝绸金箔。不知什么时候他松了手,笔记本落在脚下,恰巧打开的一页上边写着:"回家,+112 分。"

直到后半夜,喧闹才渐渐止住了。

陆上锦手上扎着点滴,独自在静谧空荡的大厅里熬着。

短短一年,两个重要的人纷纷离他而去,极度恐慌过后是几乎被湮没的空虚和茫然,总有那么一瞬间他忘了这是哪儿。

夏镜天在天台上发了半宿的呆。

他们家开了这么多年医院,见过的生离死别都像过眼云烟,一天两天就这么过去了。

命悬一线、生死不明地耗在抢救室里的人是他们所牵挂的人，却不知道等出来的是活人还是尸体，这滋味比酒烈得多。

　　他辗转到后半夜，思绪仍旧像一团乱麻。

　　钟医生是基因研究专家，觉醒生物特性为植物"青风藤"，J1和M2进化出现的都是治疗类能力，经手的病人治愈率远超平均值。

　　夏镜天克制着自己暂时不去想，明天一定会有结果的。

　　夏镜天的指尖在手机屏幕上无意识地滑，在各个手机软件里来回切换，这个点儿，也没什么朋友能聊天。深夜的朋友圈居然还有人在更新，他点开一看，是一张那人抱着吉他唱歌的直播截图，配文："顾老板今天依旧帅成烟花。"

　　痞帅的一张脸，随便穿了一件破洞的紧身背心，故意撩起来露出腹肌一角，脖颈上挂着一条细银链，链上挂了一枚戒指。

　　夏镜天放大图片看了看那枚戒指，本来以为顾老板谈恋爱了，仔细瞧瞧戒指上刻的"GW"缩写，还是他自己的名字。

　　夏镜天顺手点开图文，随便评论了一句："浪得可以。"

　　顾老板很快回复："一般一般。"

　　看来酒吧刚刚打烊了，顾未闲着没事问："你干啥呢？"

　　夏镜天心里堵得更加厉害。

　　"你的前员工正在我家医院抢救。"

　　凌晨五点，急救室的门被推开了，言逸被推出来了，陆上锦匆匆拔掉手上的针头，跑过去跟着。

　　走廊上传来急促的脚步声，异种人强有力的双手按在陆上锦的肩头，十指全部延伸生长成漆黑树蔓，缠绕在陆上锦身上，把人卷成粽子从ICU外拖了出来。

　　"还扒ICU，快出来，少丢点脸。"黑色木蔓收回指尖，恢复了原本皮肤的颜色。毕锐竟整了整袖扣，"凭子都跟我说了，你可真给咱们长脸，这儿要不是安菲亚，你今早就上新闻首页了。医生怎么说？"

钟医生走过来，陆上锦立刻迎了上去。

"患者基因细胞已经彻底损坏，无法再生和自愈，靠能量素维持生命最多能拖上一周。"

陆上锦眼前一黑，踉跄了两步，他愣了一会儿，脱力般瘫坐在长椅上，说："一点儿办法都没有？"

钟医生提出了一个设想。

"照现在的情况来看，只有基因细胞移植一种方法可以尝试，但考虑到成功率，必须使用同类基因细胞，用我们现有的技术克隆再生移植。"

"同类型？"

陆上锦和毕锐竞都沉默了。

夏镜天一脸古怪地看着他们："垂耳兔基因……应该很普通吧，捐赠库里就有。"

钟医生皱了皱眉，说："移植干细胞类型必须是和患者相同的垂耳兔A3，或者进化潜力有A3的垂耳兔基因细胞。"

"A……"夏镜天噎了一下，惊诧地瞪着眼睛看他哥。

A3进化已经是概率极小的变异，垂耳兔A3，可能世界上就只有ICU里躺着的那一只。

陆上锦忽然站起来，说："我去找。"

毕锐竞脸色一黑，说："你给我回来。"

陆上锦充耳不闻。

夏镜天甩开他哥，跟着跑出医院，看见陆上锦在后备厢里翻东西。

他放慢脚步，低声问："哪儿能找到？"

陆上锦组装了一把AWM，用力在车壁上撞了一把枪托，严丝合缝扣严实。

"PBB。"

Pacific Biological differentiation Base，太平洋生物分化基地。

枪口被三五根漆黑藤蔓卷住，从陆上锦手里拽脱了。毕锐竞把狙击枪接到手里，枪口指着陆上锦的锁骨窝，用力顶了顶，说："闭嘴，闭眼，吸两口气，

你喘匀了再跟我说话。"

陆上锦没照做，双手无措地垂在身侧，牙紧咬着，松一点劲儿牙床都疼，眼眶红得发肿。

"他只有一周了。"陆上锦的额头上渗出一层薄汗，哑着嗓子问，"我不救他谁救他？"

夏镜天适时插了一句嘴："他的父母呢？也许会和他匹配。"

提起言逸的父母，陆上锦紧攥的拳头无力松开。

"他没父母。他只是一个垂耳兔细胞克隆引导分化产出的实验体。"

陆凛指挥下的 PBB 实验室量产活体战斗机器，从一批批失败的实验品中筛选出强者，简称金字塔计划。

陆上锦十岁时误入过陆家老宅的地下实验室。

他一眼认出那只在琴房外偷听的小兔子。

实验室里弥漫着刺鼻的腥臭，小兔子从堆积如山的克隆实验品尸体上颤颤爬下来，浑身血迹斑驳，眼神恐惧颤抖，他朝陆上锦伸出双手。

陆上锦跑过去抱起他，把幼小的垂耳兔抱出血淋淋的实验室，不嫌弃他身上脏臭的血污，带他钻进被窝里，和小兔子蒙着头抱在一起，这时候才想起害怕。

两个孩子抱在一起发抖，哭都不敢出声，在黑暗里默默流泪。

他比小兔子大三岁，强装出一副哥哥的模样，小手抚摸着言逸瑟缩的身体，说："我罩着你。"

言逸拼命往陆上锦怀里钻，打着嗝，不停地说"谢谢哥哥"，细弱的胳膊紧紧搂着他，好像抓住他就抓住了太阳。

"PBB 底层冷冻室有高阶基因细胞库，所有 M2 级别以上的 PBB 成员都被取过样。"陆上锦攥住枪口，干裂的嘴唇翕动，"你帮我照看几天言逸。"

毕锐竞和夏凭天都是 PBB 成员，身上都有序列号，不经许可入侵基地会被自动盖章叛逃，其序列号进入暗杀清除黑名单。

夏镜天微扬下巴，一副若有所思的表情。

钟医生走过来，让陆上锦留联系方式，等患者病情稳定之后联系他探视。

陆上锦把助理留下来照顾言逸。在开车回别墅的路上，沿途街道昏暗，黎明的风声成了刺耳的噪音。

他前胸的口袋里插着言逸的笔记本。

回到别墅之后，陆上锦走进地下车库最深处，他打开虹膜锁，输入一排密码，封闭空间内传来机械声响，武器自动填充系统启动。

陆上锦乘电梯升到三层工作室，电脑机房里十六台计算机都在运转中。

他输入一列密码，敲了敲麦，十六台计算机接连在工作间里投射出3D影像，胸前佩戴飞鹰集团徽章的几位公司高管穿戴整齐，在不同地点接受陆上锦的会议邀请。

"陆总。"

"陆总早上好。"

……

陆上锦花了近一个小时将公司事务各方面授权核对下放，会议结束，陆上锦给董事会发了邮件，销毁了计算机内的机密资料，把拷贝版分散锁进地下保险箱，最后断了工作间的电源。

武器自动填充完毕，升降台自动将弹药枪械送至顶层天台，陆上锦换了一身迷彩武装服，把枪械弹药搬上直升机。

最好用不上这些东西，一旦与PBB交火，最终可就不好收场了。

大不了去抢，上了黑名单又怎样？只要言逸能活下来。

涂装游隼家徽的直升机轰鸣着升空，强大的气流将花园里的灌木吹得四散摇摆。

直升机自动导航，陆上锦松了松脑海里紧绷的弦，他忽然捕捉到细微声响，猛然回头。

夏镜天正坐在折叠板上套防弹衣，边套边说："你看起来和电影里一样视死如归。"

陆上锦没遮掩自己看见苍蝇的眼神，挑眉道："你怎么上来的？"

"重力操纵，我的J1能力很实用。"夏镜天盘着腿给怀里抱的迷彩M16装弹，戴上耳机。

陆上锦转过头说："在下个落地点滚。"

夏镜天皱眉道："如果你死了，样本我替你拿回来，你敢赌吗？"

陆上锦问："你哥知道吗？"

"嗯……"夏镜天枕着手靠在立壁上，"知道。"个屁。

临近落地点，陆上锦甩了个方向，想把夏镜天弄下去。

夏镜天打了个响指，自身重力方向永远与直升机垂直，离心力归零，他稳稳坐在折叠板上。

陆上锦已经没有足够的心思能分给别人家的孩子了。

"你打算怎么做？我们两个人怎么单挑PBB部队精英？万一碰上一个A3异种人就玩完了，PBB里有A3异种人吗？"夏镜天打开一份通过他哥的权限弄来的PBB地图，"听说陆凛在PBB实验室，你和他直接开口要，他会给吗？"

陆上锦也想过。

但A3基因细胞样本很珍贵，对陆凛来说，基因细胞损坏的实验品已经彻底失去了价值，他大概率不会浪费样本去救一个不一定能救回来的垂耳兔异种人，反而会为了提防陆上锦，把样本全部严密看管起来。最好的办法是潜入实验室，把样品偷出来，就算和小部分人交火，只要在被保全部队包围之前撤离，也足够脱身。

直升机悬停在一片汪洋上空已经是一天后。

陆上锦检查装备时，看了一眼跃跃欲试的小狮子。如果这不是夏凭天当眼珠子宝贝着的亲弟弟，他一句废话都不会多说。

直升机镂空四周升起防弹隔水玻璃，螺旋桨顺轨道后移，前端伸长变细，直插入水。改造潜艇飞快逼近海底基地，在海底通道入口数米远的礁石后悬停。

夏镜天拿起氧气面罩，忽然被陆上锦从背后勒住脖子，一管麻醉剂打进他的脖颈。

陆上锦松了手，夏镜天昏迷在脚边。

这小子跑出来肯定没经过家长允许，如果把他带回去的时候少了一根手指头，他哥会拆了自己的房子，砸了自己的公司，今后碰上姓陆的见一个杀一个。

这孩子真的不让人省心，况且他不需要一个小孩做搭档。

他收起思绪，钻出改造潜艇。他有一部分外部权限，打开入口轻而易举，不会触发警报。他穿过三道隔水门之后，顺着螺旋梯找了一个合适的制高点。

夏镜天忽然趴在了旁边，认真侦察四周。陆上锦纳闷地看着他，表情冷淡且复杂。

"重力操纵可以控制血压，麻醉剂打不进去。"夏镜天边侦察边低声问，"前边有巡逻队，你们猛禽类异种人能飞吗？"

"升级到 A3 进化的时候有概率出现这种伴生能力。"意思是不能。

陆上锦眯起眼睛，巡逻队均布方位尽收眼底，他在脑海中快速绘制出区域立体地图。

夏镜天活动了一下手腕，说："我解决左手边的。"

"不到必要的时候别跟他们交火。"陆上锦塞给他一管注射针剂，自己挽起袖子打了一针，"动作快点。"

"这是什么？"

"叶晚的血清。"

变色龙异种血清，注射后可以屏蔽热感、步态探测和监视器，但无法屏蔽人眼。

夏镜天怔了一下，利索地给自己打了一针。

"效果只能坚持一小时，半小时内必须通过三道通往地下冷冻室的探测门。"陆上锦戴上附有麻醉针的刺指手套，轻身翻下阶梯，"你去把左边的巡逻队调开，我去开门。"

"Copy that（收到了）。"夏镜天抿唇敲了敲耳机，从另一个方向翻下阶梯高台，落地悄无声息，如同觅食的大猫。

陆上锦按了按太阳穴，飞快地向热感探测门靠近。

陆上锦避开被夏镜天弄出的动静吸引过去的巡逻队，把门禁密码锁前盖撬

开，轻轻拨开线路，启用 J1 能力"极限视力"，右眼瞳仁汇聚，随后用精微针拨开了几个微小的触点。探测门缓缓升起到顶端，再立刻关闭，陆上锦合上门禁锁前盖，走了进去。

探测门临近地面不到半米的时候被控了一下，夏镜天贴地滚进来，起身整了整防弹衣，说："嘿，你要把我关在外边？"

"里面很危险。"陆上锦皱了皱眉，兀自朝前走。

右手边一整排密闭的实验室，左手边则整齐排列着透气门敞开的方格，大约有十几条贯通的廊道，一股骚臭味悄然弥漫在走廊里。

夏镜天回头扫视身后，陆上锦蹲下来解第二道密码锁。

金属触地的声响缓缓靠近，夏镜天骤然警惕，迅猛转身，端起 M16 上膛，蹲踞扫视四周，空无一人。

"快点，好像有人过来了。"夏镜天捻了捻指尖冷汗。

陆上锦的右眼因为频繁使用而泛起透亮的蓝色瞬膜，指尖细细挑动伸进线路内部的精微针，低声道："我已经很快了。"

窸窣声响消失了，但逼近的危险感没有消除，夏镜天放轻呼吸，食指搭在扳机上，舔了舔嘴唇："万一跟 PBB 交火会怎么样？"

"你就会被录入黑名单，世界各地的异种猎人都能拿到你的悬赏通告，直到确认死亡前，你都只能在各个角落逃亡。"

陆上锦专注解锁："你后悔吗？"

"不后悔。"夏镜天缓缓吐了一口气，仔细听着四周的动静。

陆上锦不再搭话。

金属触在地上的轻微声响缓缓接近。

嗒、嗒，时急时缓，像蛰伏接近的猛兽，游走在猎物视线之外。

陆上锦也听见了动静，指尖渗出一层汗，手上的动作却已经不能再快了，稍有不慎就会触动警报。

"他来了。"夏镜天紧咬着牙，紧贴着防弹衣的 T 恤被冷汗浸透，糊在脊背上。

走廊尽头的阴影里有东西往两人这边靠近，突然，一只钢爪暴露在光线下。紧接着，它走了出来，发出低沉的吼声。

一只后颈戴着钢化玻璃护套的半机械犬，一半是德牧，四肢和下颌都是特制机械。后颈的钢化玻璃护罩中盛满培养液，一个独立分离的人类基因在培养液中缓慢跳动。

"我的天。"夏镜天愣了一下，"狗，陆上锦……狗，陆上锦！"

半机械犬张开锋利的钢齿扑过来，探测门终于缓缓升起，陆上锦拖着夏镜天，趁着一条狭窄的门缝滚了进去，夏镜天双手带着十倍重力把探测门狠狠压了下去，门外一声撞墙的闷响，紧接着传来狗爪挠门的声音。

夏镜天的心跳极快，他松了一口气，转过身。

陆上锦从战术腰带里抽出两把消音手枪，在掌心打了个转，抵着双肩带上保险，双手直指前方。

十几头同样的机械犬淌着涎水凶狠逼近。

夏镜天的后背猛地靠到门上。

"你实战过吗？"陆上锦皱眉问。

"当然。"夏镜天用力咽了一口唾沫，端起M16靠到陆上锦身侧，"最近一次是上个月在网吧跟我室友双排。"

这听得陆上锦头大。

每一头机械犬都拥有人类基因，身体和机械联动作为驱动力，强有力的后腿猛然蹬地扑过来，绞肉机似的钢齿在口中排列，能一口咬碎人的大腿。

陆上锦抬手点射，扑过来的恶犬被子弹正中额头，朝反方向摔了出去。

夏镜天枪里上的是特制重力弹，射速变低但无声，重力弹灌注着美洲狮特有的J1能量，甫一入体，立刻强化百倍重力，将机械犬死死吸在地上爬不起来，地面深陷一个坑。被打碎头颅的机械犬缓缓站了起来。

陆上锦后退了一步，讶异地看着地上复活的十几头恶犬。

其中一头恶犬猛然扑过来，陆上锦反身避开，小臂勒住它的脖子。

"呃。"陆上锦低低痛吼了一声。

他的小臂上被捅上一根血淋淋的刺，这只机械犬浑身炸起利刺，后颈培养罩中装的居然是J1豪猪异种基因，生物特性嫁接到了实验体德牧身上。

陆上锦挣扎着摸出手枪，对准培养罩连开五枪，培养罩被打成碎末，那狗才从陆上锦身上掉了下去。

陆上锦咬着绷带，熟练地勒住伤口，说："主驱动力是颈后培养罩中的基因。"

夏镜天同时抖下身上扒着的两条半机械狗，翻身跳上实验柜，回头子弹连发，瞄准半机械狗后颈的培养罩。

陆上锦扔了手枪，踏着墙壁纵身一跃，一只手攀着钢制天花板散流器，从背后取下AWM，提着沉重枪身，眯眼瞄准几只恶犬的后颈。

每一声爆响则有一枚培养罩破碎，随着主驱动力被破坏，几只机械犬全部失去行动能力。

陆上锦松了手，落在地上喘了一口气，随后蹲下来仔细检查地上横七竖八的尸体。

"新型武器？"夏镜天翻开尸体检查，破碎的培养罩掉落在地上，里面的基因进化级别都是J1。

"那些失踪的高阶异种人莫非被弄到这儿做实验了吗？"夏镜天按了按憋闷的胸口，恶心感从脚往喉咙涌上来。

陆上锦拿枪口拨开其中一只机械犬的头部合盖，发现双眼被换成了人造眼，瞳仁闪烁着监视器的电子微光。

"被发现了。"陆上锦心里一沉，只剩最后一道门了，怎么甘心现在放手。这一次机会失之交臂，今后想再拿到干细胞样本就难如登天了。

只能赌一把，是陆凛的保全部队先到，还是他先把东西拿到。

与此同时，两人的行踪已经被狗身上装的监视器发回了陆凛的监视台。

陆凛在总控制室的转椅里静静看着监视屏上传递过来的画面。他略微沉思，拨了几个按钮。

"你来了。我们一家人团聚，晚晚会很高兴的。"

通过第三道探测门，进入 PBB 地下空间，巨大的穹顶布满通道，陆上锦接收到毕锐竞的指向信号，找了一条相对安全的路通往冷冻库。

夏镜天插着兜跟在旁边，偶尔瞥一眼陆上锦被尖刺穿透的小臂，用止血绷带草率地勒住，勉强不让渗出的血液在地上留下痕迹。

陆上锦面无表情，偶尔提醒夏镜天注意脚下，别碰到防入侵激光。

"激光会在 0.01 秒内削断你的脚。"

"我又没长你的眼睛，我哪看得见。"夏镜天艰难地抬脚，踩着陆上锦走过的地方跟过去。意外地，一路上都没有触发保全系统，冷冻室的门居然轻易被打开了。

陆上锦扫了一眼室内空间，一股寒气迎面扑来。

一望无际的数万个电池状保温试管平均分布在冷冻台上，密集均匀码放，每一管基因细胞都显示着等级。

两人踏进冷冻室的一瞬间，背后的密码门自动关闭。

夏镜天回头拽了拽扶手，心跟着凉了半截："锁死了。"

陆上锦扶在控制面板上，搜索垂耳兔 A3 基因细胞样本，控制面板上不断提示请插入权限卡。

陆上锦从牙缝里挤出一个字，狠狠攥了一把控制台，顺着每一个保温试管找过去。

"快出来。"陆上锦喃喃念着，找完了几千个，过度使用的眼睛发烫，他揉了揉，泪水里混着几道血丝。

夏镜天在另一个方向找，他没有陆上锦的极限视力，只能一个一个查名字。

唯一失策的就是这里面不只有 M2 以上的基因细胞样本，还有大量 J1 的混在里面，足足 10 万个试管。

眼前晃过一个 A3 试管，夏镜天匆匆凑近看标签，眼神从惊喜变得失落。

"仓鼠 A3……"夏镜天脑海里闪过几个模糊记忆片段，低声默念，"姓名……苍小耳……"

他忽然回头，发现陆上锦站在一个试验台前呆立着。

"你找到了?"夏镜天跑过去,陆上锦躬身把一个小孩儿从试验台底下抱出来。

是一个灰色垂耳兔异种,还很幼小,因为饥饿脱水奄奄一息。

他一见到陆上锦,就惧怕得缩成一团,灰色的小耳朵垂在头发里瑟瑟抖动。陆上锦把他抱在怀里轻声地哄,还释放出安抚因子帮他镇定。

他从异种猎人手里夺出来的档案上有这个小孩儿的照片。

"其他人呢?"陆上锦轻轻摩挲着小兔子的头发,耐心问道。

小灰兔得到了安抚,害怕地缩进陆上锦怀里,小声说:"被杀了,基因……取下来……"

小孩手腕上戴着资料手环,上面写着他的名字和生物类型。

垂耳兔,已觉醒未进化,进化潜力:A3。

两人同时万分惊诧地对视了一眼。

虽然潜力有A3不代表真的能进化到A3级别,这也决然是上天赐的机会,但取基因细胞比取骨髓的伤害严重得多,在这么小的孩子身体上取基因细胞,就相当于拿走了他半条命,注定奉献之后留下残缺。

但这已经是目前的最佳选择,从十万个样本中找到言逸,要花费的时间一定大于保全部队歼灭入侵者的时间。

显然,夏镜天也抱着同样的想法,也许根本没想那么多,端起M16上了膛,说:"带他走。"

一个陌生的孩子在陆上锦心里激不起任何的涟漪善念。但小灰兔仰起惶恐的小脸,依赖地抱着陆上锦的脖颈,打着嗝,小声说:"谢谢哥哥。"

陆上锦突然顿住脚步,说:"再找找。"

监护室中烦琐的监测仪器在寂静室内发出细小的嗡鸣。到了准许探视的时间,陆上锦的助理轻声走进来,里面有人在探视。

一个蝴蝶异种人坐在床边的软椅上,用湿毛巾给言逸擦着手心。

谈梦发间伸出两条细长触角,顶端的圆点碰触到言逸的眉心。

"嗯。"谈梦似乎在言逸的脑海中读到了什么，低头在笔记本上写下一段记录。

助理愣了半天，立刻打开手机，拿里面的照片比对了一下。

"是……谈梦老师？"助理简直不敢相信自己的眼睛，他家里的书橱上摆着好几套谈梦的小说，当代军事小说新锐作家，他为了抢签名版新书等了好久，付款前一秒，陆上锦一个电话打过来，导致他梦想破灭。

谈梦竖起手指，"嘘"了一声。

"我在听他给我讲一个故事。"谈梦移开触角，收回发丝里，"我是来听悲伤故事的，但有些可爱的人只能记住过往美好的东西。"

谈梦很意外。

言逸昏睡时的记忆并不是血腥惨痛的，反而只在十几岁的回忆里循环。

谈梦透过言逸的眼睛看见了二十岁的陆上锦，和自己印象里的冷面总裁没有半点儿相似之处，温柔笑着的时候反而更多。

"你来替陆上锦看望他吗？那我就不打扰了。"

谈梦收拾起笔记本，在助理希冀的灼灼目光下签了名，撕下来一页送给他，眼睛里神采闪动："谢谢你的喜欢。"

谈梦听见助理低声读着陆上锦留下的第一张字条，缓缓合了门。

"言逸，你如果能看到这张字条，我应该已经成功潜入内部了。如果你醒了，你要知道，即使你放弃自己，我也不会。"

助理一字一句地读，不急不缓，这几天他唯一的工作就是看望监护室里的言逸，相当于难得的休假。

老板自从接手集团起，给所有人的印象都是雷厉风行、冷漠严整。

而他目睹了这些日子里老板的所有变化。他的老板没有童年，从前伪装成沉稳的一颗坏小子的心现在才姗姗来迟变得成熟。

助理给言逸掖了掖被角，轻手轻脚走了出去。

言逸呼吸微弱，却已见平缓，指尖微微动了动。

远在千里之外的海底地下室，陆上锦的心揪了一下。他左手抱着小灰兔，

穿梭在无边际的试管间，一个一个寻过去。

夏镜天循着内壁找出口，来时的门从外部锁死，内壁和墙壁平滑如一体，没有能让陆上锦解锁的集合线路。

这么大一个实验室，制冷、新风、回风都需要管道，冷静下来仔细想想，自己设计这座实验室会把这几个系统安排在什么位置。

天花板均匀分布散流器以保持实验室内空气洁净，夏镜天仰头观察了一会儿，从这地方爬上去应该能到达控制机房。

他回过神再往陆上锦那边看，人不见了。

"喂？"夏镜天身子一振，重新端起 M16，警惕地退到角落，贴着墙悄声移动。

他敲了敲耳机，说："你在哪儿？现在必须离开了。"

耳机里传来呲呲杂音，陆上锦没有回应。

夏镜天："……"

夏镜天倒是完全不怀疑那个家伙会把他扔在这儿。

他贴着墙壁摸进实验室深处，警惕着周围细微的声响。

前方有响动，夏镜天立刻蹲下，托起枪身斜指前方。

试验台上有一管样品忽然倒了，在桌面上滚动。

夏镜天的胸口剧烈起伏，他尽力放轻呼吸，冷汗把手套护掌部分浸透了。

平心而论，再扑过来十几条生化机械犬他一个人确实搞不定。他一想到陆上锦熟练的战斗方式和观察力是和言逸同生共死那么多年共同磨合出来的，就羡慕得不行。

夏镜天屏住呼吸，细细听着周身的异动，隐约有粗重的呼吸声在耳边忽远忽近，在这个房间里，似乎还有另外的人。

他拨开手表上的录音，低声留遗言。

"我现在在 PBB 地下冷冻室，陆上锦不在，可能挂了。这里面有东西在喘气，我能听到，但不知道位置。"

实验室深处没有开照明灯，夏镜天俯身伏在地面上向前匍匐，拨开袖口的电筒，光线顺着深处打过去，在几个试验台间扫了扫。

"啪。"

一声玻璃炸碎的脆响在寂静的实验室中显得极其清晰，夏镜天立刻翻身后退，反手一枪朝着声音来的方向扣了扳机。

一颗子弹换来了一声恐怖的咆哮，那绝对不是人或者狗能发出的痛吼。

夏镜天霎时浑身被冷汗浸透，他站了起来，电筒光线迎着吼声照过去，一只浑身披覆鳞甲的巨大蜥蜴仰起头，陆上锦就卡在它嘴里，鲜血像水流一般淌到地上。

"你站那儿干什么？滚！"陆上锦回头吼了一声，双手用力掰着蜥蜴的嘴，蜥蜴口中的利齿深深刻进陆上锦的腹背，靠近伤口的部位隐隐发黑。

陆上锦话音刚落，夏镜天翻身滚了出去，刚站的那处被铁鞭似的尾巴狠狠抽出一道深坑。

他退了几步，瞄准蜥蜴的下颌，连发两发重力弹。蜥蜴痛苦地咬着陆上锦凌空乱甩，下颌被重力弹狠狠沉到了地上。

小灰兔钻进桌子底下，哭都不敢出声，夏镜天顺手把那小孩儿捡进怀里，抬手挡住他的眼睛。

陆上锦趁机翻身撤出来，立刻发动伴生能力"攫取"，像一道凌空俯冲的黑影，抓起夏镜天踩着试验台跃出十来米远。

夏镜天摔到试验台里，试管稀里哗啦往身上砸，他下意识护着怀里小兔子的头。

陆上锦撑着地面爬起来，身上被利齿撕咬出数十道伤口，发黑的血液淌成涓流，在脚下积攒了一摊血红。

他喘一口气，踉跄扶到墙壁上，拨开了大照明灯的开关。

他这才看清那怪物的全貌。

一头身长六米的科莫西龙，后颈安装着钢化玻璃培养罩，为这头巨蜥提供无尽的能量。

夏镜天拨开身上砸的几十个试管，说："你还让它咬，你打后颈啊！"

陆上锦用AWM撑着身体，看着巨蜥后颈跳动的东西，指尖颤抖着握紧，攥得指节发白。

科莫西龙与变色龙A3基因的结合，能依靠基因发动变色龙M2能力"群体隐身"，连带着陆上锦一起消失。

陆上锦撑着一口气，端起AWM，话说得极轻，艰难得快把声带都撕裂了："那是叶晚。"

带着鳞甲的长尾扫过来，夏镜天抱起小兔子往后逃，陆上锦踩着试验台连续后跃，狙击枪瞄准巨蜥后颈，食指按在扳机上迟疑了很久很久。

他终于还是扣了下去。

马格南子弹高速冲撞，附加游隼M2能力的精准定位，防护罩竟然只被打出了一道裂纹。枪声激怒了巨蜥，它像疯狂扑过来的远古巨龙，张开毒液横流的巨口，一口咬碎半个试验台。

"咝……"夏镜天的小臂被划出一道伤口，毒液渗进去钻心的疼。

他对着录音继续留遗言："哥，你初恋衣服里的那条壁虎真的不是我放的……我就是把人关厕所里了，我嫌你初恋烦，当时真没想搅黄你们。"

陆上锦退后观察，目光骤然定格在那只蜥蜴的脚下。

散乱的试管倒在地上，其中一个上面标注着"垂耳兔A3，姓名：言逸"。

"你拿着。"陆上锦摘了沉重的狙击枪扔给夏镜天，从腰带里抽出两把精钢战术匕首，擦着扫过来的粗壮鳞尾滚到巨蜥脚下，猛然下刺将它一根脚趾钉在地上。

他把言逸的基因细胞样本收进保温保险箱，提起来紧紧抱在怀里。

巨蜥同时得到变色龙J1能力"360度全方位观察"，锋利脚爪划过陆上锦的肩膀，抓在地面上。

陆上锦的肩头被削出一道深壑般的爪痕，怀里银色的保温箱蹭满了血迹和手印也不放手。

他像得到钻石的守财奴，就那么咬着牙，死死抱着怀里的宝物。

夏镜天趴在地上，瞄准巨蜥的眼睛，没有瞄准镜的狙击枪对游隼以外的种族都是废枪，但距离太远，重力弹打不进去。

夏镜天腰带里塞的手机居然无声地振动起来，他胡乱地连开了几枪吸引巨蜥的注意力，掩护陆上锦撤过来，自己抱起小灰兔往另一侧逃。贴身放的手机不停振动，夏镜天趁着巨蜥的注意力完全被陆上锦吸引，摸出手机看了一眼，手机上显示着视频通话。

"顾老板？"夏镜天愣了愣，躲避爆炸的弹片和蜥蜴的扑杀，偶尔回头看一眼屏幕，"这在海底怎么有信号？"

顾未的大鼻孔贴在屏幕上，终于调好角度，在桌面上托着腮帮，说："我现在用PBB最高权限联络你们，冷冻室通风口通道已经打开，三分钟内离开冷冻室，按我的指示撤离。"

"你这个二哈哪来的最高权限？"夏镜天揣起手机，把小灰兔放在实验台底下，跳上竖柜，双手按在天花板散流器上用力掰。

掰开散流器的一刹那，陆上锦翻身落下来抱起小灰兔，扬手扔到夏镜天怀里，连着手里的保温箱也扔给他，说："你带东西走。"他扶着流血的肩头，脸色隐隐泛起一层白。

夏镜天回头看了他一眼，咬了咬嘴唇，顺着通风口爬了上去。

他的后脚刚缩进通风口，巨蜥的獠牙一口啃碎了半个钢制天花板。

十秒后，通风口里伸出了一只手。

陆上锦顺着立柜一跃，抓住夏镜天的手腕，顺着通风口翻了上去。

夏镜天抱着小灰兔，把保温箱踢给陆上锦，惋惜地看着自己刚伸出去拉他上来的右手。

"不敢相信，我刚做了让我后半辈子最后悔的一件事儿。"

陆上锦提起保温箱向外匍匐离开，夏镜天抱着孩子紧随其后。

陆上锦待过的地方留下一摊黏稠血痕，夏镜天目测这出血量，眉头越皱越紧。

"喂，你有事儿没？"

陆上锦淡漠地应了一声，没有回答。

第十一章 我饿饿

陆上锦爬进改造潜艇之后就动不了了，僵硬地抱着保温箱，指尖缓慢碰触操纵盘，混着海水的血水顺着面板往缝隙里淌。

夏镜天从隔水门翻进来，扣上防护带把小灰兔绑在折叠板上，坐上驾驶位，飞快操作控制盘。

"你不会开就换我来。"陆上锦隔着防弹隔水玻璃紧盯着基地入口，大批保全部队战士循着他们的踪迹追了出来。

"放心，学校无人机大赛我还得了特等奖。"

改造潜艇启动，同时受到重力操纵，极快上升。舱中压力平衡速度小于上升速度，外部压强锐减，陆上锦嗓子里闷出一口血。

蜷缩在折叠板上的小灰兔紧紧抓着防护带，兔子本身就容易受到惊吓，小灰兔鼻尖小幅度抖动，被海水打湿的小耳朵无精打采地贴着脖颈滴水。

陆上锦撑着地板坐近了些，捻了捻小灰兔的耳朵，把里面沾的海水擦干。

小兔子的耳朵不能进水。

改造潜艇冲出海面，立刻启动排水阀，螺旋桨顺轨道上移，涂装游隼家徽的直升机甩着流水加速上行，消失在海平线以外。低空有十来架狮纹歼击机护航，一看就知道是夏凭天弄过来的。

陆上锦扯下上身被撕烂的武装服，只剩一件湿透的黑色紧身背心，紧贴着背部和腹部每一块划分清晰的肌肉轮廓，从右肩到背廓留下三道血肉模糊的爪痕。

他咬开注射枪封口，往血脉偾张的手臂上扎了一针肾上腺素和一针解毒剂，仰起的脖颈血管绷出泛红的几道筋，汗液混着海水顺着喉结淌进锁骨深窝。

陆上锦缓了一会儿，扔给夏镜天一份解毒剂。

夏镜天正惊险地操作直升机，说："别动，我没空。"

陆上锦低低喘了一口气，说："有自动导航。"

夏镜天愣了一下，把自动导航的按钮压了下去。

直升机飞行逐渐平稳。

夏镜天终于松懈地瘫在驾驶座上，翻开一截衣袖，小臂上被鳞甲刮出来的口子淌着黑血，边缘被海水泡得泛白。

他不看伤口还好，看一眼就立刻觉得疼得要命，摸索着拿起地上的解毒剂针枪，针尖指着自己小臂的血管，颤颤巍巍对准了，咬牙打了进去。

速效解毒剂在三秒内起效，很快与进入体内的毒素起了反应。

科莫多巨蜥的唾液本身带着毒素，与A3基因结合后又得到了相应的增强，速效解毒剂只能暂时抑制毒素扩散，必须前往最近的医院清洗伤口，注射解毒血清。

夏镜天紧攥着受伤的小臂，略微松一点劲儿都痛苦不堪，伤口痛痒难忍，像在刀口上撒了几条蠕动的刺毛虫。

"噢……"夏镜天从驾驶座上翻下来，紧攥着血管暴胀的小臂滚到地上，蜷着身子拼命忍着。

他抬头看了一眼陆上锦，陆上锦贴身的黑背心被刮出不少口子，腹部和背后刻印着细密的齿痕，缓缓向外渗着毒血。

肩上的3道并排的爪印伤得最重，外翻的血肉中隐隐可见森白的骨头。他望着海平面，冷峻的眼睛里浮着一层夏镜天看不懂的忧郁淡漠。

陆上锦感觉到夏镜天的目光，像注意到老鼠，默默把眼瞳转了回来，看了一眼夏镜天。

"你看什么？"夏镜天端坐起来，竭力装作没那么疼。

陆上锦从折叠板底下摸出一块压缩饼干，扔到夏镜天腿窝里，眼神讥诮道："猫粮。"

夏镜天的脸色越发不好看，说："狮子。"

"没长大之前都一样。"陆上锦撕开一袋压缩饼干，掰下一块塞到小灰兔嘴里，"还差得远。"

陆上锦侧坐在折叠板边，略显疲倦地靠着内壁，脸上病态的僵白并没有因为注射解毒剂而缓解多少。

他闭上眼睛，缓解过度使用极限视力带来的副作用。

但他只要闭上眼睛，脑海里就会浮现那头科莫多龙，它后颈上跳动的基因细胞是叶晚。

陆上锦至今仍然记得叶晚在弥留之际的规劝。

"别让言言像我一样。"

陆上锦睁开眼睛，把小口吃压缩饼干的小灰兔抱起来，摸了摸他的脸颊。小灰兔正认真嚼饼干的小嘴顿了顿，眨着大眼睛看陆上锦。

"应该有人保护你们。"陆上锦脑海里掠过这个念头。

"嗯？然后与世界各大财阀为敌？"夏镜天懒洋洋枕着尚且完好的那只手，"和我初中二年级的梦想一样，我当时也觉得酷极了，可爱的异种人是全人类的天使。"

"对了，你爹到底想干什么？"

"陆凛就是个军火疯子。"陆上锦痛恨自己身体中的血液来源于陆凛那么恶心的人。

陆氏以军火生意发家，发灾难战争财是家族传统，直到陆上锦这一代，金盆洗手改头换面。

看来陆凛打算重操旧业，这一次的目标是生物武器，范围覆盖全球。

两人心思各异。

夏镜天靠在另外一边发呆，现在再翻手机，连一丝一毫的通讯记录都没留下，与顾未的最后一条消息还是抢救言逸那天半夜的闲聊。

"顾未……顾。"夏镜天挠了挠头发，想问问他哥，在消息框里打了一行字之后又删了。

还不如自己去酒吧问。

海底基地的保全部队追至设定范围边缘,得到警报解除的命令。

陆凛在总控制室里盯着屏幕上远行的直升机。

这次的实验结果差强人意。他本以为用儿子的基因信息激发能够促进叶晚的基因再次升级,或是与科莫多龙融合为一体。

"晚晚……"陆凛盯着另一个监视屏画面里暴虐撕咬试验台的科莫多巨蜥,失望道,"你变弱了,你从前是无敌的。"

"你不美了。"他遗憾地念叨。

总控制室深处安放着一方叠加三道电栅的监狱笼,监狱笼里扣着一个异种人,双手被铐,处境狼狈但仍见气度不凡。

他笑时露出两颗犬齿,眼睛泛着淡绿荧光。是基奈山狼。

"我发现,冷冻室的保全系统和通风口通道被远程遥控打开了。"陆凛悠哉倚靠在转椅上,长腿交叠,笃定道,"最高权限被使用过。"

"除了你……顾总指挥,到底谁还有最高权限?"陆凛话音轻缓,听来让人毛骨悚然,"难道你那两个儿子到现在还没死绝吗?"

陆凛抬起手枪,说:"如果这世界上还有其他人能使用PBB最高权限,我真的不用留着你耗费这么长时间。"

"顾远之,这是我最后一次询问。"陆凛轻声笑道,"我会找到他的,一个觉醒变异的废物,顾家的耻辱,对吗?"

"他不是耻辱。"顾远之微笑道,"他是我的骄傲。"

陆凛扣了扳机,直到子弹炸裂颅骨,顾远之仍岿然不动。

已经到了五月,日光晒在皮肤上隐隐灼人,别墅外满园的摘星月季盛开了一整面墙。

陆上锦的别墅周围停了一圈急救车,两架安菲亚派来的救援直升机等在庭院外。

毕锐竞靠着自己的法拉利抽烟,夏凭天烟都顾不上抽,一脚踹在救援直升机的底盘上,破口大骂:"小犊子,等他回来我扒了他的皮!真长本事了,毛都没长齐,我告诉他,别让我逮着,不然我活活捏死他!"

夏凭天眼底下两团乌青,往日风流多情的眼尾长了细纹,短短几天沧桑了好几岁。

他当初听见夏镜天没回学校,跟着陆上锦跑到太平洋去了,差点儿当场昏厥。他派人去追,终究晚了一步,眼看着涂装游隼家徽的直升机入了海。

毕锐竞轻轻吐了一口烟,说:"你陆哥在呢,他有分寸,肯定把宝贝疙瘩原样带回来。"

"是啊!人家救言逸天经地义啊,我们家这祖宗凑什么热闹啊。"夏凭天咬牙切齿地挽袖子,不断低头看表,"夏镜天就该被拴在家里,天天揍一顿,饭也甭吃了,今天要是不打断他一条腿,我就跟他姓。"

远方嗡鸣声接近,一架直升机缓缓在别墅顶层停机坪降落。

十分钟后,夏镜天先跑出来,一身破损零落的防弹衣战术腰带,左手抱着一个小孩儿,右手提着保温箱,活像回老家过年的新兵蛋子。

夏凭天忽然眼眶就热了,夏镜天把保温箱和小灰兔都交给钟医生,过来站在他跟前没心没肺地挑衅一笑,说:"嗨,哥,你这要哭不哭的样子可真不爷们儿。"

夏凭天闭了闭眼,揉着太阳穴上了车,没说一句话。

陆上锦下楼的时候顺手拿了一件风衣外套披上,用来掩盖自己身上狼狈的累累伤痕。

他目送钟医生领着几位护士紧急护送基因细胞上救援直升机,扶着毕锐竞的肩膀缓了缓劲儿。

毕锐竞扶着他朝直升机那边走,说:"厉害,单枪匹马闯 PBB,这事儿能吹一辈子。"

"不算单枪匹马。"陆上锦抬手跟毕锐竞握了握拳头,说,"小奶猫还帮了点儿忙。"

陆上锦一直撑着没睡,到安菲亚之后,他不让急救的护士靠近自己,一个

人站在大厅里等着。

基因细胞克隆移植也是有失败率存在的，基因细胞并不能独立分裂，必须有相应基因型的人类作为载体完成分化。如果发生载体排异反应，基因细胞连同载体人类会一起消亡。

一直等到手术室的门合严了缝隙，陆上锦才松了弦，眼前发花，背靠墙壁缓缓滑坐到地上，刚刚在救援直升机上包扎的绷带又被伤口渗的血浸透了。

手术很成功，用言逸自己的基因细胞成功率更高，目前并没有出现排异反应。

经过检查之后，陆上锦的伤势十分严重，肋骨轻微骨折、肩部骨裂，加上失血过多，基因能量连续透支，整个人都是废的，上厕所都困难。

他不让人照顾，也不想见任何人，嘱咐护士什么时候言逸的病房准许探视了，过来跟他说一声。

病房的门被轻轻叩响，护士进来给陆上锦换药，身后跟着一个小不点。

陆上锦赤着半边臂膀，解开绷带后露出三道略微化脓的伤口，这么严重的伤势难得一见，护士有点揪心，下手时刻意放轻了动作。

陆上锦像感觉不到疼，慵懒地坐起来，手肘撑着盘起来的腿，托着下巴看床边悄悄趴着的小灰兔。

"你联系你的家人了吗？"

"嗯。"小灰兔乖巧地点头，"爸爸马上就来接我，他想问你的名字，说要感谢你。"

"到这儿就认识了。"陆上锦从床头拿了一个苹果扔给他。可能他爸爸是谁陆上锦不在乎，但陆家少爷的名字鲜少有人没听过。

小灰兔抱着苹果乖乖地啃。

"你这两天干什么了？"陆上锦问，"让小宁带你出去玩玩。"

小宁助理这些天相当清闲，每天给陆上锦买买水果送送饭就完事儿了。

小灰兔说给同学和老师打了电话报平安，邵文池帮他记了作业，这两天都在忙着写作业。

陆上锦摸了摸下巴，微挑眉道："你同桌叫邵文池？"他模模糊糊记起来，那小蜘蛛也提起过。

助理早上拿过资料给他，这只小兔子的背景不简单，爸爸的境外生意做得不小，母亲是连陆上锦都有耳闻的珠宝品牌设计师。

好极了。

陆上锦现在对整个兔子种族都抱有好感，对这只小兔子的怜惜不过是出于恐慌下的慰藉，可一旦恢复了理智，陆上锦习惯性计较得失，他救了小兔子，就必须从他身上得到利益。

说话间，助理从门外敲了敲门，说："老板，他们来了，您见吗？"

"不了，你知道怎么说。"陆上锦推了推小灰兔，说，"你爸爸来接你了，去吧。"

小兔子的母亲抱着孩子红了眼眶，他的父亲揽着夫人、孩子，也有些激动，走过来问方不方便见见陆少，好当面致谢。

助理客气地婉拒："老板伤得实在太重，心力交瘁，暂时见不了人。"

异种人没别的办法，他不是一个爱欠人情的人，在生意上跟陆上锦没什么交集，来时带的谢礼对陆上锦而言算不上什么心意，于是顺口跟小宁问了一句陆少的喜好，能趁着这个机会跟陆上锦结交上就太好了。

助理轻声说："老板的喜好我倒是不方便透露，我只知道老板跟邵公子结了仇。"

男人怔了一下，轻轻摸了摸下巴，说："哪个邵公子？"

"还有哪家邵公子能惹得着我们老板啊。"助理只当说漏了嘴，话锋一转，又提起陆少最近筹划的一场珠宝展览会。

男人不能再装听不懂暗示了，陆上锦的意思相当直白。

助理送走了小灰兔的父母，才去病房回了话。

陆上锦正埋头在笔记本上抄东西，助理一过来，陆上锦的笔尖顿了一下，他立刻想把笔记本合上，转念一想又光明正大地继续抄起来。

助理在陆上锦身边待了这么多年，早就磨炼出察言观色的本事，他想起刚

刚出去买饭的时候附近有家图书馆，于是跑出去交押金办了一张卡，给陆上锦借回来一摞养兔子的书。

夏凭天带他弟弟过来换药的时候刚好撞见了，纳闷陆上锦的商业眼光是不是准备往农业上偏移了。

不过他很快就因为夏镜天换药时候的一声惨叫回了神，靠在墙边奚落："活该。"

书把床头堆得像高三学生的书桌，陆上锦在知识的海洋里学习养兔。他看书很快，半个小时就能看完一本，而且精挑细选的重点部分过目不忘。

"提摩西干草，苜蓿。"陆上锦记下几种兔粮的名字，再去宠物兔论坛研究品牌。

邵文璟的邮箱里收到境外加密邮件，一批精密医疗器械的订单被临时取消，对方宁可付违约金也要终止合作。

"利润这么好的东西放着不做。"邵文璟往软椅上一靠，两条长腿搭在电脑桌前，慢悠悠端起咖啡抿了一口。

他看了看表，晚上九点了。他抓了抓头发，随手找了一根皮筋把半长的发尾拢到一块，下了楼。

文池在玩拼图，上周买了一盒两千片的，没几天就拼完了。邵文璟托有同样爱好的朋友弄来了一盒立体的一万片的小城堡给文池玩。

他站到文池卧室门口的时候，小家伙还在聚精会神地琢磨手里的碎片。

"睡觉了，小鸡居（蜘蛛）。"邵文璟轻轻敲了敲门。

文池回头看了一眼，把没拼完的碎片小心地拢到盒子里，光着脚踩着地毯走过去，轻轻握住邵文璟的手。

文池难过的时候就会一言不发地牵他的手。

邵文璟把小不点儿抱到小臂上，关了大灯，陪他睡一会儿。

文池窝在薄被里，邵文璟侧躺在床外沿，隔着薄被缓缓地拍，支着头问："学校有人欺负你了？"

文池摇头。

邵文璟耐心地等。

半晌，文池小心地问："兔兔是不是再也不回来了？"

邵文璟怔了怔，笑着拍他："有我在你还挂念别人。"

当时那种情况下，他只能选择先救文池，也根本没有能力在带着文池的同时，从一个 M2 游隼异种人手里抢回言逸。

猛禽和猛兽都是昆虫和蜘蛛目难以正面抗衡的对手。陆上锦来抢人的时候那股你死我活的气势，他千算万算也没算到。他如果这时候再出现在陆上锦面前，就是往枪口上撞了。

文池缩到邵文璟臂弯里，扬起大眼睛轻声说："为什么只有我的爸爸妈妈变成星星了？"

邵文池的声音细细的，在邵文璟心里扎了一根细小的刺。

他抱着邵文池到自己怀里，靠着床头低声问："我没照顾好你？"

"可是你不会给我做奶糖，也不会讲好听的故事。"文池柔软的一双小手拢着邵文璟的脖颈，"我没说你不好，你也挺好的，但是不一样。"

陆上锦坐在病床边的看护椅上给言逸剪指甲。垂耳兔需要定期剪指甲来保持洁净健康，陆上锦收拾了指甲，又拿棉球给言逸擦耳窝，把言逸打理成干净的小白兔。

陆上锦趴在床沿边歇了一会儿，把最后一点安抚因子释放给他。

他自己的伤势恢复也需要基因细胞供应能量，连续透支后的基因细胞受到了损伤，每天能恢复的能量只有见底的一小口，还全当成安抚因子释放出去了。

这些天他半点都不敢松懈。

手术成功的几天内，言逸连续出现疑似排异反应，凌晨两三点机器警报尖鸣，言逸被接连推进手术室几次，其间陆上锦又签了一次病危通知。

他已经不敢再睡了。

陆上锦在监护室门口搬了一把椅子，到夜里就坐在那儿靠着墙，等待最恐

惧的仪器警报，好第一时间把言逸从死亡线前救回来。

言逸的情况稳定下来，转入了独立病房。

今天早上，陆上锦去认真洗了把脸，仔细端详镜子里的自己，胡楂又忘了刮，头发里有几根发丝雪白发亮。

陆上锦滴了两滴眼药水，缓解眼球的酸胀不适。他的手微微发抖，一不小心把药水挤得太多，闭眼就淌了满脸。

陆上锦回到病房，抬眼看见输液袋瘪了，悄声退出病房叫护士过来换药，顺便去问问检查结果。

钟医生拿着CT指给陆上锦看，说："发育良好，你可以放心。"

影像上的基因细胞团比正常的成年人小得多。

"新基因细胞还没有成熟，目前只长到七岁儿童的大小，加上之前精神刺激过于剧烈，许多后遗症需要慢慢调理才能彻底康复。"钟医生解释说。

陆上锦连连点头，就差戴上眼镜拿小本子记下来。

"所以您也要注意伤口恢复，您的安抚因子可以加速患者痊愈。"钟医生将注意事项逐个嘱咐给陆上锦，"在基因细胞成熟之前，尽量不要刺激，新基因细胞团太脆弱，承受不住。"

陆上锦顿了一下，由衷道："谢谢。"

钟医生愣了愣，眯眼嬉笑道："陆少太客气了。"

钟医生知趣地没提陆上锦在抢救室外失控地抓着自己的衣领威胁的事，这种情况自己见多了，谁有家人躺在抢救室里生死不明都难免发疯。

钟医生意外的健谈，从病情聊到现在的形势，后来又闲扯到生意上，侃侃而谈，点到为止，没有让陆上锦感到不耐或者反感。

话赶话说到这儿，钟医生顺口打听了一句夏凭天的喜好。

陆上锦淡淡笑了笑，说："之前他说他弟弟跟他吵架的时候，打碎了他喜欢的一套紫砂茶具。"

钟医生想讨好夏凭天，这点心思陆上锦不用猜。

陆上锦从钟医生那儿回去后洗了把脸，推开病房的门，他的身子猛地一振，攥着门把手的手颤了颤，匆匆走进去。

"你醒了？"

言逸抱着腿坐在床角，小耳朵紧张地贴在脸侧，抱着一团薄被发呆。

陆上锦的声音并不大，但在寂静的病房里，在垂耳兔敏感的听力中几乎像一声惊雷炸裂，言逸猛地一颤，小兔耳僵直了一下又软软垂下来，扶着剧烈跳动的心脏惊恐地看着他，鼻翼小小地抖动。

陆上锦意识到自己让他受到了惊吓，放缓脚步，慢慢挪到床边，试探着释放安抚因子。言逸蒙蒙地抬头寻觅，嗅了嗅气味，没有排斥，但也丝毫没有表现出舒适，而是更加害怕地往角落里缩了缩。

陆上锦释放安抚因子，低声安慰道："不怕，是我，别害怕。"

言逸蜷缩着靠在床头，眼神僵硬而陌生，他缩着手和脚，把自己窝成一团兔球。

陆上锦战战兢兢地上下打量着言逸，不安顿时扩散到身体的每一个细胞里，再惊慌地炸裂。

他为什么像一个小孩子？

七岁的小孩子。

"言逸……记得我吗？"

"我叫什么名字？"

言逸晃了晃脑袋，小声说："我饿了。"

"我跟小宁说了，等会儿就送饭来，咱们先给医生看看。"

呼叫铃响了几声后，钟医生过来了，言逸醒来在他的意料中，他走过来给小兔子简单检查身体情况。

"一切正常。"钟医生轻松一笑。

"这正常？他看起来只有七岁大。"

"是的，因为新移植的基因细胞目前只长到了七岁孩童大小，会随着时间推移慢慢长到正常大小，期间需要辅助生长类药物和大量安抚因子。因为大脑并未损坏，记忆只能缓慢恢复，这个急不来。"

"保守估计，患者需要一两年才能完全恢复正常。"

"这么久？"陆上锦费劲压住蹦跶的小兔子，说："乖一点。"

还能恢复就好。

言逸听见以后到处看了看，然后又闹腾着说："肚子饿。"

陆上锦换了一个姿势抓住他，说："等会儿饭来了咱们就吃饭。"

钟医生本来还不放心，担心陆上锦会对言逸不耐烦，现在看来似乎是自己多想了。钟医生的眉头终于舒展开，写了一份注意事项给陆上锦，嘱咐说："他的基因细胞现在是已觉醒未进化阶段，进化潜力仍然是 A3，能不能再次进化到 A3 只能看运气了。"

"如果您有对 A3 的执念，尝试重现之前他的进化契机，在同样的刺激下可能会完成进化。"

陆上锦的脸色忽然冷了冷。重现进化契机？把他的手再塞进榨汁机里绞？

"不……随缘吧。"言逸进化成 A3 实在太痛太不容易了。

"再住院观察 3 天，没有别的症状就可以出院了。"钟医生从口袋里拿了一包糖球给言逸，俯身说："你乖乖听陆先生的话。"

言逸咬着纸包，眨着眼睛看着钟医生。

钟医生走了以后，言逸乖乖坐着吃糖球。他安静了一小会儿，忽然抖着小鼻尖望向陆上锦，说："我想上厕所。"

陆上锦带他去洗手间，他走路的时候有些不安分，光着的脚乱踢。小脚趾一下子踢到门框，他忽然安静。

十秒后，他热泪盈眶，扁了扁嘴。

"疼了吧，别乱闹啊。"

"不上这个厕所了。"言逸哽咽着抹了抹眼睛。

"好，去外边的。"陆上锦带他走出病房。

陆上锦推开门时，夏镜天背靠着墙壁蹲在地上。

言逸变成这样，自己也有原因，他本来只是想过来探望一下，还没想好要不要进去。

夏镜天没想到他们突然出来，他愣了一下，站起来局促地摸了把头发。

言逸先睁大眼睛打量他，说："猫咪。"

夏镜天身子一振，手插兜里，斜靠着墙："狮子。"

言逸扬起来的小兔耳害怕地垂下来，他委屈地吸了吸鼻子，抬头看陆上锦。

陆上锦斜睨了夏镜天一眼。

夏镜天纳闷地挠头，半天挤出一句："喵。"

陆上锦带着言逸上洗手间回来，言逸还东张西望地找猫咪。

送言逸回到病房后，陆上锦去外边的洗手间洗了把脸，他把下巴上的胡楂刮干净，尽量遮掩憔悴。

陆上锦一抬头，夏镜天就在旁边洗手，见陆上锦看自己，挑眉道："你别误会，我哥跟钟裁冰谈事儿呢，我等他一块儿回去。"

陆上锦的下巴和发梢还在滴水，水珠顺着脖颈淌进微敞的衣领里。

水仙气味的压迫因子蔓延开来。因为连续透支能量，这几天他又不断压榨安抚因子给言逸，他的基因细胞已经干涸了，加注在因子上的压迫感也力不从心。

像一簇打蔫的水仙，皱巴着花瓣与周围尽态极妍的百花争香。

夏镜天是一个 M2 异种人，有同类在面前释放压迫因子，一下子激发了逞凶斗狠的本性，他同时释放出强盛的压迫因子。

陆上锦疲惫地喘了一口气，靠在墙壁上闭上眼睛，从强盛的压迫力中抽身。

"干什么啊？"夏镜天收敛了压迫因子，挽起袖口说，"你都伤成这德行了，还找什么碴儿，这儿可是我们家的地盘。"

陆上锦抹了抹脸上没干的水，后背倚靠墙壁，按揉着后颈，喉咙喑哑，咳了一声才能正常说话。

"你和言逸的融合度有多高？"

"那你肯定不想听。"夏镜天笑了笑，摊手道，"96%。"

陆上锦离开时重重地把洗手间的门带上了，开车去给言逸买胡萝卜。

陆上锦看上去人高马大、气度不凡，他站在时蔬区仔细挑胡萝卜，十分吸

引眼球，导购员也不大敢上来说话，只敢站在旁边吩咐。

陆上锦先问："哪种胡萝卜好吃一点？"

导购出神地盯着陆上锦的深眼窝看，被叫了一声才匆忙回神："先生是烹炒还是炖汤或是做咖喱？"

陆上锦说："生吃，当零食吃。"

"好的，水果胡萝卜口感还是不错的。"导购给他拿了一份包装好的，陆上锦看了看小手指大小的新鲜水嫩胡萝卜，又拿了十盒放进购物车里推走了。

他来商场的次数屈指可数。

十几岁的言逸最可爱，推着购物车仰头看着陆上锦，想要放得最高的一盒麦片。

其实他轻轻跳一下就能蹦上两层楼，但就想让陆上锦纵容他。

陆上锦把购物车里的胡萝卜一丝不苟地码放整齐，又去挑了一箱酸奶和进口精牛肉干。

毕竟是人类的身体，再不喜欢吃肉也得吃一点，就当磨牙了，身体能恢复得快些。

回医院的路上，经过一个花店，陆上锦把一束花带回了病房，冷白的病房里顿时有了颜色。

言逸乖乖地趴在床上玩陆上锦的手机。

"嗯，你回来啦。"言逸扔了手机，仰起头看向陆上锦，看到他手里的鲜花时愣了愣。然后抽了一朵放在嘴里，嘎嘣咬断，嚼。

"唉。"陆上锦无奈地坐在他旁边，说，"你慢点吃。"

他拿起自己的手机，看看言逸还干了什么，忽然脸皱在一块儿。

言逸给毕锐竞发了一条消息："我饿饿。"加上一堆乱七八糟的表情。

他又给夏凭天发了一条消息："哭哭咧。"

毕锐竞没回复，可能是被老婆打了。

夏凭天回了一条："陆哥你没事吧？"

在医生确认言逸的身体健康状况稳定之后，他被接回家里休养。

新住处离陆上锦的公司很近，装修特意采用中式风格。陆上锦挑了一套酸枝木家具，放在新家里晾了好些日子的味儿。家里雇了一个保姆帮忙照看言逸，陆上锦难免有时不在家，把小孩子单独留下实在太危险了。

他去安菲亚医院拿了两支强效能量补充剂。药房医生起初建议他用普通能量剂，强效药剂是专门供应 A3 级别基因细胞的，等级不够强行使用对身体有刺激，但倒也造不成太大的伤害。

陆上锦拿药去了注射室，注射室里有两个护士在给病人配药，同时注意到走进门口的陆上锦，有些兴奋地对视了一眼。

医院上下早就注意到了陆上锦，他在医院里住了一段日子了。听说他是他们家少爷的朋友，刚过 30 岁，事业有成，要钱有钱，要颜有颜。

护士接过陆上锦手中的药剂看了看，噎了一下，说："先生，药没拿错？"

"没有。"

"副作用反应会很大，不好受……"护士迟疑地解释，一般在生产的时候，有的异种人基因细胞病变早衰不好使了，才用强效能量剂催化安抚因子，用来保护母体生产时不过于痛苦。

陆上锦微翻衣袖，看了看表，说："五分钟内弄完吧。"

强效能量剂和压制剂都不能直接在基因细胞周围注射，只能采用静脉注射，防止刺激过大造成病变。

陆上锦在注射室待了一会儿，反应没有想象的那么剧烈，护士要他在医院里留一个小时观察，看有没有过敏反应。

他刚好听说钟医生在阶梯放映室里有场关于基因细胞的讲座，大多数没事的医生护士都去那儿了，德高望重的教授们坐在最前排，偶尔低头在笔记本上记下一些要点。

陆上锦坐在最后一排旁听了一会儿。

"在高阶弱势异种生存环境逐年恶化的今天，我们团队致力摸索出一条新道路解决困境，为人类基因良性延续做出努力。"钟医生在台上鞠了一躬。

夏镜天窝在嘉宾席上玩手机，被他哥强行拖起来鼓掌。

陆上锦开车回家时心跳得极快，有种不安的恐慌感在身体里肆意蔓延。

他推门进去的时候，被一声恐惧的尖叫声震了震，脑袋里短路了似的空了一下。

他匆忙跑进去，言逸极其恐惧地缩在墙角，自己抱成一团疯狂发抖，新请的阿姨在言逸身边急得满头大汗，说："这是怎么了？"

餐桌上放着一台还在运转的榨汁机，发出"嗡嗡"的噪声。

陆上锦匆忙把榨汁机关了，嗡鸣声一停，言逸才停止了恐怖的尖叫。

他快步跑过去把言逸拉起来，浑身发抖的小兔子像从水里捞出来的一样汗湿了脊背。

"没事了，什么都没有。"陆上锦释放出大量安抚因子，瞥了一眼保姆，说："把榨汁机拿走。"

保姆吓得魂都飞了，赶紧跑出去照办。

言逸却像发了疯一般，厮打着陆上锦。

"你走……走！"言逸用力推他，他一脚踢在陆上锦还没痊愈的伤口上，陆上锦吃痛闷哼了一声，衣服上立刻透了血印。

陆上锦按着言逸释放安抚因子，哑声安慰他："没事了，别怕。"

言逸拖着哭腔问："锦哥什么时候来接我？"

陆上锦闭了闭眼，说："锦哥已经带你回来了。"

陆上锦把他哄睡后，疲惫地靠在墙上，头痛欲裂。干涸的基因细胞开始在强效能量剂的作用下发热充盈，但同时血管肌肉胀痛，一股强烈的恶心感在胃里翻涌。

陆上锦把自己关到洗手间里，抱着马桶一阵接一阵地呕吐，又忍着不发出声音，免得把刚刚安静下来的言逸吵醒了。

他的意识一直是清醒的，有过量的药物在血管里挤压推进，逐渐上升到后颈部位。

半个小时过去，陆上锦已经把胆汁吐完了。他漱了漱口，顺便洗了把脸，坐在马桶盖上,双手扶着额头发愣,忽然挡住了眼睛,宽厚的肩膀略微颤抖耸动。

他随手在医药箱里抓了一把,摸出一管压制剂,掰断了胡乱地往手臂上扎,让疼痛逼自己清醒些。细小的血滴顺着针眼往外渗,他无力地斜靠着墙,额角贴在冰凉的瓷砖上。

洗手间的门忽然被轻轻推开,言逸站在门边揉着睡眼,客厅的暖光打在背后,照在陆上锦身上。

陆上锦下意识收拾起情绪,同时释放安抚因子,怕自己现在的模样吓着他。

小兔子抿着唇走进来,站在他面前,俯下来小声问道:"我踢疼你了吗?"

陆上锦的目光凝滞了一瞬,说:"有一点。"

第十二章　我得了病吗？

陆上锦这些天在公司和家之间往返奔波，最多的时候一天内要回家三次。

最近公司高层内部出了些问题，如果只是工作不至于让陆上锦捉襟见肘，可他担心言逸，干什么都心不在焉。

开早会的时候，因为在管理方式更新上出现了分歧，陆上锦发了火，跟几个股东差点动手，闹得不好收场。场面正混乱的时候，手机忽然振了振，陆上锦立刻停下来看了一眼，果然是言逸打来的。

他走到角落接听电话，言逸在电话里小声问："中午你回来吗？"

赵副总拿着一份资料迎面走过来，说："陆总，您如果执意更改现在的审核模式……"

陆上锦低头对听筒那边的言逸说："我会回去的，我现在有点事，五分钟后打给你。"

他放下手机，夺过文件回到会议桌边，双手撑着桌面，声音低沉清晰："你少安毋躁，给我三分钟阐述我的理由……"

……

陆上锦暂时安抚住了这帮油盐不进的老狐狸，从会议厅回来的路上，他给言逸回了几个电话都没人接。到了办公室，陆上锦匆匆吸完最后一口烟，将烟蒂按灭在烟灰缸里，想给家里的保姆打个电话，刚刚按亮屏幕，保姆的电话就打了进来，说言逸跑出去了。

保姆阿姨快急哭了，她只是一个普通人，根本追不上出门就消失的言逸。

陆上锦感到眼前一阵晕眩，坐在皮椅上缓了一会儿，盯着桌上的烟灰缸发呆了几秒。

他上一次得知言逸丢了，也是在这间办公室，同样的位置，同样堆满烟蒂和烟灰的桌面，同样无法接通的电话和恐慌焦躁的心情。

陆上锦顾不上拿外套就下了楼。

他刚刚注射过强效能量剂，以现在的恢复程度还不足以支撑他动用 M2 追踪能力。

他回过家，言逸不在。小区的监控又恰好坏了，于是他只能开车循着小区周围找。

一个小孩子能跑去哪儿？陆上锦搜遍小区附近都没有言逸的踪迹，陆上锦紧张地攥着方向盘，攥过的皮质护套上印上了汗湿的水痕。

他快发疯了，开着车在长惠市翻遍了每一寸地皮。

陆上锦靠着头枕，烟灰缸里积攒了十几个烟蒂，他发泄似的抽尽了攥皱的烟盒里的最后一根烟，麻木地用指尖掐灭了，紧闭着眼睛把头埋进臂弯里，趴在方向盘上一动不动。

陆上锦抬起头，前方挡住视线的一辆车子驶离的刹那，陆上锦看见对面住宅区的玫瑰藤窗底下倒着一个人。

他顾不上把车停稳，拉上手刹就奔了出来，在马路上湍急的车流中焦急穿行，几次险些被撞了，紧急刹车后受到惊吓的车主从窗内探出头来骂他"神经病"。

陆上锦被绿化带的栅栏绊了个趔趄，跌跌撞撞地从铁栅栏上翻了进去，小心地把趴在地上的言逸扶起来。

言逸的身体还脆弱得不足以支撑消耗，大概是能量耗尽之后就昏倒在这儿了。

"言逸，别吓我。"陆上锦释放大量安抚因子给他耗尽能量的身体。

言逸手里攥着一朵从铁艺窗上揪下来的玫瑰，花瓣被摔得有点松散了。

陆上锦毫无形象可言，坐在地上，整洁的西裤上沾满灰土草叶，让言逸靠着自己休息。

言逸困倦地半睁开眼睛，看见陆上锦之后呆愣了几秒。

"昨天我踢疼了你，给你这个道歉，可以吗？"

陆上锦怔怔地张了张嘴，哽着嗓子说："谢谢。"

"我们回去吧。"陆上锦深深吐了一口气，把言逸带回车里，系上安全带。

言逸抱着腿坐在副驾驶座上，陆上锦偶尔别过头看看他："晚上你想吃什么？"

"芝麻酱拌茼蒿。"

"好。"

他带言逸回了家，吃饭的时候仔仔细细问了，才知道是言逸把卧室里一个冰种晴水底的翡翠飞鹰摆件摔坏了，打电话想承认错误来着。

言逸洗完澡，从浴室出来的时候看见陆上锦坐在台灯底下，拿着摔断翅膀的飞鹰摆件，专注地在断口涂无痕玉石胶。

言逸小心地走过来，爬上椅子坐下来，趴在桌边看着陆上锦。

"很贵吧……还能修好吗？"

"这个不贵。"陆上锦手巧，把一枚枚细碎的玉渣填补进断口，看了一眼言逸，眼神温和道，"你下次小心点，别割伤了手。"

真正昂贵的东西坏了以后是无法修好的，只能年复一年地安抚弥补，让锋利的创口逐渐平滑，少留下一些疼痛。

言逸安静了好一会儿，陆上锦抬起头，看到言逸趴在桌上聚精会神地折纸。过了一会儿，言逸捧着一只纸鹤到他跟前，悄悄把纸鹤放在他兜里。

三个月后，陆上锦带言逸去安菲亚医院复查，钟医生拿给陆上锦一份检查报告，欣慰道："他恢复得超出我的预期。"

"基因细胞在稳步成熟，已经接近十六岁的大小了。"

次日，陆上锦和一名女性客户一同走出办公大楼，女人一头深棕波浪披在肩头，穿着干练优雅，手里拿着一份黑色文件夹，走出公司的一段路上，他们聊了些与工作无关的事。

"这次能与陆总合作甚是荣幸。"

"您客气了。"

周五了，一周的琐事都提前被陆上锦处理干净，陆上锦提前下班，打算去买条鲈鱼炖汤。

陆上锦替女人拉开车门，看着车驶离视线，露出刚刚被遮挡住的马路对面的一辆车。

爆炸鲜艳的红色法拉利拉法，车门缓缓旋开，言逸戴着镜面墨镜从驾驶位下来，斜倚在车门边。

家里的小孩现在长成了一个酷少年。

"你把它开出来干什么？"

言逸皱眉道："我在你车库里挑了一辆好看的。"

陆上锦忘了之前的别墅保全系统里录入过言逸的指纹虹膜，车库和钥匙柜他都能随便打开。

"上来，"陆上锦坐进驾驶座，"我带你去一个好玩的地方。"

"什么好玩的地方？"

……

车开进长惠郊区赛道，言逸趴在玻璃边，惊讶地看着满场的跑车和赛车，眼睛亮亮的。

陆上锦下车后，跟朝这边走过来的毕锐竞打了个招呼。

毕锐竞左手夹着细雪茄走过来，几口把前段吸完了，细细品着后边带劲的烟香。

"你怎么想起来这儿玩了？"

陆上锦的目光往身后扫了扫，言逸在副驾驶座上嚼着胡萝卜看他。

"我给我们家小朋友赔礼道歉来了。"

毕锐竞皱眉哂笑，目光被不远处红艳亮眼的法拉利拉法牢牢吸引："开这车从我这儿跑？这赔礼道歉够有诚意的，回头给我开开过瘾。"

毕锐竞迷车的劲儿跟迷老婆有得一拼，他在长惠郊区建了一个赛道，方便跟志同道合的富二代们玩儿。

"凭子最近又开始操心他弟弟，听说小镜子翘课跑到南岐去了，留了一个酒吧的地址。"

"怎么样，言逸的身体好点没？"毕锐竞倚在墙边，目光在言逸身上打量，"好好的 A3。"

"挺好。"陆上锦拿起一张导航图看了看。

"那是，级别高了没什么好处。"毕锐竞笑道，"我家那位成天作践我。"

"哎，嫂子来了。"陆上锦放下导航图，目光穿过毕锐竞看他身后。

毕锐竞立刻掐了雪茄讪讪回头，身后什么都没有，他愣了一下，回过来骂了句："畜生，油钱双倍。"

郊区赛道的陡坡和急弯都不多，但法拉利拉法飙起速度来足够刺激，言逸兴奋得脸涨得通红，偶尔拐过急弯时大声尖叫，叫完了又"咯咯"地笑。

窗外的风景急速后退，化成斑斓的线，陆上锦分出精神瞥了一眼兴高采烈的言逸，唇角微微扬了扬。

忽然，言逸脱口问他："哥哥，我怎么总是追不上你，有什么技巧，教教我吧。"

陆上锦的表情蓦然僵住。

恍惚再一次回到从前，言逸笑着问他："锦哥，怎么总是追不上你。"

今晚没有月亮。赛道之上笼罩的星空和那时一样璀璨明亮，清淡的星光在言逸脸颊上铺了淡淡的一层。

言逸微仰着头，脑海里翻涌着遥遥相望的模糊印象，脑子里如同涂改液掩盖了答案的考卷，每翻过一页都在疑惑，又觉得似曾相识。

为了让基因细胞生长速率平衡在一个稳定恢复的状态，钟医生给言逸撤掉生长药物，维持了一个月，其间只靠陆上锦给予的安抚因子提供恢复所需要的能量。

一个月后，陆上锦打开卧室的衣柜，言逸缩成一团躲在角落里，用衣服把

自己埋上装作无事发生。

"言逸，昨晚说好了，听话。"陆上锦躬身探进衣柜，轻轻拽了拽言逸，"出来。"

言逸一直装死。

陆上锦拨开散乱的衣服，把言逸抓出来："一会儿就好。"

"我不想去医院。"

"不想去也得去。"陆上锦轻轻拍了拍他。

两人磨磨蹭蹭了好一会儿，车开到安菲亚医院时已经是下午两点。

裤子刚被医生拽下来半寸，言逸害怕地按住裤腰，说："别啊，这个特别疼，特别特别疼，我想回家吃饭，晚上我给你烤蛋糕行吗？"

言逸前些天心血来潮，学会了烤蛋糕，他把一块草莓蛋糕端到刚下班回来的陆上锦面前的时候，让陆上锦感动不已，从那以后，言逸就学会了用蛋糕来跟陆上锦讨价还价。

"那也得打针。"陆上锦把人按住，强迫他安静地等着。

每次陆上锦带他来打促生长素都得折腾掉半条命，平时调皮蹦跳的小兔子打了针以后，蔫巴巴的可怜模样着实惹人心疼。

打过针后，言逸的眼眶红红的，说："为什么每个月都要打针？"言逸抹了把眼睛，哽咽着问："我得了病吗？"

"没有，"陆上锦扶着他说，"你能走路吗？回家吧。"

十六岁的酷少年觉得在别人面前哭是一件丢脸的事。

言逸趴在后座，隔着玻璃看见安菲亚医院门口的老银杏树后边走出来一个人。长相他是熟悉的，但就如同其他模糊的记忆一样，他说不出对方是谁，只记得那双似笑非笑的桃花眼。

他只是看了一眼就莫名感到脊背发冷，他缩回后座，悄悄蹲到陆上锦后边，从座椅上边探出手拉住陆上锦。

"危险，好好趴着。"

银杏树旁的邵文璟走出来，站在医院门口，望着陆上锦的车驶离自己的视线。

邵文璟在这儿站了很久，风太凉，他走进附近的咖啡店坐了一会儿。

咖啡端上来的时候，他还在望着玻璃外的街道出神。

前些天他得到消息，有人看见陆上锦带着言逸出入安菲亚医院，且日期固定在每月初，于是他找了一个机会过来，如果能兵不血刃地把言逸带走是最完美的。

他来了之后才知道，垂耳兔异种人的基因损坏了，是枪伤。

店里的咖啡豆尝起来质量不怎么好，被邵文璟随手推到一边。

比起言逸的基因损坏，更让他惊诧的是陆上锦肯为了言逸去PBB抢基因细胞样本。

手机振了振，文池发短信过来："后天早上九点开家长会，你别忘了啊。"

邵文璟按灭屏幕，拿了车钥匙走了。

晚上八点，陆上锦公司有事，他临时去了一趟。

保姆阿姨下班的时候，陆上锦还没回来，言逸让她先走了，自己趴在落地窗前，边看书边望着窗外明亮的灯。

新搬的小区附近有一座公园，到了晚上灯火通明，小孩儿们拿着买来的玉米和碎果仁喂广场上的鸽子。

言逸托着腮走神，笔尖无意识地在书边的空白写下了"陆上锦"三个字。

他怔怔盯着自己写下的这个名字，忽然觉得身体猛地疼了一下。

言逸打了个寒战，惧怕地拢了拢衣服，匆匆把名字涂成一团黑。

光是看到这个莫名熟悉的名字都觉得心里发寒。

八点一刻，陆上锦还没回来，房子里空荡寂静。言逸搓了搓手心的汗，忽然想起来找手机，他想给陆上锦打个电话。

他还没找到手机，整栋房子骤然暗了下来，顿时一片漆黑，伸手不见五指。

他的眼睛还没适应断电的黑暗，什么都看不见，落地窗外也成了黑漆漆的一片。

言逸僵住了，腿一软坐在地上，战战兢兢往后蹭，蹭到角落里。直到他的

背后紧贴到墙壁，身体小心地缩起来，把睡衣的衣摆抻到最长，脚趾蜷缩着藏在衣摆里面。

很快就来电了吧。

言逸想去找手机给陆上锦打电话，但他不敢离开角落，既不敢闭上眼睛，也不敢睁着眼睛，眼前漆黑幽暗的一团，像有什么东西要过来把自己吸进去。

视线被黑暗遮住之后，其余的感官变得极其灵敏，言逸能听见嘈杂的钟表声，从脑海里逐渐变成混乱的枪声。

他慌张地按住身上隐隐作痛的弹痕伤疤。

言逸几乎吓疯了，忽然被一双手臂揽住，安抚因子包裹了全身。陆上锦把他扶起来，说："没事的，只是电路检修……"

言逸紧紧抓住陆上锦的衣服，他是有家人的，一个温和可靠、强大又温柔的兄长，会保护他不被伤害。

不被"陆上锦"伤害。

陆上锦不知道他在想什么，只以为是被停电吓坏了。

……

随着言逸的基因细胞年龄一岁一岁地长大，零碎的记忆在修复，陆上锦心里的不安也越来越强烈。

从前莽撞自私的冷酷少年长大了，终于明白了尊重的含义，言逸现在得到了一次从童年重新经历成长的机会，他应该有做出选择的机会，而不是被高阶基因驱使继续成为附庸品或者战斗机器。

珠宝展当天，各界名流受邀到场，十几名黑衣保镖开道，一辆幻影分开人流，一时所有镜头全部转向车前独家定制的飞鹰车标。

尤其当陆上锦带言逸露面的时候，会场里轰动的不仅是记者。

会场长桌边，原觅以大明星身份出席，在商业互吹闲聊的间歇，端着红酒找了一个清净的角落休息。

隔着玻璃幕墙，原觅看见陆上锦和言逸一前一后进来。

言逸就像天生知道怎么应对盛大或庄重的场合，自然地跟在陆上锦一侧，熟稔得连他自己都感到意外。

入场的时候，言逸看见玻璃幕墙边的单人沙发上坐着一个熟悉的人。

言逸看见原觅的第一眼，心微微紧了一下。

原觅发现言逸远远地看着自己，心里一沉。

他莫不是要来找自己麻烦吧，于是连忙装作咳嗽。

原觅不自在地把酒杯放在桌上，趁着展会开幕的间歇，去了一趟洗手间，算着时间，言逸应该跟陆上锦去展台了。

原觅略微松了一口气，到洗手池前照了照镜子。漂白的睫毛弄回了正常的黑色，脖颈上一圈花体英文的文身也洗了，搭配一身浅灰礼服，乖且收敛。

圈子里有些人知道内情，原觅和陆上锦结束关系之后经历了一段事业低谷。但很快，有新的金主愿意捧原觅。

原觅洗了洗手，抬头时从镜子里看见了言逸，言逸没注意原觅也在这儿，靠着水池专注地刷网络动态。

从镜子里能看清，他在刷原觅的个人动态，原觅甚至看见了他的ID叫"怎么可以吃兔兔"。

之前因为夸了一句原觅演技好，就被粉丝误会骂上热评的倒霉网友居然就是他。

原觅轻轻顺了顺气，不敢在言逸面前撒野，默默祈祷言逸别注意到自己。

小宁助理拿了一件崭新的西服马甲过来给言逸换上，一脸歉意地拿走了言逸沾上了些许酒液的外套。

言逸对着镜子调整了一下猫眼石袖扣的位置，忽然注意到原觅，偏头礼貌一笑。

原觅愣了一下，回应了一点点淡淡的笑。

"你换了基因？"原觅诧异地问。

"什么？"言逸愣了愣，迷惑地朝原觅眨了一下眼睛。

"抱歉。"原觅以为他只是不想和自己多说话，尴尬地笑笑，"我认错人了。"

言逸走了以后，原觅靠着洗手池发了一会儿呆。

……

展会进行顺利，此次邀请的著名珠宝设计师带来了一系列孔雀主题珠宝参与慈善拍卖。

设计师正是之前从PBB救出的小灰兔的母亲，对方与陆上锦寒暄了几句，话里话外感激不尽，且言语间适宜地与邵文璟撇清关系。

言逸坐在单人沙发上，看着玻璃幕墙上自己的影子，揉了揉太阳穴。

没想到自己会把"换基因"三个字放在心上，他越想越介意。印象里是有这么回事，他仔细回想又觉得没发生过。

慈善拍卖临近尾声，陆上锦得再去露个面，言逸留在二楼，坐在能看见展台的地方喝橙汁。

刚好谈梦也在二楼，夹了两块巧克力杏仁蛋糕过来找言逸聊天。

"我拿了两块蛋糕，你吃吗？"谈梦的体型十分娇小，坐在高脚凳上，两条纤细的小腿轻轻晃动，"陆……他去展台了啊。"

陆上锦反复嘱咐过，在言逸面前不要提起"陆上锦"这个名字来刺激他，家里印有名字的文件都被陆上锦收了起来。

言逸似乎停顿了一下，谈梦立刻转了话题，从背包里拿出一本精装册推给言逸："我的新书出了纪念版，最后一本送你了。"

"天哪，谢谢。"言逸欣喜地抚摸着塑封过的包装盒，"特别酷。"

"其实我有一个只接纳弱势异种人的社团，成员们的等级都比较高，你有兴趣的话去我那儿看看？"谈梦背靠长桌，跷起腿，抱着一大杯橙汁吸。

一楼展台上开始致闭幕词，对展会筹办者陆上锦先生致以诚挚的感谢。

言逸怔怔盯着屏幕上"陆上锦"三个字，整个人都凝固住了。

谈梦立刻想拉走言逸，言逸却怔怔地坐在高脚凳上，盯着那三个字看。

几个月来，他都没去思考这个照顾自己的人叫什么名字，因为他笃定自己是知道的。

"阿言……"谈梦没有再阻拦言逸。

谈梦也是弱势异种人的一员，言逸受过的伤有一部分谈梦也能感同身受，况且恢复记忆是迟早的事。

言逸从愕然中回神，恍惚站起来，走到铁艺栏杆前，怔怔看着展台上淡然致辞的陆上锦。

他就叫陆上锦。

当陆上锦听见自己的名字被大声读出来的时候，他就知道全完了。

他朝站在栏杆后的言逸仰望过去，言逸也正垂眼看着他。

珠宝展结束后，言逸明显变得疏离起来。

开始下小雪了。

陆上锦办公室窗外有棵银杏树，早在秋天就掉完了叶子，只剩下一片摇摇欲坠地站在堆满雪团的枝头。

一阵冷风吹过来，陆上锦打了个寒战，他望向窗外，最后一片苟延残喘的叶子正打着转飘落。银杏叶落在薄雪里的一刹那，他起身就走。

零下二十来度，陆上锦只穿了一件西服衬衣，坐在还没暖热的车里，冻得僵硬的手拧着了火。

下雪路滑，中间有点堵车，公司离家本就不远，陆上锦直接把车扔在路边，扯掉领带，在寒风里往家的方向跑。

陆上锦站在空旷的客厅里，发梢还在滴水，皮鞋边缘沾着一圈稀泥，把光洁的地板踩出一串脚印。

他见到言逸安然无恙，却突然跪在地上，茫然地听着寂静的家里缓慢的钟表声。

直到言逸匆匆走过来扶他，他才从茫然中回过神来，紧绷的神经被折磨得无法松弛。

他只好谎称自己累了，要上楼去睡一会儿。可他最近总是做噩梦，在睡梦中胡乱梦呓："别走……言逸，哥错了……"

言逸听到了隔壁房间的响动，起床过去查看。言逸推开门就看见陆上锦痛

苦地抱着头坐在床上,他听见开门声,抬起头看着言逸,满眼都是血丝。

言逸倒了一杯水,匆匆走到床边,把手里的杯子递给他。

"你喝点水。你又没睡好吗?"

陆上锦脸色憔悴,无助地望着他。

言逸摸了摸他的额头,很烫手。

陆上锦这次发烧是过度使用基因能量,加上平时精神紧张劳累,导致基因细胞分泌紊乱。

早上家庭医生来过,给陆上锦挂了一瓶水,又打了一针能量剂。

陆上锦醒过来的时候,房间里空荡荡的,他猛地坐起身,手背上贴着一条医用胶布。

他看了看表,已经九点了。

陆上锦穿上拖鞋,匆匆下楼。

言逸端着两份早餐从厨房走出来。

"你好点了吗?半夜你烧得厉害。"言逸走过来摸了摸他的额头,好在温度已经降了下去。

"本来我想叫醒你,可你看起来有点难受,我就自作主张让你睡了,不知道有没有耽误什么会议。"

"没有,今天公司也没什么事,我不去了。"陆上锦说完,把盘子里的早餐吃得干干净净。

陆上锦和言逸外出了一趟。回程的飞机上,言逸翻看了自己拍摄的相片,陆上锦让他选几张洗出来挂在房间里。

临近飞机落地的时候已经是晚上九点。两人刚出机场,陆上锦就微微皱眉,他看了看四周,空气里弥漫着一股躁动的气息。

两人加快步伐,朝着司机的车走去。

"怎么了?"言逸扬起小兔耳,仔细聆听周围的动静。

"有臭虫的气味。"陆上锦替他拉开车门,自己去后备厢提了一个银色手提箱出来，坐到言逸身边，带上了车门。

言逸感觉到陆上锦身上细微的气场变化，有点紧张地朝车门另外一侧挪了挪。

"别害怕。"陆上锦安抚道，"没事。"

纯黑宾利在夜色公路上平稳行驶，陆上锦背靠后座，左手搭在银色手提箱的钢扣上，一下一下地敲。

陆上锦低沉的嗓音打破了车内的寂静："我数到三，你向左把方向盘打死。"

司机愣了一下，但他听惯了陆总不容置疑的要求，下意识就会听从。

"一、二……"

红色的瞄准点已经游移到轮胎上。

"三。"

随着一声刺耳的嘶鸣，高速行驶的宾利急打方向盘从道路上甩了出去，原本平整的路面被狙出一颗子弹的深坑。

"你在车里等我。"陆上锦半跪在后座上，扶着言逸惊惧煞白的脸颊安抚他，"车门玻璃都是防弹的，你别下来。"

他看了一眼司机，说："你拐 S 弯往前开，有红灯也不用停。"

司机哆嗦着点头。

陆上锦从高速飞驰的宾利上跳下来，在公路上滚了两圈后翻进绿化带，一枚狙击弹紧随着他的脚落地，却只在绿化带的泥土中打了一个坑。

几百米外有一幢办公大厦，陆上锦仰望大厦天台，一个黑影正在收枪准备逃离。

陆上锦按亮一楼所有电梯的键之后，顺着楼梯跑了上去。到 3 楼时，他已经扔掉了手提箱，背后背着组装霰弹枪，双手各一把 MP433，叼着一排鲁格弹翻越楼梯扶手向上飞奔。

狙击手看见顶楼的所有电梯都被按下去之后，就知道陆上锦会在楼梯间堵他，于是立刻背着狙击枪从大厦外放钢索悄然下滑。

他急速下滑至 15 层时放慢了速度准备落地，滑过一扇落地窗时，狙击手

与玻璃窗内冷漠等候的陆上锦对视了一眼。

"砰！"

炸裂的玻璃在月光下折射出不规则的刺目炫光，有力的手臂撞碎钢化玻璃，他一把抓住了狙击手的脖颈，狠狠将人扯了进来。

至今还没有任何一个物种能超越游隼伴生能力攫取的速度，即使是M2级别的金雕异种。

金雕异种死命挣扎，被铁钳般的利爪钳住脖颈，压在满地碎玻璃上，陆上锦果断地抵着金雕异种咽喉上的序列号"PBB000099"，面无表情地开了枪。

任何人在陆上锦面前亮出红色瞄准点的一瞬间，就应该做好被扑杀的觉悟。枪声在空旷的大厦中震耳回响，此时，上升的电梯刚好在15层停留，"叮咚"响了一声。

电梯门缓缓分开，密集的子弹爆射，将对面的落地窗打得满地碎渣，却诧异地发现这里空无一人。

准备伏击的敌人们还没走出来，两枚烟幕弹被扔到了脚下，嗞嗞爆出刺鼻的烟雾，本就一片漆黑的室内能见度锐减至零。

陆上锦替还没走出来的敌人们按了关门键，电梯门夹着手中霰弹枪的枪口，连扣了三下扳机，里面没了动静，撤出枪口的同时打碎了烟雾报警器。

电梯门合严，室中一团漆黑，但在陆上锦的眼睛里清晰可辨。

他靠在电梯边轻吹了一声口哨，把散乱游走寻找自己的敌人召唤过来。

两把MP433，左手18发子弹，右手还剩17发，朝着漆黑混乱的黑影们一枪一枪打爆眉心。

3分钟后，陆上锦飞快下楼，随手向后打碎了监控。

纯黑宾利正从左方路口拐回来。

"你们怎么回来了？我让你带他走……"陆上锦匆匆拉开车门。

陆上锦话音未落，他骤然僵住，面前正对着黑漆漆的枪口。

言逸端着手枪指着陆上锦，表情冷淡，眼神里含着27岁男人寡淡的忧郁。

"言逸……是我……"陆上锦无措地怔怔地站在车外。

刺目的火星从陆上锦眼前闪过，他甚至忘记了躲避，呆愣地等着落在身上的子弹和剧痛。身后传来一声惨叫，陆上锦回头看了一眼，身后追来的一个敌人眉心中弹，软软倒在几米处。

初春的夜晚依旧冷寒刺骨，陆上锦拢了拢外套，发现心里的冷是衣服暖不了的。

他在冬天堆了一只雪兔，无论多么小心翼翼地呵护着，终究在初春的寒夜里融化了。

言逸吹了吹枪口，下来靠在车门上，低头拢着火点了一根烟，轻吸了一口，凉薄烟雾似有似无地挡着他的眼神。

很久，言逸掸了掸烟灰。

"锦哥，不想说点什么吗？"

说实话，现在站在面前彻底恢复记忆的言逸和陆上锦料想的模样大致相同，只是比他想象中的更加平静。

言逸靠着车门点烟的时候，火星会映在低垂的灰色眼睛里，把眼里的孤独照得更加清晰。

陆上锦在心里斟酌了十多句道歉和挽留，说出口却是："跟我回去。"

言逸扯起唇角，垂眼看着指间闪动的火星："回哪儿？你的家吗？"

"是你的家，你忘了吗？"陆上锦低声解释，敲了敲玻璃让司机滚，免得对方听到更多不该听的。

言逸的眼睛里蒙上挣扎的情绪。

他的确记得陆上锦近一年来的照顾……

"我之前相信过你一次了。"言逸尽力释然，松开紧绷的肩膀。

言逸的冷淡让陆上锦毛骨悚然，陆上锦只好转头看向别处，极力掩饰自己的痛苦。

可此时此刻，周围有压迫气息悄然靠近。两人同时察觉到危险靠近，下意识背对着对方，枪口指向不同的方向。

"别靠得这么近。"言逸皱了皱眉，这种习惯把后背交给对方的肌肉记忆还没有消失。与从前搭档时有细微的不同，陆上锦的姿势更像把自己保护在身后狭小的空间里。

"先上车。"

言逸拉开驾驶座车门，迅速坐了进去，陆上锦翻身落到另一侧，钻进副驾驶座，熟练地系上安全带，从座椅底下抽出一把AK47。

"你别害怕，我在旁边不会让你受伤。"陆上锦低头检查弹匣，装弹的右手总是在哆嗦，子弹散落到脚下，又慌乱地捡起来推进弹匣。

"你的手……有事吗？"言逸分出视线看了他一眼。

"没什么。"他抱着AK47，疲惫地靠在椅背上，勉强扯出一个轻松的笑容。

言逸咬着快吸尽的烟蒂，调转方向，将速度提到120，车子如闪电般冲了出去。

烟雾从齿缝缓缓呼了出来，言逸专注飙车，偶尔把烟灰掸进烟灰缸里："现在我是那个柔弱的人了，帮不上忙。"

后挡风玻璃上"咚"的一声震响，防弹玻璃上被刮出一道子弹的痕迹。

陆上锦按开改装宾利的射击天窗，探出上半身，向身后穷追不舍的面包车扫射。言逸则熟练地控制方向，在急速行驶中让陆上锦找到机会平稳射击。

两架无人机嗡鸣着盘旋追来，定位之后，朝着高速行驶的宾利俯冲而下。

"言逸，出来！"

恐怖的轰鸣恍如震雷炸响，言逸被一股力道冲了出去，他凌空的一瞬间，还在飞驰的宾利在眼前炸成一团火球。

陆上锦用外套裹着他，落地时翻了个身，后背重重砸在了地上。

他们没有时间停留，陆上锦翻身拉起言逸，带着他拐进狭窄的楼缝中。

言逸扶着陆上锦的肩膀，双手拿起陆上锦的MP433，指向身后上空追来的无人机，子弹连发，精准命中引爆器。

两声巨响后，无人机轰然炸成两朵巨大的黑云，栽落到身后的路面上，炸出爆裂的沥青和石子。

陆上锦的右手哆嗦不止，换了方向让言逸支撑。

他们逃回别墅之后，陆上锦立即将别墅保全系统的最高防护级别打开，用来吸引目光，然后从地下车库的后方通道开着一辆落满灰尘的旧大众悄然离开了。

回到新住处后，言逸去厨房烧了一壶热水，倒了一杯放在他面前。随后言逸一言不发地踩着木梯上2楼，把自己锁在卧室里再也没出来。

陆上锦翻了个身，喘着气把脸埋在沙发垫里，艰难地用左手摸出手机，分别通知了毕锐竞和夏凭天今天遇袭的消息。等到他的右手指尖哆嗦的幅度小了些，才拖着疲倦的脚步走上2楼，手指挨在紧闭的卧室门上悬了一会儿，缓缓放了下去。

他做好晚饭，给言逸发了条信息，之后便不知道该做些什么。他默默地趴在桌上，缓缓按揉着右边肩头，从贴身的口袋里摸了一片随身带的止痛药灌进嘴里。

药片黏在发干的嗓子口，他冲了几口水才咽下去，即便满嘴苦味也懒得再往下压。

卧室里只点了一盏昏黄的壁灯，言逸翻出衣柜里的背包，捡了几件换洗的衣服塞进去。他忽然想到楼下还有自己的东西，于是拿着背包拉开了卧室门。

言逸走出卧室，陆上锦看见他背着包，从敞开的拉链里能看见换洗的衣物。

"你打算去哪儿？"

"这是我的自由。"

陆上锦无奈地望着他，蹭了蹭掌心的汗，低声解释："取芯片那次……对不起，我太莽撞，太多疑……"

言逸拨开陆上锦，转身离开，却被他抓住。

"外边危险，天太晚了。"

言逸的眼神凝滞了几秒，下定决心扳他的手指，他的右手似乎使不上什么力气，轻易就被扳开了。

"你的手怎么了？"言逸狐疑地打量他。他掩饰说受了些擦伤。

言逸将信将疑，又拗不过陆上锦，只好返回房间里。

　　陆上锦去洗了个澡，放着一片狼藉的餐厅懒得去管，躺进沙发里，无聊地盯着墙上的挂钟，分针每走一个格都是煎熬。于是拿了工作电脑，处理文件打发时间。

　　邮箱里多了一封陌生邮件。

　　陆上锦眯起眼睛，盯着落款"邵文璟"三个字，拿毛巾擦了擦滴水的头发。

　　面谈的地点定在了一家餐厅，邵文璟端起茶杯抿了一口茶。他看见陆上锦的时候，桃花眼微微一弯。

　　两人碰面时有一瞬间的信息交流，邵文璟看得出对方的容光焕发只是在掩饰疲惫，陆上锦的尊严不允许任何人轻视。

　　陆上锦也同样能感觉到与自己交流的因子藏着一丝不易察觉的病气，狡猾的蜘蛛受了伤。

　　"陆总，来点什么？这家店的菜式相当不错。"邵文璟把菜单推给陆上锦，亲切笑道，"我请客。"

　　陆上锦靠在椅背上，冷漠地与他对视："境外生意不好做了？"

　　"今天先不谈工作吧，聊点别的？"邵文璟点了一桌招牌菜，猛禽猛兽的口味比较容易猜。

　　酒过三巡，陆上锦捏了捏鼻梁山根。

　　邵文璟倒酒的手有点对不准杯口，但十分客气："之前我们在你叔叔的游轮上见过一次，你上次去的目的我也明白，你想要的那个人我替你找到了，过两天你派人去我那儿接。"

　　陆凛的心腹是为数不多的知情者之一，陆上锦一直在搜寻他。

　　邵文璟继续道："我在他大脑里注了毒，无须你拷问就能从他嘴里撬出东西来。"

　　"你倒是有心。"陆上锦微扬唇角，"原本我可以放过你，一个人带孩子总有些难处，但你动了我的人，这事儿过不去。"

"这是一个误会。"邵文璟露出歉意的微笑。

陆上锦微微挑眉。

"今天，我主要是来跟您解释一件事。之前我会不顾后果带他走，只是不忍心。他那时候伤得很重，躲在衣柜里害怕得厉害……"邵文璟尽量把自己的错误往陆凛身上推，好让自己显得更无辜一些，以请求陆上锦的原谅，"据我所知，那枚控制芯片是在他不知情的情况下被注射的，经过调查，发现时间与您带他回陆家那天吻合。而且，陆凛的心思，我在养父那里曾经有所耳闻，他打算拿言逸作为实验载体，制作一个比你遇见的那头科莫多龙更狂暴的生物武器。"

陆上锦的眼瞳微微发抖，桌下的左手用力紧攥成拳，发白的指节吭吭直响。言逸恐惧示弱的表情在脑海挥之不去，他痛恨地放任指尖抠破掌心，追悔莫及的痛苦让他喘不过气来。

他起身离开，邵文璟站起来送他出去："陆总，看在我还得养孩子的分上，高抬贵手吧。若有需要，我一定全力以赴。"

这几个月来，他的公司被搅得鸡犬不宁，订单客户流失的同时，对手们一直虎视眈眈，他不得不回总部处理事务，但一出境就会被堵截追杀。稍加调查就知道是陆上锦授意的，还有人上赶着巴结。

如果只是这些，邵文璟可以自己处理干净，但他不得不担心以陆上锦的狠辣手段，逼急了会不会对文池动手。

陆上锦疲于说话，让司机掉头。司机问起去哪儿，陆上锦揉着闷痛的太阳穴，迟疑地拨了言逸的号码。

言逸贴身放的手机忽然振了振，他摸出来看了一眼，按了"静音"，放任它闪着。

谈梦边开车边问："你怎么不接电话？"

言逸坐在副驾驶座上，手肘搭在车窗边，拿着一盒酸奶吸："我不想接。"

车在机场外缓缓停下，谈梦拿了墨镜戴上，下车拿出手机发了一条语音：

"你落地了吗？长惠机场最好看的两个人在等你。"

车里的暖风开得太足，言逸下来透了透气，说："今天不怎么冷。你朋友运气不错，昨天还是零下呢。"

机场出口走出来一个人，一身黑皮衣，裹着奶茶色的围巾，匆匆拖着挂满托运条的旅行箱跑过来，兴奋地跟谈梦抱了抱。

那人摘下绒线帽和墨镜，露出一张白皙清纯的脸和乌黑眼珠，跟言逸握了握手，说："我叫苍小耳，仓鼠异种人，奶茶仓鼠。"

仓鼠。

言逸僵硬了几秒，不知所措地回答："言逸，垂耳兔异种人，变种茶杯垂耳兔。"

言逸反应过来之后尴尬地捂了捂眼睛，为什么还要自我介绍品种？

苍小耳搂着谈梦笑得前仰后合："去玩吗？"

三人霸占了一张台球桌，言逸俯身按着台面，食指轻托球杆。

一球进洞，谈梦侧身坐在台面上，往杆头蹭壳粉："我给你表演一个死角球。"

苍小耳用手肘轻轻碰了碰言逸，不知道是不是错觉，总觉得自己似乎被讨厌了。

三人在会馆的温泉泡完了澡，顺便去了酒吧。

苍小耳在吧台要了一杯加冰鸡尾酒，顺便问言逸喝什么酒，言逸看了看，只要了一杯常温果汁。

谈梦抱着笔记本，坐在单人沙发上码字，边吃点心边赶今晚的更新。

吧台前的高脚凳上只剩下言逸和苍小耳在闲聊，两人都不是内向的性格，一天玩下来早已熟识了。

两人话赶话，提起身上的PBB序列号，苍小耳感慨自己为了逃离PBB的监视，聪明地想到了寻觅匹配的低级基因更换。恰好自己被一位有钱人掳过来，给对方的家人做手术，当时打了休眠针，没被看出来级别。

"本来都快成了，结果人家突然就不换了。我想找靠山又找不到，只能往国外逃，白装那一通可怜了。"

言逸指尖微僵："换干细胞？"

"嗯，找我的那个人是飞鹰集团的总裁，你听过吗？"

言逸紧攥着玻璃杯，洁净的玻璃上映出他无奈的苦笑，他忽然就释然了，松开玻璃杯，哼笑着说："他跟我说，换的是冷冻库里别人捐献的基因细胞，还说托朋友找了很久。"

苍小耳呛了一口鸡尾酒，趴在吧台上猛咳嗽。

"陆上锦就是这种人。"言逸抓了抓头发，懒懒地趴到吧台上，"他想干什么就干什么，为所欲为，他应该进去吃几年牢饭……"

"前辈……"苍小耳凑过来揽着言逸发抖的肩膀，不知所措地释放出安抚因子。

苍小耳突然受惊吓似的叫了一声，捂着自己的小尾巴转过身去，瞪大眼睛盯着站在身后的两个人。

其中一个人手里捏着一撮从苍小耳小尾巴上揪下来的奶茶色的毛，戏谑轻佻地抬起苍小耳的下巴，说："要不跟哥哥们一块儿玩？"

"劳烦放尊重些。"言逸拨开放在苍小耳身上的那双手，即使他没有A3基因，只凭训练多年的格斗术也足以应付几个流氓。

强烈的压迫因子让失去高阶实力的言逸十分难受，他想避开，拉起苍小耳就走。

酒吧的玻璃门忽然被推开，沉重的M2异种的压迫感随着迈进酒吧的脚步席卷而来。

陆上锦带着门外的冷风迈进来，目不斜视地走到言逸面前。随着他走近，周围的异种人纷纷后退，让出一条路。

他把言逸手里的果汁拿出去推到一边，言逸愣了愣，离近了才看清他脸颊上浮着一抹醉酒的淡红。

陆上锦抓住言逸的手臂，看似清醒道："言逸，对不起，对不起……"

"你先去把酒醒了。"言逸推开他,他没站稳,后退了半步。

他茫然地愣了几秒,随后看见了站在言逸身边的苍小耳,正面露尴尬,悄悄后退。

"回去吧。"言逸跟谈梦和苍小耳打了声招呼,拖着陆上锦出了酒吧。

可能喝多了以后都会产生寻找马桶的本能,言逸去泡杯醒酒茶的工夫,回来就找不着人了,最后在洗手间发现了趴在马桶边缘的陆上锦。

"你喝了多少?"言逸把醒酒茶塞到他手里。

"八两还是九两吧。"陆上锦靠着墙壁坐在地上,仰头盯着顶灯看。

言逸皱着眉,在门边安静地站了一会儿。他想让陆上锦冷静一会儿,自己去收拾收拾餐厅。

餐桌上还放着和到一半的面盆,面和得一言难尽,经过一天的风干变成了扎手的硬坨。厨房里摆着切成不规则大小的胡萝卜碎和牛肉馅。

言逸正在洗碗,突然有人进来了。

陆上锦拿了一块洗碗布,他看似清醒,但因为醉酒,身体不大听使唤。他摸了几次洗涤剂才将它拿到手里,颤颤悠悠地挤到刷碗布上,低头刷碗。

"你去休息,这儿我来弄。"陆上锦似乎有点累,身子歪斜到墙壁上靠着,把筷子和刀具擦洗干净。

他的右手又在细微地哆嗦,擦刀刃的时候,虎口被刮了一道口子。

"够了,别添乱了。"言逸抽了一张纸巾,让他自己按着止血,转身去找酒精和创可贴。

他像被批评的小孩儿一样,站在水池边自己按着伤口。言逸把酒精和创可贴放到桌上,告诉他把餐厅、厨房和自己收拾干净,然后上了楼。

陆上锦坐到餐桌前给自己手上的伤口消毒,酒精的味道太重,掩盖了房间里的其他气味。

言逸把脸埋进枕头里,烦躁地在床上反复翻身,睡不着。

手机提示音响了一声,言逸拿起来看看消息,谈梦发来了十几张今天的合照,苍小耳发来一个"仓鼠卑微"的表情包。

言逸回复了几句，也道了晚安。

上午阳光正好，阳光透过暖黄色的兔子窗帘照进卧室。

小宁助理过来送新鲜的蔬菜水果，把冰箱收拾了，又从门外搬进来两盆花，两盆重瓣水仙开得娇艳欲滴。

言逸看他搬得吃力，准备过去帮着抬一下。

"别别别，您放着让我来。"小宁可不敢让言逸干活，他仰起脸轻松一笑，把花盆搬到了阳台上。

言逸给小宁倒了一杯水，靠在阳台边跟他闲聊："卧室的窗帘选得很好，用起来很舒服。"

小宁拍了拍手上的土，直起身来回忆："窗帘？哦哦，那是老板挑的。"

言逸的笑意凝固在唇角，看着小宁搬来的两盆水仙花愣了一会儿。

小宁助理前脚刚走，后脚陆上锦就回来了。

言逸走过玄关，看了陆上锦一眼。

陆上锦把蛋糕递给他，本以为他会拒绝，他却伸手接了。

言逸拿着草莓蛋糕上了楼，回头道："你把那两盆花放到你房间里。"

陆上锦的肩膀振了振，用力抓着楼梯的栏杆，仰头看他："今天我又招惹你了？"

言逸折返回来，俯身趴在栏杆上瞧他："这就受够了吗？"

言逸上楼回了卧室，陆上锦一个人坐在楼梯台阶上。

言逸坐在卧室的书桌前，把蛋糕拆开，吃净了铺满顶层的奶油草莓，听着门外陆上锦挪动花盆的声响。

当天夜里，言逸迷迷糊糊醒过来，看了一眼手机，十二点零五分。

言逸起来上个洗手间，发现书房的门半掩，台灯还亮着，陆上锦埋头趴在电脑前睡着了。

言逸走到书桌前，看见陆上锦手边的一摞文件，都是关于PBB的私密资料。书房只开了这一盏台灯，暖白的光束铺在陆上锦的侧脸上，鼻梁眼窝遮出一片

深邃阴影。

　　书房一整面立墙挂满了大小不一的相框，都是从旅拍照片中挑选出来的。

　　他看见了一张陈旧的合影，十岁的陆上锦身边站着七岁的小兔子。照片同样塑封过，但看痕迹能看得出这不是自己收藏的那张。

第十三章 我会带你走

凌晨四五点钟，陆上锦爬起来清醒了一会儿。昨晚他工作忘了时间，蒙眬地看了一眼表，忽然惊醒。

他顾不上缓缓睡麻了的腿，跌跌撞撞上了二楼。

隔壁房间传来响动，言逸被吵醒，坐起来揉了揉自己的兔球尾巴。

陆上锦在洗手间里忙活，拿了一支注射器往小臂上打，像在打压制剂。打完以后，陆上锦扶着墙走出来，回了自己的卧室。

陆上锦的卧室关严了门，言逸才去洗手间里看了一圈，从垃圾桶里捡出一支拆掉针头和包装的注射器。

言逸又翻了翻药箱，里面只剩下几支压制剂了。

言逸翻到一半，忽然愣了一下，缓缓把药箱推回了原位，把注射器也扔回了垃圾桶，洗完手回了房间。

言逸回到卧室后，在群里发了一条消息，圈了全体成员。

言逸：出去玩几天？

谈梦：可。

苍小耳：可可可可可可可可可，我想去云市，你们呢？

毕锐竞：不可。

毕锐竞被移出了群聊。

第二天下午，陆上锦接到消息赶到机场，言逸他们正在过安检。

言逸背着包，揽着苍小耳的脖颈进了候机大厅。

三人搭伴在云市待了十天。

回来之后,陆上锦陪言逸去医院复查。

检查结束后,陆上锦去了趟洗手间,出来就看见言逸坐在大厅的长椅上,正跟夏镜天说话。

两人有说有笑,陆上锦看见言逸脸上的善意,他还像长辈疼爱晚辈一样摸了夏镜天的头。

夏镜天插着兜靠在墙壁上,看向从卫生间出来的陆上锦,舔着下唇笑了笑。

就在两人走出大门准备上车的时候,夏镜天叫住陆上锦,微扬下巴,瞥了一眼他的右肩,说:"尽早抽空过来住院。"

陆上锦顿了顿,说:"过段时间再说吧。"

陆上锦的卧室在一楼,门虚掩着,床头灯的光不算刺眼。

言逸站在门边朝里面看,看见陆上锦侧躺在床上,半睡半醒地从床头柜上拿了一瓶矿泉水,拧了好几下都没能拧开瓶盖。于是他把瓶子夹在小臂里,用左手拧开,没想到呛了一口,趴在床边咳嗽。

他只穿了一件无袖的紧身背心,右肩赫然有三道深壑似的伤疤,最深处能看见在泛黑的薄皮下移动的骨头。

言逸扶着门框,皱紧了眉。

陆上锦把水放回去,翻了个身,言逸就站在门边,惊得他一个哆嗦坐起来,迅速抽了一件衣服披在身上,遮掩肩头的伤。

"我把你吵醒了?我没事,你回去休息吧。"

言逸看着他的眼睛,轻声问:"肩膀,什么时候的事?"

陆上锦略停顿,编了一个瞎话:"两年前吧,只剩疤了,没什么事儿。"

言逸把一袋子骨伤药扔到他怀里。

陆上锦想把事情赶紧遮掩过,说:"等你的身体好些了,我就去医院,耽误不了。"

言逸了解他,他不想说的事谁也没法从他嘴里撬出来,言逸转身就走。

隔天早晨,陆上锦去衣帽间换了一身西服,满心惆怅地出了门。

言逸走神得厉害，听到一声轻轻合严的门响，才回过神来。

言逸给钟医生打了一个电话。

钟医生热络地问起言逸现在的身体状况，问他有没有反常的不适。

言逸问起自己做手术的具体细节，钟医生却顿了顿，忽然说自己马上有个会，有空再谈，匆忙把电话挂了。

医生平日里确实忙，会议多手术多，能理解，但言逸忍不住多想，脑子里乱七八糟裹了一团糨糊，陆上锦肩头那三道发黑的伤痕时不时在脑海里晃一圈。

言逸在家里待着越想越烦闷，拿了衣帽、钥匙出去了。

一场春雨一场暖，转眼公园的柳条都抽了芽，在和煦温风里微拂摇动。长椅上，谈梦手里拉着一只红色气球，俯着身子伸出手，逗弄着摇摇晃晃朝自己走过来的小肉球。

小宝宝还走不好路，认真又着急地张开小手，走了两步就摇摇晃晃地摔倒。谈梦笑着把他接到怀里，托着小胳膊将他抱到腿上。

谈梦一抬头就看见言逸，朝他招了招手。把气球塞到言逸手里，换了一只手抱孩子。

言逸俯下身，把气球递给白嫩柔软的小包子，小孩儿睁着大眼睛仰起头看他。言逸故意逗他，把气球线分成了两条，一拽，突然变成了两个气球，又一分，变成四个气球。

小孩儿呆呆地看着言逸，忽然咧开只长了四颗牙的嘴"咯咯"地笑。他揪了揪言逸的兔耳朵，回过头害羞地抱着谈梦的脖颈，奶声奶气地叫人。

毕锐竞拿着一团蓬松的棉花糖回来，从十步开外就数落谈梦："多大个人了还吃糖上瘾，到时候闹着牙疼。不省心的崽子，孩子以后随了你可真够让人操心的。"

毕锐竞和言逸打过招呼，从谈梦怀里把孩子接到小臂上托着，人高马大的毕锐竞拿着一串棉花糖，抱着小孩儿，看着有点滑稽，又有点让人眼酸。

小宝贝喜欢爸爸，抱着毕锐竞甜甜地叫"爸爸"，像黏豆包似的黏在他身上。

　　言逸在外边待了一天，没什么事，只是拖延着不想回去。谈梦一直让他去自己的工作室里多和其他异种人说说话，之前他没什么心情，今天顺道过去看了看。

　　回去已经是傍晚，别墅的灯亮着，阳台落地窗的纱帘没挂，陆上锦正在厨房忙活。

　　言逸站在路灯下远远地望着，忽然，头上洒下一束光，街道的路灯接连点亮了，把回家的路照得亮亮堂堂。

　　陆上锦一大早就有会，他做好早餐来不及吃，在桌上留了一张便笺。
　　言逸睡醒了下楼，捡起桌上的便笺看了一眼。
　　他去厨房看了看，早饭在锅里还温热着。
　　言逸吃饱了以后在别墅里溜达了两圈，把陆上锦书房里的两盆水仙挪到了阳台，剪了剪枯叶，浇了一点植物营养水。
　　下午四点，陆上锦的座驾停在一家高级洗浴中心外，服务员躬身拉开车门，领他去了地下一层KTV包厢。
　　鬼哭狼嚎的噪音在昏暗的走廊里响起，常来的公子哥各自在包厢里唱歌。
　　陆上锦推门进了最深处的包厢，卡座里已经有人在等他。
　　夏凭天脚踩茶几，怀里搂着一个小美人。毕锐竞甩着打火机，偶尔"咔嚓"一声合严外壳，抬眼凝重道："这么迟。"
　　"有会，忙晚了。"陆上锦一枚枚解开西服扣子，把外套一扔，向后一靠，他的视线投向跪在地上、罩着黑头套的人身上。
　　夏凭天把一张房卡轻轻放进小美人的手里，低声哄小美人出去，顺便把门关上。
　　陆上锦把音响开到最大，从茶几上的香柏木盒里抽了一根雪茄剪开，不紧不慢地塞上微型耳麦介绍："邵公子给我送来的礼，陆凛的亲信。"
　　震耳的音乐鼓点掩盖了包厢里撕心裂肺的惨叫。

陆上锦微微前倾着身子坐着，两条小臂抵在膝头，淡漠地盯着铐在椅上哀号的人，手里把着一枚刀口沾满凝固血浆的雪茄剪。

夏凭天跷起腿往后一靠，双手搭在靠背上，端着酒杯笑道："得了，姜爷，您一早吐干净，咱也不至于跟您动粗不是？"

中年人浑身血迹斑驳，仰着脖颈靠在椅背上，只见出气不见进气。

陆上锦微眯眼睛，盯着中年人暴起青筋的脖颈，扔下雪茄剪走过去，双手扶在椅把上盯着他，深邃眼底如同波动着吞人的沼泽和岩浆。

"姜叔，别挺着。陆凛是我爸，您把他现在折腾的东西全告诉我，不算背叛。"陆上锦缓缓吐了一口烟，指间夹的雪茄轻抵在中年人脖颈的肉上，咝咝的焦糊气味灌进鼻腔。

中年人疯狂挣扎，嘶喊求饶，陆上锦冷淡的脸上没有一丁点儿动容，指尖顺着中年人脖颈的皮肤肉抠进去，狠狠从里面抠出一枚血淋淋的芯片。

随即毕锐竞的指尖蔓延生长出一束漆黑藤蔓，蜿蜒爬到中年人的尸体上，顷刻间尸体化成一摊蒸腾的血水，骨肉化得无影无踪。

箭毒木种族伴生能力"化骨"。

毕锐竞拍了拍手，说："收工。"

服务生进来收拾，看见地上一大摊血，吓得脸都白得没了血色，陆上锦把沾血的手套放到服务生的托盘里，说："打架凶了些，去收拾干净。"

三个人上楼泡澡，陆上锦的伤口没法泡水，去冲了个澡，洗掉身上沾的血腥味。

夏凭天泡在热池子里，懒洋洋地叹气："我觉得陆哥有暴力倾向，跟他在一个屋里待着我浑身发冷。"

"确实有点儿。"毕锐竞笑笑。

原本他们一块儿被送进部队，第一天集训陆上锦就把教官的下巴打脱臼了，刚好那天领导下来巡查，他又顺手连着领导一块收拾了。

平时不大爱说话的一个叛逆少年，被一群教官死死按在地上，被踢得骨裂了好几处，指着鼻子把 PBB 高层嘲讽得狗血淋头，当天就被遣送回家。

"他这人我知道。"毕锐竟朝池子外边掸了掸烟灰，"年轻时候心里装着事，死活不肯进部队，留在外边借势发展，想着法子把言逸从PBB弄出来了。"

"后来……嗐，世事无常吧，让他们兄弟自个儿折腾去。"

夏凭天一时兴起，给钟医生拨了一个电话聊天，让人家叫几声好听的换换心情。

陆上锦冲了三遍澡，仔细闻闻身上没了那股血腥味儿以后，才换了身新的衣裤回家。

临睡之前，陆上锦得先给伤口上药，蘸着药水往伤口里点，疼得钻心，但他习惯伤痛，也不至于做出多么夸张的表情来，依旧平淡如常。给肩胛上药就没那么容易了，左手够不着，只能拿着药瓶往后背上乱泼几下了事。

陆上锦对着镜子，忽然看见言逸在卧室门外站着。

言逸并不进来，只是扶着门框静静地看，似乎脚步往前挪了挪，又犹豫着缩了回去，手里拿着他带回来的干草零食。

陆上锦转过身，轻声说："我够不着后边。"

言逸才走过来，拿起药瓶和棉签往肩胛的伤痕上涂，也不大说话。

长桌周围围坐着二十多个高阶弱势异种人，每个人都在专注记笔记。

钟医生站在立体投影前，围绕高阶异种基因展开论述。

言逸托腮听着，偶尔转转笔，在笔记本上记下重点。

这里是谈梦自己买下的别墅，平时当作写作工作室，高阶的弱势异种们通过读书互相结识，久而久之，这地方成了一个俱乐部。

一个顶尖作家的凝聚力是很可怕的，有时候能在这里看到不同国家、不同种族的异种人们谈笑风生。

钟医生提起高阶基因进化依赖时，问在座各位谁有过这样的经历。

包括言逸在内的十几个异种人都举了手，除了言逸，其余的异种人大多等级为J1进化，少有几个是M2进化，甚至连谈梦都举了手。

言逸看向谈梦，原以为谈梦活得比自己洒脱得多，原来也同样被折磨过。

钟医生遗憾地让大家放下手，请不同等级的弱势异种人派代表阐述高阶基因的特性。

钟医生提出"自由论"，认为不论是哪种异种，都应该有权利选择自己的未来。

但弱势异种数量少，居住地分散，难以集结成家族，一直处在被捕食的地位上，实现自由在现阶段只是一个空想。

一段演讲结束，言逸找钟医生聊了一会儿，想问清楚自己修复手术的细节原委。但钟医生避重就轻，人又健谈，几句话就把话题扯远了，跟言逸聊起人格自由。

"我肯定是不会轻易向高阶依赖屈服的。"钟医生笑着给言逸倒了一杯鲜果汁，"不光是高阶依赖，还有随时为大家族搜寻高阶异种人的异种猎人，记得照顾好自己。"

他们相谈甚欢，跟同类相处让言逸很放松。世界各地每个角落都存在着和他处境相似的人，他们大多被迫成为生物武器，在一场场战斗中泯灭。

又一场淋漓春雨潇洒而来，瓢泼大雨夹着惊雷把言逸困在了回家的路上。

他站在一家咖啡店的屋檐下躲雨，想着要是打不着车就进店里坐一会儿等雨停。

一阵闷雷过后，眼前突然被铺天盖地的闪电白光晃了一下。

言逸揪住兔耳朵，卷成两个小花卷，堵住所有能让声音挤进来的缝隙。兔子的听觉太灵敏，每次打雷都震得心脏直蹦。

忽然，一件还余留体温的外套兜头罩了下来，陆上锦不知何时出现了。

许多年前，陆上锦也是这样突然出现。

言逸初次进化之后，被关在实验室里观察不进食时的能量消耗情况，电子声纹锁铐着脖颈，小兔子很怕黑暗，躲在实验台底下抱成一团。

门锁被轻轻捅开，陆上锦爬进来，一路躲着摄像头爬到实验台底下，从小书包里拿出自己的饭盒，一勺一勺喂饭给言逸，悄声说："保安十分钟后换班，快吃。"

言逸含着眼泪乖乖吃饭，小手一直紧紧抓着陆上锦的衣角。

实验室外正下暴雨，一片白光闪过，陆上锦放下饭盒，把手边的校服外套蒙在两个人的头上，捂住了小兔子的耳朵。

十分钟实在太短暂，陆上锦背上书包准备逃走，言逸轻轻抓着他的裤脚，跟着爬了几步，颤声求他："再待一分钟……我一个人好怕。"

陆上锦折返回来，扶着小兔子的肩膀认真道："明天我再来，迟早会带你走的。"

言逸每天都乖乖坐在角落里盯着那道门，因为他知道，每天晚上都有一束光会从那里照进来。

咖啡店的风铃被吹得叮当作响，言逸怔了怔。

陆上锦拿着伞，伞面朝他这边倾斜，陆上锦雪白的衬衫被浇湿了一半肩膀，言逸伸手去摆正伞。

上了车，陆上锦看他一眼，说："你和朋友吵架了？你心不在焉的。"

言逸拧开一瓶矿泉水喝了一口，枕手靠在窗边，额头贴着玻璃，听着吧嗒吧嗒的雨声，说："很多年前我就想过一件事，但可行性微乎其微。"

陆上锦挑眉道："什么事？"

"成立高阶弱势异种联合组织。"言逸说了出来，轻轻搔了搔头发，轻笑自嘲道，"我和几个PBB的队员尝试着做过，但失败了。这事儿很荒唐，也许自然法则就把我们列在了被捕食的弱者名单上。"

"高阶弱势异种联合组织。"陆上锦的指尖点着方向盘，沉思了一会儿。

言逸早知道这种事跟陆上锦提了也白提，陆上锦作为陆家的继承人，生活环境的不同，骨子里的高傲就注定他们无法共情，更无法感同身受。

"应该是反猎杀组织。"陆上锦目视前方，后视镜上的兔球挂饰轻微摇晃。

"我可以提供武器弹药和资金。"

趁着红灯，陆上锦侧身过来看着他，说："如果让我加入的话，今天晚上就草拟四个方案交给你。"

言逸拿着矿泉水瓶的手打了个滑。

车停在陆家墓园外，雨已停了，乌云仍旧遮着半面天空。

陆上锦捧着一束百合，带言逸站在一座墓碑前。

"本来我不该带你来这儿。"陆上锦蹲下身子，把墓碑上的落叶和灰尘拂干净，放了一束带水的百合上去。

"今天是叶晚的忌日，我想了很久该不该来看看。"陆上锦语调轻缓，像在讲一个别人家的故事。

"陆凛曾经是A3异种人，最稀有的游隼A3。"陆上锦攥了攥拳，眼神漆黑宁静，"但在一次任务里，因为叶晚的失误，陆凛被狙击手破坏了基因细胞，再移植新的，也只能进化到J1级别。"

"陆凛恨叶晚，叶晚又觉得自己亏欠他。因为高阶依赖，所以即使自己被折磨到死，也根本离不开他。"

"后来的事我和你讲过，叶晚留下的那个孩子死于器官衰竭。我把那个孩子当作叶晚的延续，但叶晚什么都不愿意留给我。"

叶晚不爱我。

陆上锦把弟弟的遗体捐给了安菲亚医院，也许还有健康的器官可以移植，希望有其他的孩子能替叶晚看看这个世界。

"言逸，我还没有郑重跟你道过歉。"陆上锦低下头说，"我不想变成陆凛，可是越害怕我就越像他，我和他一样暴躁多疑，和他一样目中无人。"

"原本解除合约真的只是担心你被陆凛盯上的时候逃不掉，可后来连我自己都忘了，我太高估自己了，也从来没问过你的意愿。"

"直到叶晚去世，我才知道异种人不论多强都需要保护。"

言逸很少听陆上锦一次说这么多话，他后退了两步，对着叶晚的墓碑前鞠了一躬，然后转身回了车里。

第二天清早，4份草拟方案整整齐齐放在了桌面上。

4个方案分别用回形针固定住边角，一页页翻开来，散发着淡淡的纸张和油墨的气味。

言逸知道陆上锦工作效率极高，他工作的时候总是精神高度专注。

每一份方案都有用词严谨、逻辑严整的意见，能想象得出他坐在书房里一整夜，像对待自己的合同一样对待言逸荒唐的构想。

他把方案仔仔细细读了两遍，悄悄放进抽屉里，然后下了楼。

陆上锦坐在餐桌前翻手机上的新闻，桌上摆着两碗面，热腾腾冒着白雾。

"手擀面？"言逸用筷子挑起两根，粗细均匀，大骨熬炖的汤汁泛白，面上一半铺满油菜，另一半堆着牛肉小丸子。

陆上锦说他已经把公司从陆凛手中独立出来，从前忠于陆凛的家族成员倒戈，今后不会再有任何一笔资金流动受到陆凛监控。

"方案你看了吗？觉得怎么样？有资金需求尽管说……以前我因为不想和陆凛有牵扯，才会一直有限制……"

"方案……很好，我收下了。钱和其他的，我能弄得到。"

陆上锦挑起眉尾，用探究的眼神重新审视言逸。

"你有困难随时找我，我是你的锦哥。"

这季节，屋里还有几丝凉气，外边已经彻彻底底地暖了，行道两旁成片的桑树底下落着被车流和行人踩实的生果子。

小宁助理给陆上锦端了一杯咖啡，把一份文件放在办公桌上。

"这是您让我查的账目。"小宁擦了擦额头上的冷汗，"他们……一个月内弄到了10亿。"

陆上锦翻阅合同的手僵了僵，拿过文件夹，抬眼瞥小宁："言逸去抢银行了吗？"

陆上锦翻开文件逐页过目，紧皱的眉头缓缓松开，他捧着文件往椅背上一靠，轻笑着问助理："言逸是不是挺厉害的？"

老板数十年难得一见的笑脸把小宁助理吓退好几步，助理露出一个商业假

笑，颤颤地伸出拇指，赞。

言逸靠着酒吧吧台，一连接了十几个电话，手上记下缺少的装备数量和种类，丝毫不显得手忙脚乱。

谈梦端着电脑跳上高脚凳，给言逸看自己收到的消息，A国和F国的高阶弱势异种俱乐部发来了联合申请。

言逸的双手搭在背后的吧台上，甩了甩小兔耳，说："慢慢来。别把动静弄得太大，会有其他家族找我们麻烦。"

谈梦自信道："挡人的事儿交给毕锐竞，谁让他摊上了我。"

门被轻叩了三下，两人的视线都被吸引过去。

夏镜天搭着顾未的脖颈，拿着一个地址站在门外，问："谈梦大大在吗？我们来谈一个战略合作。"

夏镜天问完，回头问顾未："是这么说吗，狗子？"

顾未眯眼，把夏镜天的脸推到门上，背着吉他走近吧台，说："关于高阶弱势异种反猎杀组织我有话说。"

谈梦示意言逸听他说话，自己拿了一罐橘子罐头用力拧，手都拧红了，咬着嘴唇推给言逸："这个太紧了，拿你钥匙撬一下。"

言逸撬了半天没撬开，夏镜天想接过来帮他拧，正好苍小耳拎着包从楼上的健身房下来。

"我来我来。"小仓鼠一看见罐头眼睛发亮，从夏镜天手里抽出去，抱着罐头小尾巴甩来甩去使劲儿。苍小耳一连开了四罐，自己拿着小勺子仰头喝了半罐。

"好爽，今天的健身也白练了呢。"苍小耳抹了抹嘴唇，往墙上一靠，才发现屋里多了两个陌生人，苍小耳的笑容渐渐消失，小尾巴夹起来。

夏镜天瞪大眼睛看着苍小耳。

顾未摸着下巴观察他："我说到哪儿了？"

言逸这些天总是晚归，今天因为谈事误了时间，想起来看表的时候已经晚上七点半，才匆匆给陆上锦发了一条消息。

陆上锦收到信息，给言逸打了一个电话。电话那边有些嘈杂，听声音在酒店，人还不少。

言逸问："有事儿吗？"

陆上锦靠着椅背问："你在哪儿呢？"

言逸回答说大家都在吃饭。

陆上锦揉了揉鼻梁，说："你现在身体不好，这样跑来跑去也不是个事儿……"

言逸"嗯"了一声。

陆上锦放下手机，把菜端到厨房，腾出几个盘子洗了，厨房的玻璃门紧闭着，水流声哗哗直响。

陆上锦出来的时候，看着饭桌愣了好几秒。

言逸坐在餐桌前，夹了一块鱿鱼卷，又舀了一勺素烩汤拌在米饭里。

陆上锦有些惊讶："你不是在外边吃吗？"

陆上锦把凉掉的菜拿到微波炉热了一下，他把碗放在言逸面前，双手撑着桌面，问道："你搞到银子没？"

言逸"嗯"了一声，说："小意思。"

"搞到多少？"

"二十个。"

陆上锦一愣："不是十个吗？"

言逸仰起头，说："你查我？"

陆上锦掩饰地咳嗽了一声，说："那个，我怕你抢银行，非法集资什么的。装备也能弄得着？"

"当然。退役的 PBB 成员里很多都是我带过的队员，有一批还有这方面的资源。"

陆上锦噎得没话说，趴在椅背上，竖起拇指伸到言逸面前："厉害，您是这个。"

言逸在决定联盟总部选址和招募文件。陆上锦指着其中一行，拿过言逸手里的笔，俯下身勾掉那一行，在底下写了另外一行批注。

"言爷，你选的地方跟我认识的一个老板撞了，他也在打这块地的主意，你要不交给小弟我办。"

言逸看着他写下的批注眼前一亮，换了红笔把陆上锦勾的地方做了标记。

陆上锦的周期感染来得毫无预兆，他仔细翻过药箱，只剩下一捆强效压制剂，没别的办法，他只好咬开封口扎进了小臂。

说明书上写着强效压制剂只适用于A3基因，或者产生耐药性的异种人。言逸之前用的应该就是这种，言逸都能用的压制剂，自己用起来应该也没什么问题。

冰凉的药液推进血管，就像一管辣椒水打了进来。一股剧痛顺着血管上升，强行镇压来势汹汹的周期感染。陆上锦扶着水池蹲下来，沉默地忍受如同蚂蚁啃噬骨髓的刺痛。

半个小时后，痛感减弱，陆上锦浑身被冷汗湿透，不得不重新冲个澡。

他从茶几上摸了烟和打火机，在阳台的落地窗边坐了下来。

窗外通明的灯火一盏一盏熄灭了，公园里剩下零星的几盏路灯。街道上已经没有了走动的行人，只剩下几丝冷风，顺着敞开的窗缝灌进陆上锦的领口。早就立夏了，夜晚仍旧凉得瘆人。

落地窗上映着烟头泛红的火星，陆上锦坐在地上发呆。

言逸起夜去上厕所，突然听到楼下传来一声砸碎玻璃的声响，他惊了惊，慌忙下楼开了灯。

客厅的灯一下子亮得晃眼，两个人都遮了遮眼睛，言逸抬手遮光，陆上锦则在遮眼里的苦涩。

"你在干什么？"言逸走过去，看见阳台上洒了一摊水，破碎的花瓶玻璃片和满天星散落了一地。

陆上锦蹲在地上，一块一块地把玻璃碎片捡到手里，在黑暗里不知不觉被割出口子的手渗出血丝，把好看的脸和眼睛都蹭脏了。

堂堂飞鹰集团总裁拿花瓶撒完了气，还得蹲在地上苦哈哈地把玻璃碴子捡回来，怕碎玻璃扎了言逸的脚。

从前被陆凛不屑一顾扔在桌上的成绩单被言逸捡了回来，甩着小耳朵蹦跳到他面前，像捧圣物似的把细心展平的成绩单举到他面前，一脸惊讶与崇拜。

小兔子说"哥哥是学霸"，还把成绩单悄悄贴在自己睡觉的衣柜里，用红笔在家长签字那一栏的横线上画了三朵小红花。

那时候的陆上锦仍旧是一脸冷淡骄矜，倨傲眼神却早已柔软得回到了自己应有的幼稚年纪，他牵着言逸去吃一顿昂贵的冰激凌，看着矮自己一头的小兔子满足地眯起眼睛。

那个年纪已经能看穿溢美之词的背后是奉承还是衷心，每一次拿回的好成绩，都只有一个人为他鼓掌欢呼，他也只需要言逸一个观众。

言逸站在几步外，有点慌乱地想这束无辜的满天星到底触了陆上锦哪一片逆鳞。

言逸从洗手间的药箱里翻来酒精和纱布，看见垃圾桶里扔着一管用完的压制剂。

强效压制剂，他曾经常用的那一种。不知道出于什么心理陆上锦打了这一针，但那种求生不得求死不能的疼法，陆上锦这回应该是领教过了。

陆上锦就是爱着自己倒影的那喀索斯，不曾信任任何人，身边所有的人对他来说不过是工具。

言逸拿着茶几上的小垃圾桶，接过陆上锦手里的玻璃，拿扫帚把剩下的碴收了，给陆上锦用酒精冲了冲手，用纱布缠起来。

陆上锦傻呆呆地站着，活像一只伸着爪等主人清洗的大金毛。

陆上锦趁着近来天气晴朗，去原先住的别墅收拾收拾东西，准备长住在现在的小跃层里。

他从电视橱抽屉里翻出一摞光碟，言逸把曾经在电影院里看的那一部挑了出来，剩下的全扔了。他拿了一个隔尘袋，帮言逸把光碟封起来。

收拾得差不多了，陆上锦去看了看琴房的那架三角钢琴，是他从陆凛那儿搬出来的时候唯一带走的东西。

钢琴上落了一层灰，言逸拿了干抹布过来，顺手把琴盖抹了一把，又让陆上锦去柜子里把钢琴清洁剂拿过来，他辞职了以后，这四百多万的钢琴竟然没人管了。

琴身雕刻的人鱼和海浪是Y国艺术家即兴发挥的杰作，弹奏时丰富的音色空渺清澈，如同海浪冲刷着人鱼美艳的尾鳞。

叶晚为了陆上锦的生日提前准备了五年，在琴脚刻上一束相依偎的百合与郁金香作为落款。

言逸坐在一旁看，静悄悄的不出声，只见陆上锦时隔多年不肯碰它，今天却轻轻抚摸着象牙琴键，偶尔按下去听听音准。

陆上锦的手很好看，温润如白玉，可惜后来日渐伤痕累累。

言逸默数着他手上的疤痕，自信自己知道每一道伤的来历，那道稍深的疤痕是在谈生意的时候被对方的匕首砍伤的，那帮人做生意莽撞，白拿不成就起了杀心，可惜伤在了陆上锦手上，就被言逸屠了窝。

也有几道弹片炸伤的痕迹，都是他护着言逸得来的。自从被伤了一道深疤，他就不再在乎自己的手，更在乎队友言逸的安危，所有炮火硝烟他都拿一双手替其挡着。

有四五处同样有年头的烟疤藏在层层叠叠的伤痕里，这是言逸认不出来历的，他也不去深究原因，因为注定想不出结果。

陆上锦弹到一半，突然按出了杂音，紧接着琴声戛然而止。太久没调过音，音色都不准了，言逸站起来想去帮他调，却见陆上锦摆了摆手，和他说"没事"，然后匆匆进了洗手间。

陆上锦躲在洗手间里，脸上已经浮上一层病白，细密的冷汗顺着额角往下淌，他艰难地攥了攥右手，手指僵硬发抖。

他在镜子前褪下衬衣，露出右肩，那三道泛黑的伤又化了脓。其实这些日子以来伤势都在恶化，因为用药适宜，恶化的速度缓慢，他索性装出一副痊愈的模样。

陆上锦抽出一块新纱布垫着伤口，免得蹭脏衬衣，正往袖子里穿的时候，言逸把洗手间的门推开了。

他拿着手机，一只手撑着门框，像校门口截住好学生要钱的坏学生一般不讲理，微扬下颔，说："下午去医院看胳膊。"

陆上锦拗不过他，只好听话，住院治伤，言逸也因为到了复查的日子一起住了院，医院一下子成了第二个家。

这些日子夏镜天和顾未到医院里看过言逸，毕锐竟也来看过一眼，跟陆上锦说了几件要紧事，后边就是闲聊了。

言逸也听谈梦私下里发过一次大火，说是毕锐竟之前的旧相好从国外回来，找了谈梦的麻烦，但谈梦没说最后那位旧相好是在一楼的草坪上被找到的。家里的保姆叫了救护车，摔成什么样了毕锐竟也不敢问，一回家就被谈梦迎面摔来几个锅碗花瓶，末了还丢来一句"毕锐竟给我滚"。

陆上锦送走了几拨来探望他的朋友同事，回到病房削了一个苹果递给言逸，言逸默默吃了。

每天晚上陆上锦去上药，病房里静悄悄的只剩下言逸一个人。

他喝完了粥，陆上锦还没回来，他穿上拖鞋想去看看。

言逸站在清创室外，透过玻璃就能看到坐在里面袒露上身的陆上锦，宽肩窄腰的精实身材总是很招眼。

他肩头的三道深伤被重新割开清毒，药液按上去的一瞬间，陆上锦整条手臂连着脖颈青筋暴起，紧紧攥着手边雪白的床单，他平静地微仰着头，脸上的血色退潮似的消失。

言逸记得很小的时候跟着他出去玩，早上出门的时候，他小声嘀咕了一句"鞋有点磨脚"，等到晚上开开心心地回来，言逸才发现他的脚后跟被磨掉了一块皮肉。

陆上锦打小就一声不吭，再疼也只会自己一个人默默吞下去，像珍珠蚌一样用软肉消磨疼痛。

言逸没有等他，回了病房洗漱干净，靠在床边看书，其实书上的内容他也没有看进去几行字。

又过了半个多小时，言逸抱着书快睡着了，陆上锦才上完药回到病房。

陆上锦关了灯，坐在另一张病床上，有些吃力地用一只手解胸前的纽扣，随手把衬衣扔到衣架上，疲倦地躺进被窝里。他还没躺踏实就口渴了，抬手去摸床头晾着的保温杯，指尖抖了一下，杯子险些没拿稳，热水倾洒出来浇在指头上。

陆上锦皱了皱眉，匆忙爬起来把杯子稳妥地放回去。

言逸坐了起来，脚在地上划拉划拉找到拖鞋，从保温杯里倒出来一杯水递给陆上锦。

陆上锦一边抱歉地说着"还是把你吵醒了"，一边伸手去接那杯水。

他淡笑着说："刚刚我抽筋了，真是……"

钟医生已经给他发了最后通牒，必须在两天内接受最后一阶段的手术治疗，不然就等着截肢。

这倒把陆上锦唬住了，终于肯把手术重视起来，跟医生约了手术时间。

言逸在医院休养了几天，精神恢复得很好。

陆上锦得去做手术了，这几天内没法照顾言逸。

言逸很认真地点了头，要他安心做手术。

清毒手术没有采取全身麻醉，有钟医生的J1进化能力"解百毒"辅助，整个过程陆上锦还算清醒，只是右眼皮老是跳个不停，终归不是好兆头。

手术室外突然异常喧闹，医院警报器响起一串尖锐的噪音。

陆上锦焦躁地想要站起来，被钟医生按了回去，自己匆匆出去看情况。

只听手术室门上骤然一声闷响，钟医生摔了进来，紧紧捂着小腹，腹上的弹孔汩汩流血，被拿枪的夏凭天捞进怀里按着头。夏凭天躲在手术室门里，朝外接连开枪，吃人的眼神像一头被惹怒的雄狮在咆哮。

安菲亚医院里闯进了数支身穿PBB制服的武装小队，夏凭天朝里面吼了一声，说："言逸被带走了！"

陆上锦如坠冰窟，一把拽掉身上的输液管，随手摸了十来把手术刀夹在指间，闯出了手术室。

他左手指间夹着四把亮银手术刀，躲避着身后的子弹，在走廊里急速穿行，就地一滚，左手朝后抛出四把，立刻有四个PBB成员被锐利刀锋斩开了一条线。

陆上锦扶着剧痛的右肩跌跌撞撞朝言逸的病房跑，等赶到时，病房的一整面墙都被炸没了。

第十四章 他和你不一样

坍塌的外墙还在向下抛撒碎石，陆上锦扶着被炸药烧熔变形的钢筋向天边张望，血丝顺着手臂漫延，从指尖滴落到脚下。

　　他已感觉不到痛了，眼前也只是一片茫茫的白光，无形的墙将他隔绝在世外。身后混乱的枪声、仪器翻倒的炸响，他全听不见，只看见病房里的保温玻璃杯从床头滚下来，一声惊雷似的惊醒他。

　　他边捕捉空气中留下的一丝基因信息，定位对方的逃离路线，边给助理发了一条消息。

　　病房外的PBB成员在掩护主力撤退，夏凭天一只手揽着钟医生，让钟医生靠在自己的肩头，一只手拿起警报通讯器，蕴含着暴怒的嗓音在安菲亚医院各个角落的监视扬声器中传出："保全人员注意，我是夏凭天，关闭所有出口，启用最高级防护命令，所有医护人员原地蹲下。"

　　他重复了一遍，命令一发布，安菲亚医院各个诊室外门立刻锁闭，防火隔离墙极速升起。从地下升到一楼的电梯中冲出数十名穿防弹衣、装备精良的保全人员，将尚未逃离的PBB成员团团包围。

　　陆上锦把手里剩下的一把手术刀递给钟医生，钟医生嘴唇干白虚弱，但仍旧能熟练地用手术刀把腹部的弹头剥出来。夏凭天叼着弹匣换弹，同时给钟医生释放安抚因子。

　　"医院的损失我回来再赔偿。"陆上锦说。

　　"与你无关。"夏凭天低头看了看正自己处理枪伤的钟医生，PBB不只是来抢言逸的，他们抢所有高等级异种人，M2青风藤基因的钟医生也是目标。

　　青风藤M2能力"愈伤术"足够自愈枪伤，但钟医生冰凉的手却按在了夏

凭天脸颊的擦伤上。

夏凭天的伤口愈合后,钟医生又把手搭在陆上锦的右肩上,将大量能量注入伤口中。虽然余毒还没清干净,愈合伤口也不过是权宜之计,但至少不会造成失血过多。

陆上锦抓住钟医生的手腕,阻止钟医生再耗精力,钟医生勉强扯起唇角,惨白着一张脸淡笑着,轻松地告诉他:"你得去救人。"

钟医生在海外留学做科研多年才回国,这个目标不曾变过,而且要救的不只是言逸,还有其他人。

紧接着钟医生就被夏凭天吼了,吼的什么也没来得及分神听,几个医生把钟医生扶进了手术室止血缝合。夏凭天狠狠砸墙,拿了枪跟陆上锦一块儿闯疏散通道,同时给夏镜天发消息,要他在原地等着自己去接他,别乱跑,但没有收到回复。

陆上锦把消息传给了毕锐竟,PBB大规模出动,附近的高阶异种人处境都十分危险。

"现在怎么办?"夏凭天推上新弹匣,警惕地靠墙半蹲下楼,陆上锦瞥了一眼墙上的紧急疏散示意图,将占地三千余亩的安菲亚医院各座大楼地形尽收眼底。

他还能感受到言逸微弱的基因信息,他们并没有往太平洋方向离开,可能飞往了某一个PBB分部。距离这里最近的基地位于怀宁市,一年前因特级地震引发的海啸而被摧毁大半,接连出现了高致死率强传染病和大规模物种入侵。如今那儿已被勒令封锁、引爆摧毁,废墟城市还在重建中。

"你把医院的基因冷冻库看住。"陆上锦轻轻活动了一下右臂,伤口虽然愈合了大半,但能感觉到骨骼里的毒素仍在蔓延。涂装游隼家徽的直升机已经接近顶楼停机坪,小宁助理戴着耳麦坐在驾驶位上,陆上锦抓住起落架,翻上直升机,直升机立刻调转方向离开了安菲亚医院。

他的手机一直响个不停,不断有消息和电话进来,陆上锦看了一眼,头靠着内壁愣神,头发被狂风吹得扬了起来。

他从衬衣口袋里摸出那张被歪歪扭扭拼合的字条，言逸写的，保证二十七岁还会信任他，也许已经不是满分信任了，但这不重要。

他松了手，把字条随风扔了。

直升机行驶至怀宁市废墟上空，空投武器弹药箱，陆上锦身穿漆黑武装服，坐在弹药箱上徐徐落地，以极限视力目测，PBB怀宁分部基地入口在两千米外的冷却塔地下。

基地密码门缓缓打开，盘查身份认证的工作人员拦住了陆上锦，上下打量这个高挑冷峻的游隼异种，眉眼和指挥官竟然有三分相像，工作人员一时有些为难。

"您好，先生，如果没有身份认证，请站在这里扫描一下您的面部和指……"一声枪响，工作人员瘫倒在座椅上，眉心落下一枚烧焦的弹孔。

陆上锦只拿一把MP433站在原地，一枪转一个角度，将所有监视器击毁，门禁人员全军覆没。

电脑屏幕上显示出了一张通缉公告，公告上印着陆上锦的照片，周围是被激活的数位PBB特工头像，来阻截和肃清入侵者。

他一枪打碎了显示屏，从一具尸体身上摸出身份认证卡，缓缓走进基地主通道。经过主通道需要通过步态和热感检测，陆上锦打了一针叶晚留下的变色龙血清，一小时内屏蔽检测器和监视器。

他刚走进主通道，两端的防弹门突然关闭。

陆上锦脚步一顿，眼睛覆上一层游隼种族特有的半透明蓝色瞬膜，扫视周围和头顶。

游隼异种人的眼睛能看见头顶隔着精钢防护板上移动的脚印，脚印在一个位置停顿。

主通道上方的应急门开启，一个金发碧眼的异种人坠落在陆上锦面前，缓缓起身，细长血红的分叉舌头舔着银色唇钉，狭长成线的瞳孔含笑盯着陆上锦，双手十指柔软律动。

黄金蟒蛇异种，英裔PBB特工，序列号PBB000017，等级M2。

他绅士地朝陆上锦躬身，说："言逸中校在里面待得好好的，等到其引导进化完毕会毫发无伤地送回您身边。"

　　"引导进化"这四个字像一把利刃，将陆上锦介怀多年的伤口狠狠割裂开来，再撒上一把盐，即使言逸不说，他也知道那是言逸心里一辈子都无法被安抚的残酷阴影。

　　他的眼睛漆黑得看不见波澜，微微抿了抿唇，下一瞬已然左手化拳劈向黄金蟒的下腹，不待对方还手，长腿横扫，带着迎面的一阵疾风，将黄金蟒扫至七八米外。

　　黄金蟒蛇同样被激怒，抹了一把唇角的血丝，顺着墙壁飞速游走而来，缠绕在陆上锦身上。其如同捕猎的巨蟒，用紧实有力的身体紧紧勒着猎物的脖颈，直到猎物窒息失去反抗能力，最终成为他交差的战利品。

　　陆上锦的脖颈被束缚，踏着墙壁后翻，把身上缠绕的黄金蟒后脊砸在地上，手肘指着他的胸骨猛砸，蛇打七寸，这是蛇类异种的共同弱点。

　　主通道中的厮杀唤醒了通道清除系统，十字状绞杀激光飞速扫来。陆上锦松开黄金蟒，双手勾着通道上方，身体顺向紧贴顶壁，激光刮过他后背的狙击枪，枪托被削掉了一块。

　　陆上锦趁着清扫激光还未回环出现，一脚把黄金蟒异种踢到了激光起始点，双臂一收，顺着异种人下来的顶方应急门爬了上去，在黄金蟒紧随着爬上来的一瞬间扣上了液压锁。

　　他扫了扫身上的尘土，顺着风口爬进了主通道内部的实验室。

　　主控制室。

　　陆凛坐在控制台前，托腮看着布满焦糊血污的通道监视影像，手边操作屏的特工派遣记录上，黄金蟒蛇异种人的照片变成了灰色，下方显示"Dead（已死亡）"。

　　他坐在控制椅上，转了过来，不远处的透明球状监笼里，言逸靠着内壁坐在地上，地上贴心地放置了柔软的坐垫和恒温器。

　　一个婴儿的襁褓就放在监牢外的摇篮里，粉红色的摇篮与这座冰冷恐怖的控制实验室格格不入。襁褓中裹着一只还未睁眼的小垂耳兔异种，不知是受到了天使的庇佑还是恶魔的诅咒，他诞生的同时异化基因觉醒，同时进化到 J1 级别。

言逸也看见了特工派遣记录上灰暗下来的一张照片，道："陆上锦够强，你自己的儿子你应该了解。"

"他很优秀，我倒是很欣慰，不过他应该听我的话。"陆凛洗净了手，俯身趴在摇篮边轻轻摸了摸小兔宝宝的脸蛋。

陆凛的每一个动作都牵动着言逸的心脏，言逸手心里渗满冷汗，不知道陆凛下一步打算做出什么惊天动地的恐怖举动。

"看看这个孩子，多么可爱。"陆凛的眼神已变得痴狂，"复制了你和小锦的顶尖基因，他只会比你们更强大，他将成长为我最满意的人形武器。只不过你还有用，我不会让你受到伤害，只要你听我的话。"

所幸陆凛并没对小孩做什么，而是静静思忖小孩的名字，"陆言"……意义似乎还不错。

襁褓里的小陆言毫无征兆地大哭起来，哭声在空旷的实验室中响亮刺耳。小婴儿哭得脸蛋通红，哭呛着了就咳嗽起来，铺着一层薄薄茸毛的小兔耳委屈地颤动，像努力寻找着什么。

言逸双手扶着球状监牢的玻璃，急切地想哄慰他，没有哪一个人面对这样可怜的小孩还能放任不管。

言逸说："他饿了。"

陆凛微微挑眉，让人去冲奶粉了。

言逸强稳住心神，用力抠着手心才让自己忍住没有动弹，至少现在陆凛对这孩子抱有希望，不会做什么出格的事。

陆凛坐在牢笼边，温声哄着号哭不止的小婴儿，说："我的宝贝小陆言饿久了身体会坏的，你看，他哭得好可怜。"

这个孩子的基因型与言逸基本一致，在言逸的安抚因子引导下，对于提高级别将会事半功倍。

但言逸拒绝安抚孩子，除非陆凛立刻把派遣阻拦陆上锦的所有特工撤掉，并且放自己出去。

陆凛戴着一副金丝边框眼镜，俨然是一位慈祥的长辈，他不断诱导着言逸心软。

言逸咬破了嘴唇，舔着让自己清醒的血腥味，他转过身，当作看不见。

陆凛脸上的慈祥渐渐收敛，门外的保镖走了进来。

言逸被强迫着拖进了休息室，按压着手脚要求释放安抚因子，他被强制按压着，所有的尊严都被踩进泥里。

言逸最终还是不忍心小孩受苦，他抱着小孩，顾不上自己的狼狈。但小孩受了惊吓，情绪也极度不稳定，释放的安抚因子毫无作用。

"对不起……我不毁基因细胞就好了，是我不好，是我不好……"言逸抱着小孩的手止不住地打战，害怕地抱着他缩到床角，不断地抚摸着孩子的脊背，释放出安抚因子。

他越释放安抚因子就越焦虑，陆言也能感受到他的焦虑，更加大声地哭号，眼泪沾在睫毛上往下淌，哭得直咳嗽，小脸都憋得通红。

"不哭了……"言逸绝望地抱着他哄，他实在没有别的办法。

言逸麻木失神的双眼望向门上的玻璃窗，他看见了背着小书包进来给他送饭的小陆上锦，也看见他背着狙击枪带自己闯过枪林弹雨，恍然间记不起自己身在何处。

他翻身落地，数年的高强度训练留下的肌肉记忆还在，即使没有高等级基因作为能量支撑，其作为杀戮机器的本能也不曾磨灭。

盯梢的守卫没有料到言逸会突然反抗，动作慢了一瞬，刹那间被言逸翻到背后，紧紧锁住脖颈，借力荡起的双腿踢翻了冲上来的两个守卫的下巴，被手臂锁住的守卫同时被言逸扭断了脖颈。

言逸抱起床上的小婴儿，踹开休息室的门闯了出去。

乌黑枪口就抵在了他的眉心。

陆凛拿着枪，轻轻点了点他的额头，温和微笑道："我小看你了，能进陆家的人，果然没有一个是省油的灯。"

言逸把孩子按在怀里，咬牙直视着陆凛的眼睛，微哑的嗓子说话几乎都带了血。

"弄死一个又一个异种人，你高兴吗？叶晚做了什么伤天害理的事，要被你折磨到死都不放过。"

言逸顶着陆凛的枪口向前迈步，怀里的小孩像会散发能量一样，让抱着他的人变得勇敢。

"我们不是谁的工具，也不愿意做你们的奴隶，迟早有一天，这个世界再也不独属于你们。而你们这些企图霸占异种人的畜生，都会死在这底下。"

"仗着高阶依赖去霸占欺凌弱势异种人，如果不是高阶依赖，叶晚根本就不会被你拖累成这样。叶晚恨你，锦哥也恨你，我也恨你，一个人怎么能活得像你这么失败？"

"砰"的一声枪响，子弹擦着言逸的锁骨打碎了休息室的玻璃窗，一道血丝顺着那道痕迹向下淌，惊得小陆言再一次号啕大哭，直到嗓子喑哑。

陆凛用滚烫的枪口抵着言逸的脖颈，把他逼到墙壁上。这只胆大包天的小兔子，自己若不是看在他等级高的分上，只凭顶撞自己这一条罪，就足够把他销毁重新生产，更何况他还置喙自己与叶晚的感情。

陆凛攥着枪的手渗出了汗，滚烫的枪口几乎要把言逸的脖颈捅穿了。言逸的皮肤被烫出了红印，却感觉不到疼，只是下意识抱紧了孩子，咄咄逼人得连自己都愕然。

陆凛发疯一般把言逸关进球状玻璃笼里，言逸在最后一刻倾尽所有能量释放出了基因信息，信息顺着控制室的回风口流窜了出去。

这一缕信息被陆上锦精准地捕捉到。

他仰起头，冷淡的视线穿透角落里的监视器，戾气深重的目光几乎要把玻璃看穿了。

陆上锦仔细辨认了十来秒后，他踩过地上的一只断手，寂静无声地向深处通道走去，断手的手腕上烙印着PBB000014。

他的右肩隐约透出血迹，偶尔渗出的血珠顺着指尖向下滴。背后走过的一条路血沫淋漓，数十具尸体横竖颠倒铺满通道。

控制台上的特工派遣记录上又有两张照片灰暗下来，底下显示"Dead"，同时，保全系统发出警报：

"WARNING！ THE INVADER IS INVINCIBLE（警告，入侵者不可战胜）！"

笔电显示屏上有十几个消息框，却没有一个收到回复。谈梦坐在吧台前，发出了最后一封求助邮件，然后焦躁地抓着头发，趴到桌上。

会议厅空旷寂静，每天都在这里喝茶聊天的人不知去向。

苍小耳坐在单人沙发上，抱着自己的背包，默默盯着谈梦。苍小耳刚想开口，就看见谈梦一把掀翻了笔电，把气撒在吧台的酒瓶上，陈年的红酒摔碎了好几瓶："言逸帮了他们多少事，用得着他们的时候却一个个往回缩，关键时候全部只顾着自己。"

言逸被困在 PBB 分部，而据谈梦所知，只有陆上锦一个人去救他。谈梦恨得咬牙，自己已经发了无数封求助邮件，希望能得到高阶弱势异种们的援助，求助邮件却犹如石沉大海，收到回复的几个也都在道歉。他们有孩子有家庭，没有勇气为了一个甚至没有见过面的陌生人勇往直前，尽管他们接受过言逸的帮助。

谈梦收拾好行李，拉着苍小耳急急地往外走："我们走，陆上锦一个人搞不定。"

苍小耳缩了缩手，夹着尾巴窝回单人沙发里，为难地望着谈梦。

谈梦顿住脚步，回头怔怔地看着苍小耳。苍小耳摇了摇头，看上去真的是很无奈的样子。

苍小耳在 PBB 承受了多少痛苦折磨才有机会逃出来，PBB 成员数量多么庞大苍小耳心里很清楚，即使只是一个分部，其中部署的生物武器和复兴部队也不是他们几个人就能抗衡的。

"可只有你是 A3，我们都不是。"谈梦抓住苍小耳的手，剥开苍小耳的衣袖，露出上面青蓝色的序列号PBB000005，瞪大眼睛抬头望着苍小耳。

苍小耳默默拨开谈梦的手，垂着眼睑轻声问："我和他不熟。难道你和他很熟吗？"

这与是否相熟无关，谈梦抿了抿唇，今天被带走的是言逸，明天就会有更多人落网。高阶弱势异种人如果只能像现在一样如同一盘散沙，就永远都只配沦为那些家族争夺实验的猎物。

谈梦拿起背包离开，走到门口的时候突然停住脚步，告诉苍小耳这里很安全，如果不想被围剿，就好好在里面躲着。

苍小耳欲言又止，谈梦头也不回地推门走了出去。

谈梦刚拿出车钥匙，就看见了靠在自己车门边的毕锐竞。

谈梦还记恨着不久前小三上门挑衅原配的仇，没给他好脸色："你来劝我回家看孩子？"

毕锐竞碾灭脚下还燃着的烟蒂，说："我好吃好喝养你这么大，你就这么对我？"小白眼狼翻脸不认人，还没到老就被嫌弃上了。

"我求你养的？"这老东西总以为自己离了他不行，谈梦甩手就走，被毕锐竞指尖的藤蔓卷住腰提了回来，扣在怀里不准再逃。谈梦抓着藤蔓往外挣扎，听见毕锐竞在耳边低声说："孩子已经送回奶奶家照顾了。"

谈梦微怔，毕锐竞朝一个方向抬了抬下巴，直升机就停在附近。

PBB怀宁分部的保全系统已经毁坏大半，整个基地的警报器都在不停嗡鸣，通缉公告上陆上锦躲藏在各个角落的照片不断更新，却始终没有发布目标已死亡的消息。

言逸抱着小孩坐在玻璃监笼里，沉默地看着派遣拦截的特工名单上一个接一个打上"Dead"标志，只剩下最后一个还没有被判定死亡。

他明明是看不到陆上锦的，却莫名坚信陆上锦会来，和从前一样，习惯了等待一双手把自己带出深渊。

小陆言在言逸的安抚下变得安静，乖乖偎在他怀里。

言逸从贴身的口袋里摸了摸，把擦得晶亮的属于陆家专属标志的旧指环攥在手里。他攥得整个指环都汗涔涔的，屏着呼吸重新戴上了指环，像一个缓慢而隆重的仪式，又像与过去的不信任告别。

言逸紧皱的眉头终于舒展开，他轻轻亲吻小孩的脸颊，这个无辜的孩子，降临到世上还没有被好好宠爱过，却要受现在的无妄之灾。但他相信陆言是会在宠爱中长大的孩子，一出生就拥有着从成百上千的克隆体里走出来的自己最羡慕的爱。

相隔百米外的角落风口百叶里渗出一股血液，陆上锦坐在风道里，微仰着头，靠在竖壁上闭目喘息。

他嗅到微弱的满天星气味与自己擦肩而过，再仔细辨别时气味已经消失。也许是错觉，他也没有多余的精力去追踪。

鲜血顺着衣袖淌下来，把右手染得通红，小臂轻搭在膝头，听着外边的警报嘶鸣和不断在通缉公告广播中出现的自己的名字，胸口随着越发艰难的呼吸上下起伏，用这暂时停靠的几分钟恢复所剩无几的体力。

不远处传来巡逻队的对讲声，陆上锦扶着肩膀爬出了风口，翻进了实验室楼梯间。

实验室只安装单向液压门，可以向内侧推，但无法反向打开，身后的巡逻队正在地毯式扫描入侵者的踪迹，陆上锦迫不得已，只能推门而入。

实验室中没有照明灯，液压门锁闭之后周围一片漆黑。

陆上锦咬着手电寻找出口，忽然听见一阵利爪摩擦地面的窸窣声响。

他关了手电，只凭眼睛扫视阴森黑暗的四周。右眼因为过度使用而泛起一层暗淡蓝膜，夜视能力有所削弱，但勉强还能看见些轮廓。

数十只移植人类基因的半机械犬缓缓围拢过来，低吼着在边缘徘徊。

陆上锦眯起眼睛，从背后两把枪中抽出一把改装霰弹枪上了膛，手指勾住仪器柜上沿，带着身体攀上高处，一只手握枪扣动扳机，霰弹爆鸣喷射，将半机械犬颈后的防弹培养罩轰碎。

"研究了这么多年，做出来的是什么垃圾。"他朝着半机械犬安装监视器的眼睛投去一个嘲弄的眼神。

改装霰弹枪能连射八发不换弹，陆上锦不需要瞄准，右手向后扣动扳机，只要发动进化能力"定位追踪"即可弹无虚发。强大的后坐力震裂了伤口，陆上锦紧咬着牙关忍耐剧痛，不再恋战，借着仪器柜的高度跳出包围圈，一枪打碎散流器，勾着钢制天花板翻了出去。

他提枪落地，迎面劈来一道冷冽寒光，他侧身避过，对方身穿漆黑蒙面特工服，背脊绣着一整条碧绿骨骼，右手戴着精钢刺指虎，眯眼敌视着他。

澳大利亚蜻蜓异种，极少数昆虫类基因PBB特工，序列号PBB000008，等级M2。

从陆凛心腹脖颈里剥出的芯片里有部分PBB特工名单，澳大利亚蜻蜓异种攻速极快，凭借大部分枪支的射速都无法击中8号特工。

陆上锦冷眼直视对方的眼眸，把改装霰弹枪收到背后。他从大腿两侧的匕首带上抽下两把反曲刀，打了个转反握在双手掌心，右手的鲜血一滴滴淌到刀刃上，垂在尖锐刀尖，滴至脚边。

他已经能感受到言逸就在附近了，基因信息浅淡，而且在渐渐消失。

主控制室的警报再一次轰鸣，一遍遍重复着"入侵者无法战胜"，30多个监控显示屏全成了雪花，唯一还能勉强运转的一面屏幕定格在陆上锦冷淡不屑的一双猎食鹰眼上。

派遣记录只剩最后一名特工的照片还亮着，陆凛沉静地靠在控制椅上，指尖轻轻敲着扶手，隔空欣赏着一件桀骜不驯的艺术品。好比斗兽场中下了注等待场中厮杀的贵族，热切期待着自己驯养的猛兽将对方撕碎吞食。

控制室外突然响起刺耳的警报声，陆凛脸色微变，拿起控制台上的枪，贴着墙壁摸了出去，带着一队人循着警报去看看情况。除了小锦，理应不会有别人闯得进来。

液压门锁闭五分钟之后，缓缓开了一条缝。

言逸把孩子抱紧了些，向后退到另一个方向的玻璃内壁上，警惕地盯着那道分开的缝隙。

顾未从缝隙里挤了进来，拍了拍土，坐到控制台前，熟练地打开命令输入一行权限码，扫描了自己的指纹。

"顾老板？"言逸睁大眼睛，扶着玻璃急切地拍了拍，说："老板，放我出去。"

顾未先终止了特工派遣命令，再关闭所有监视器和显示屏，在通缉公告上显示陆上锦已被击毙的消息，最后接通了太平洋总部的控制系统，向怀宁分部发出了禁止发布新命令的信号。

他回头看了一眼言逸，玻璃监牢的遥控器在陆凛手里，强行开启必然会惊动遥控器的主人，那小狮子的策略就白费了。

言逸明白顾未的用意，皱眉问小夏是不是在外边，让他们离这地方远一点。

顾未靠在控制椅上，转过来面对他，双手搭在扶手上，痞帅淡然的一张脸骤然严肃起来，还让人十分不适应。

他不是来救人的，不过是趁这个机会把自己家应有的东西抢回来。小狮子乐意跟着，他也不介意，说利用太难听，但除了借助陆上锦和夏镜天的能力别无他法，这两个人已经是他能物色到的最强的异种人。

"只能帮你到这儿，我还有事，先走了。"临近门口，顾未透过玻璃望着言逸，"有句话我早就想说，自毁基因真是我见过最愚蠢的做法，我一点儿都不想同情你。"

"活在别人的羽翼下，觉得很爽吗？"

"别说了。"言逸用力砸了玻璃一拳，咬牙瞪着他，想反驳又无话可说。他已经后悔了，不需要别人再往他心上捅刀子。

顾未朝门边摸过去，准备离开，迈出一步后突然顿住脚步，莫名嗅到了一股腥气，于是缓缓后退。似乎有一个庞然大物挡在面前，却又看不见它在何处。

言逸谨慎地望着他，下意识抱着睡着的小孩退到最远处，后背靠在玻璃壁上，他抬起兔耳朵遮住小孩的眼睛，心口闷闷跳动，连呼吸都放缓了。

就在这一瞬间的迟疑后，控制室的液压门缓缓开启，陆凛带着一队保全队员闯了进来，枪口指着顾未，毫不迟疑地扣了扳机。

顾未躲过擦肩的子弹滚到控制台边，混乱扫射的子弹把钢制防护板打出了一个接一个的深坑。与此同时,面前的庞然大物突然现了身。

一头身长六米的科莫多巨型蜥蜴一直隐身在角落里,骤然嘶吼,整个控制室都被撼动了。

它粗壮有力的尾巴在室中横扫,猛然撞碎了囚禁言逸的玻璃监牢,巨蜥被混乱的枪声狠狠激怒了,甚至不分敌我地咬杀陆凛身后的保全队员,整个控制室立刻弥漫起一股浓重的血腥味。

言逸抱着孩子蹲下来,窝成一团,怔怔抬眼看着那头巨型蜥蜴,蜥蜴后颈戴着基因培养罩。如果它的隐身能力来自培养罩里的人类基因,言逸唯一能想到的就是叶晚的变色龙A3。

陆凛迷恋地看着那头蜥蜴的眼神让言逸特别恐慌,他抱着孩子翻出玻璃监牢,双腿有点软得打战,坐在地上惊恐地向后挪。

"你怕什么?"陆凛的自尊骤然被言逸恐惧的眼神触犯了,他拿出注射器朝言逸走过去,把言逸按在地上,陆凛咬开注射器的封口,将一股引导进化的血清注进了言逸的身体。

言逸痛得浑身痉挛抽搐,根本分不出精力挣扎,唯一能做的只有撑着半个身子紧紧把小孩护在身下。压在身上的重量一下子被掀了下去,言逸颤抖着睁开眼睛,看见了陆上锦棱角冷峻的下颌。

陆上锦浑身布满数十道滴血的刀口,但他就像感觉不到疼痛一样,把言逸护在角落。

巨蜥咬在了陆上锦的肩胛上,疯狂撕扯他的皮肉。

言逸第一次见他露出疼痛难忍的神情,涨红的脖颈爬满青筋,漂亮的五官狰狞地拧到了一块儿。鲜血像流水一样从陆上锦的肩胛淌到地上,他痛苦地弓起背脊,两股坚硬的突起从背后肩胛处缓缓而生,右侧的突起被巨蜥啃噬,陆上锦低声痛吼,用力挣了一下身子。

轻柔的一片雪花落在言逸愕然的脸上,他怔然捡起,发现是一片羽毛。

基因细胞极速增殖成骨骼和血肉,隼鸟的翅翼从他脊背的骨骼上延伸而出,生长着棕黑斑点的翅膀霎时展开,控制室被一阵狂风气流掀翻了桌椅和地

上的碎片。

陆上锦右眼眼球上隐现着一行青蓝色序列号：PBB000001。

陆凛愣了十多秒，突然抬手让身后的保全队员放下枪。

"进化了……"言逸惊愕地看着陆上锦，陆上锦像一阵席卷的风，将言逸带出了控制室。

之前阻截陆上锦的蜻蜓异种扶着伤重的大腿，突然蹿出来挡在通道中央，发动进化能力企图阻截他们逃离。但他突然发觉自己的能量失控了，发动到一半的进化能力像落进水中的钠块，沸腾了一瞬间就消逝了。

游隼A3进化能力"强化瞬膜"：使等级低于自身的敌方进化能力瞬时无效化，同等级对手进化能力瞬时削弱70%。

小陆言得到了安抚因子，变得安静乖巧，得到安全感之后才愿意把皱紧的小脸舒展开。言逸把小孩抱在怀里，担心地看着陆上锦身上下雨似的淌血，连问了好几遍疼不疼。

陆上锦脸上的血色在消退，嘴唇苍白，欣慰地淡笑着。

陆上锦掠过通道的同时，翅翼边缘在蜻蜓异种的咽喉上留下一道血线，异种人手中的刺指虎刮在了言逸手上，指环被扯了下去，在地上撞出接连的几声脆响。

基地外的密码门被猛然撞开，翼展六七米的隼鸟振翼朝着天边等待的直升机飞去。

落日迫近海平面，滚红的一轮太阳挂在火焰烧灼的天边。

陆上锦的右半翼被咬断了，断口的血肉白骨触目惊心，每一次扇动翅翼都让身体承受着难忍的伤痛。

他把言逸送上直升机，PBB的保全队员如出穴的白蚁密密麻麻，飞射的子弹打在直升机上，发出令人毛骨悚然的爆鸣。

陆上锦张开背后的双翼，用尽最快速度将逃离的直升机护了起来，对着言逸喃喃低语，然后用力扇动羽翼，随着一声撕心裂肺的低吼，陆上锦将直升机送离了射程范围。

也在同时，一枚马格南弹横切过陆上锦的后颈，大股甜腥滚烫的热血溅落到胸前，水仙的淡香失控地流逝。

言逸身体里的血液似乎突然凝固住，无法再流动，怀里抱的小陆言突然爆发出一阵尖锐的哭声。

陆上锦的翅翼在凋零，血肉随着基因细胞消亡逐渐从骨架上消失，纷飞的羽毛落进大海。陆上锦用力扇动半骨半羽的双翼，孤独的鹰隼坠落，陆上锦不舍地闭上眼睛，被咆哮的海水吞进了腹中。

"陆上锦——锦哥！"言逸趴在直升机边缘吼着陆上锦的名字，他把孩子绑在折叠板上，一只手把螺丝固定在直升机上的加特林提了起来，在边缘借力纵身一跃。

垂耳兔 J1 进化能力"高速弹跳"。

短暂的沉默之后，一道颀长身影突然出现在海岸边，他嗅到炸开的水仙香漫天弥散，与翻滚的海浪融为一体。

言逸捡起一把加特林，用右手拖着，迎着成千上万涌出基地的保全部队向前缓缓而行。湿透的衬衫紧贴在胸前，透出胸前的青蓝色序列号 PBB000002，浅灰眸子里盛着一片燃烧的无底深渊，沉重的枪口在石滩上拖出一道深深的沟壑，身形几次消失又再度出现在几十米外。

垂耳兔 A3 进化能力"瞬移"。

言逸抬起头，拖着弹带的机枪发射管和弹膛高速旋转，抛起的弹壳在细白的手臂上烫出一点点红痕，他的眼睛里只剩决绝与仇恨，似乎直到今日，他终于展现出了顶尖人形兵器应有的杀戮本性。

A3 基因中蕴藏的能量，等量代换足够供给一整座城市运转的电力。他已经感知不到疲惫和伤痛，行尸走肉般吞噬着靠近自己的一切生命体。

PBB 怀宁分部系统自动将言逸判定为毁灭性极度危险靠近，保全部队倾巢出动，密密麻麻的战队不断涌出基地，集中在言逸身上的火力也越发增强。

一颗流弹骤然从背后打进了言逸的肩膀，血浆飞溅，撞得他向前踉跄了两步。

他扔了耗完弹药的加特林,侧身滚到几具尸体前,提起其中一具挡着迎面铺天盖地袭来的子弹,从尸体的身上拆下一条武装带甩到自己腰间扣紧。

言逸嘴里咬着一把手枪飞奔,右手给另一把枪换弹匣,左手摸到背后,用力把埋进身体里的弹头抠出来。

重机枪弹迎面爆射,言逸背后腾空翻身,左手拢过飞来的子弹,4枚飞来的弹头夹进了指间,连着沾了自己血污的那一枚一块儿还了回去。

一排重机枪手咽喉中弹,从高台坠落。

言逸身上开始游移十几个红色激光瞄准点,他双手各持一把M500,迎上制高点的狙击手们。几次瞬移,踏着80米高的冷却塔向上蹿跃,左轮手枪弹无虚发,瞄的是狙击手们的眼睛。

基地开启了地底闸门,16架坦克同时开上地面,锁定战场中心的言逸。

履带触地的响动收进言逸耳中,十几发炮弹袭来,言逸的身形在成百上千的PBB战士中隐现。炮弹追踪到言逸落脚处,言逸突然消失,转瞬间出现在百米开外,坠落在原地的爆炸气浪掀翻了周围数十人,一朵小型蘑菇云从深坑中腾空而起。

言逸被滚烫的空气燎伤了脊背,一层水泡浮在皮肤表面,他跪在地上,躬着背强忍着烫伤的剧痛。手里的枪射空了最后一枚子弹,他艰难地爬起来,布满血污的手从尸体身上扒下两把日本刀。

十六架坦克和上万保全朝言逸碾压过来。

言逸用长刀撑着身体挣扎着坐起来,血污横流的衬衫撕扯成了碎片,松松垮垮地袒露出细瘦白皙的肩膀。身上到底中了几颗子弹,言逸忘记去数,只觉得身上有点疼,喉咙里卡着一口黏糊的东西吞不下,低头在面前呕了一摊血。

落日坠至海平面下,只余留一片暗红,在言逸身上描摹出一圈熠熠暖光。

他还未起身,地面的石子忽然跳动,仿佛有地震波在靠近。

电光石火间,震波抵达,大地像爆发的火山轰然撼动。伴随着一阵惊天动地的巨响,强大的震波炸裂开来,数千保全队员被这股剧烈的能量震至十米外。

言逸惊诧望去,夏镜天站在高台上,微抬右手,强烈的震波以他为中心逐渐增强,低垂眼睑如同王者俯首,睥睨众生。

美洲狮 M2 进化能力"震爆之怒"。

落日余晖将尽,暗淡云雾中突然绽开一片蓝光,巨大的蓝色蝴蝶破开云层,缓缓扇动的翅翼上簌簌洒落闪烁的星尘,轻坠于海面,波光粼粼。

谈梦临近海面时飞快扇动蝶翼,温和的气流形成一场狂暴飓风,立刻掀起万丈惊涛,海啸铺天盖地,像一张深蓝的巨口,咆哮着吞噬万物。

维纳斯闪蝶 J1 进化能力"效应风暴"。

还未等言逸回神,即将碾压至面前的坦克被地面突然刺出的漆黑尖刺骤然捅翻,看似反坦克锥的尖刺像拥有生命在微弱律动。与此同时,地面裂缝中疯狂涌出漆黑藤蔓,尖刺毒蔓毫无征兆地刺穿逃窜的保全队员,大股的藤蔓相互缠绕失控生长,遮天蔽日缠绕下来,成为一张生长毒刺的硕大藤网。

海平面外的直升机急速接近,毕锐竞挂在绳梯上,五指生长成数米长弯曲的藤蔓,牢牢卷着绳梯。

箭毒木 J1 进化能力"毒木刺刀";

箭毒木 M2 进化能力"天荆地棘"。

谈梦落在毕锐竞指间生长的荆棘藤蔓上,缓缓扇动虫翼,朝言逸招手,歉意地望着他。自己所能做的只有这些。

坦克炮弹再次锁定言逸,言逸起身闪避,身下却突然出现了一个圆形洞穴,他根本来不及反应就坠了下去。

他下坠了三四米,忽然被接进一个柔软怀抱里。

苍小耳抱着他调转方向,飞快地跑,他面前的坚硬土层自动变成光滑通道,毫无阻拦。

仓鼠 A3 进化能力"洞蚀":可在无生命材料上形成洞穴通路,包括且不限于核、辐射、能量波、水、岩浆。

"对不起,我来晚了,因为我真的很害怕……"苍小耳背着自己的背包,抱着言逸边跑边发抖,软软的身体紧贴着言逸,紧张地夹着小尾巴。

苍小耳带言逸爬上另一处隐蔽的地面,从背包里拿出止血贴丢给他,打开

谈梦被磕坏边角的笔记本电脑，快速敲打键盘，把定位发给所有能够收到回复的对话框。

天边的直升机从两架增加到了四架，紧接着加入了十来架，还有更多在冲出云层，闯入前线。

空投物资徐徐降下，高阶弱势异种人攀下绳梯，数十个飞行类高阶弱势异种人振翼降落在海岸，战局再也不是寡不敌众，天平反向倾斜，成了势均力敌。

苍小耳忍着泪，发语音给每个对话框，不断哽咽着说："谢谢，谢谢你们……"

言逸怔怔地看着苍小耳，淡淡地笑了笑。

杀戮的血腥和刺耳的尖鸣惊动了沉默的巨兽，巨蜥爬出基地大门，沉重有力的长尾拦腰甩断钢柱，仰头长啸。它露出了腹部嫁接的18个M2基因培养罩，叶晚的变色龙A3作为主导基因，18个M2基因作为辅助能量供给。

尘土飞扬，巨蜥倏然消失踪影。一瞬间的安静，那巨大的身形十来秒后出现在海岸线，咬住一架低空飞行的直升机狂躁甩动。

驾驶员被甩了出来，巨蜥一口咬住天空上的一只蝉异种的薄翼乱甩，蝉异种翅翼折断，摔在地上痛得蜷起身子。

叶晚的变色龙A3序列号PBB000003，3种进化能力皆为战斗而生，J1能力"360度全方位观察"、M2能力"群体隐身"，这头巨蜥继承了叶晚的能力，还增加了近20个二阶基因的能量辅助，即使对手等级有A3，也难以与之对抗。

言逸挣扎着爬起来，抓起地上的长刀撑着身体，扶着肩头，一步一步朝战场中心走去，挡在所有异种人前，与巨蜥对峙。

苍小耳夹着尾巴站到他身侧，同样挡在所有异种人面前，苍小耳挽起的袖口露出手臂上的序列号PBB000005，双手举着一把Thunder雷霆，微微哆嗦的手被言逸扶住，言逸淡然交代，打它后颈的培养罩。

两人纵身翻上巨蜥后背，言逸跃起下劈，手中长刀斩在勒着培养罩的护带上，护带材质坚韧，竭尽全力的一刀只在上面斩出两道浅浅的缺口。

苍小耳瞄准后颈的培养罩开枪，BMG重机枪弹在罩上炸开，烟消雾散后特制玻璃罩只留下了一块擦痕。

远古巨龙被激怒了，狂吼着撕碎面前的一切，它一口咬碎坦克炮筒，把数十吨的坦克掀翻上天，然后拱起脊背，瞬间射出沾染毒液的9根尖刺，爬行速度暴涨，结合强化了变色龙A3进化能力"九段突刺"。

苍小耳被钉在地上，剧烈地喘着气，扶着血液飞溅的大腿倒抽凉气。

苍小耳这时候反倒不再发抖了，褪去血色的手为雷霆换弹，对准巨蜥后颈的基因，把6枚重机枪弹全打了出去。

言逸拔下插在自己胸前的毒刺，巨蜥的长尾即刻卷了过来，狠狠抽在言逸腹上，把渺小的垂耳兔踩在脚下，尖锐的脚爪刻印在他脊背上，把血肉剥离开来。

熟悉的伤痕出现在自己身上，言逸想起了陆上锦右肩反复发作的伤。

言逸耳朵里闷闷地堵着，像隔着一堵墙，听不清声音，眼前越发昏暗。

谈梦的笔记本电脑接通了PBB权限通话，陆凛的声音在言逸耳边沙哑回响："言言，听话，快去把小锦找回来带给我。你也不希望他死，对不对？把他带回来，我来救他。"

言逸死命瞪着通红的眼睛，双手抓着地上的沙石，指尖抠出血丝，从喉咙里挤出一句沾血的脏话。

语音通话另一端有混乱的水声，远远的能听见顾未冷淡的嗓音，说别找了，救不回来，不如把他手里的干细胞捐出去。

陆凛暴躁地吼了一声"滚"，转而又温声来哄言逸。

"言言，停手吧。加入我的部队，这是我们的最后归宿，这个世界上没有人能与我们对抗。"

言逸捂住了嘴，一股剧烈的恶心感卡在胸口，他痛苦地趴在地上呕血。虽然他看不见陆凛的表情，但他还是能想象到此时那张脸有多么狰狞恶心令人作呕。

"那些J1、M2的基因没有一点儿用，迟早会被自然法则淘汰，世界是属于我们这些站在金字塔顶端的A3人类的。"

"你会得到敬仰畏惧，会得到权势力量，全世界都臣服在你脚下，你受过的那么多苦才值得。"

"你看我的晚晚，多强，多美。"

言逸回头看那头暴虐的蜥蜴，蜥蜴后颈的培养罩内基因跳动得无助又勉强，时不时受惊似的痉挛一下。

他忍不住闭上眼睛，蜥蜴的尖叫带着痛苦钻进耳朵里，像锯条刮着铁板令人头皮发麻。

"我们还有干细胞和体细胞，以我们现有的技术，可以把小锦的身体克隆出来唤醒。他一直都活着，不会死的，他那么看重你，你要为他做点儿什么呀。"

言逸忍无可忍，手砸在键盘上切断了通话。他翻身瞬移，撤出十米外，疲惫地跪在地上，裂口的长刀不再锋利，他再也站不起来。

这世界……疯了。

言逸的指尖抹过胸前的血浆，这里面掺杂着锦哥的基因信息，水仙的淡香浸泡在血液中，被言逸用手指从左脸颊抹过鼻梁直至右脸颊，那一刹，冥冥之中似乎有人将他护在了温柔羽翼下。

他提起长刀，纵身一跃，冷冽的寒光斩在巨蜥下腹。似有无尽的能量重新灌注于体内，身上淌血的伤口飞速愈合，断裂的骨骼再次接续如初，脊背烫伤的血泡逐一消退，身上的疤痕在淡化。

垂耳兔S4进化能力——"末路返生"。

钝刃只靠力量劈头砍下，巨蜥腹上的强化玻璃皿被斩成两半，一道巨大的豁口从巨蜥左侧腹开至咽喉，腥臭冲天的血液如潮涌般向海中汇聚。

以数倍数增长的基因能量已经无法估计，现今世界Super NO.4等级无人能抗衡。

巨蜥仰头疯狂甩头惨叫，言逸瞬移登上高台，向下翻越，两把钝刀深插进了巨蜥的眼睛里。

溅血的笔记本电脑桌面上弹出几个通话，苍小耳扶着大腿上的穿透伤，艰难地爬过来，按了接通键，不同国家的语言纷纷从扬声器中传出。

"国际反猎杀联盟 F 国分会会长天堂鸟 A3 已带领攻陷 PBB 花城分部。"

"国际反猎杀联盟 M 国分会会长狍狳 A3 已带领攻陷 PBB 加市分部。"

"国际反猎杀联盟南极分会会长帝企鹅 A3 已带领攻陷 PBB 南极洲分部。"

不断有新的来自世界各地的通话消息公布,苍小耳轻轻按下空格,断断续续地回复:

"国际反猎杀联盟总会会长垂耳兔 S4……已带领攻陷 PBB 华国怀宁分部。"

言逸拖着带缺口的长刀站在海岸边,偶尔涌上夹着细碎贝壳的海浪冲刷着赤裸的脚踝,把血污和泥土带走。无数枪口都对准了他,但没人敢扣动扳机。

没有人敢于挑战绝无仅有的 S4 异种人,如果他愿意,甚至动动手指就能轻松摧毁这座已成半个废墟的城市。

言逸淡漠命令,放下枪。

他的声音虽轻,但蕴藏着的力量载着冷淡嗓音,灌注到每个人的耳郭中,击溃了还想负隅顽抗的保全队员们心中最后一道防线。

起初一个人放下了枪,没有人指责他,于是更多的人扔了武器,被高阶弱势异种们收缴。

一架狮纹直升机轰鸣着降落,脸色苍白的钟医生领着几名急救医生匆匆攀下绳梯,给伤员止血包扎。夏家老大臂弯上搭着一件防弹背心,焦躁地东张西望,找自己不省心的弟弟。

甩动硕大斑斓鱼尾的几个人鱼异种爬上言逸身边的岩石,为首的那位双手托着一把瓦尔特狙击枪奉给言逸,遗憾地望着他。

言逸轻轻嗅了嗅淡腥的海风,他能感觉到风中留恋的水仙淡香彻底消逝,不是漂去了更远的地方,而是从这个世界永远沉寂。

他背上了陆上锦的枪,分开挡路的人群,在夹道的 PBB 战士的注视下走进了基地大门。两岸的战士随着言逸缓缓走近,像潮水般退开,猛兽异种们此时此刻不得不选择臣服。

控制室中的桌椅倾倒破碎,地上的尸体横七竖八。顾未已然不见踪影,陆

凛呆呆地站在失控的控制台前,脸上的镇定已经被扭曲发疯的眼神打破了。

几个小时前,他不断发布停止攻击的命令,但每一次发布的命令都会被太平洋总部拦截,直到保全队员冲进控制室,报告说陆上锦伤重坠海,致命伤在后颈,已经检测不到海域内的生命活动。

身后传来缓慢的脚步声,陆凛已成惊弓之鸟,摸起控制台上的枪,反手朝言逸扣了扳机。

言逸倏然抬起长刀,迎面的弹头被劈成两半落在脚下。

陆凛愣了很久,用猩红的眼睛打量着他,逐渐从惊慌变成了贪婪:"你进化了?好像比我见过的 A3 都要强,比晚晚还……"

言逸抬起左手提着的培养罩,里面变色龙 A3 的细胞团褪去了血色不再跳动,安详宁静地躺在培养液中。

陆凛一眼看见他背着的那把枪,目光在言逸手中和背后游移不定,不知是谁兜头浇下一盆夹着冰块的水,让他冷得有些僵硬。

他手里紧紧攥着一管陆上锦的干细胞,扶着绞扭抽痛的心脏吃了两片药,随后扶着控制台勉强站稳,齿缝里挤出悲哀的笑声。

"狙击术还是我手把手教给他的,我对他寄予厚望,可这么多年过去了,他进化到 M2 就止步不前。我就知道,我曾经是 A3,小锦不会差的,你想知道小陆言的进化潜力吗?"

"他和你不一样。"言逸冷冷望着他,不理解这种虚妄固执的执念能有什么用,无辜的孩子也不必去承受这种畸形的寄托。

衣衫不整、狼狈凌乱的陆凛从言逸手里夺过培养罩,他的脸颊贴在被打裂的玻璃罩上,痴痴地盯着地面,喃喃念叨"我们的小锦是最有出息的"。

言逸不想再争辩一个没有结果的话题,让几个人进来把陆凛带走。

陆凛被太平洋总部基地监狱接收为重刑犯,等待国际法庭裁决,取证花费的时间更加漫长,言逸无意再操心这些琐事,一个人带着陆言回了家。

第十五章 你等等他呀

家中庭院里的树叶红透了，在树下积攒了一层厚软的落红，新雇的保姆正躬身扫落叶，言逸一个人照顾小孩实在分身乏术，他其实并不习惯有陌生人在家里来来去去。

前些天毕锐竞打电话过来说起派人去打捞的结果，支吾了一会儿没说出什么有用的东西，言逸早已知道这个结果，淡淡地道了谢。

谈梦他们偶尔过来看他，大家心照不宣地不提陆上锦，连抱着陆言逗弄的时候也只叫他乳名球球。

或许是因为他一直没有得到充裕的安抚，刚出生就被混乱的异种人压迫因子包裹了太久，惊跳反应过于频繁，常常睡着觉突然抽搐痉挛，吓醒自己然后尖叫着大哭。

小孩娇气得要命，只要言逸抱，别人一抱就哭得像一个开到最大音量的刺耳小音箱，委委屈屈地抖着小耳朵到处找言逸。

"我抱呢。"言逸最疼他，抱着他安抚，从卧室转了几圈，醒时的困倦也消失了，站在落地窗前望着黎明天边泛红的云。

陆言难过地翻身，含着眼泪贴近言逸的心口，言逸轻哼着曲子哄他入睡。

他抱着小陆言下楼，坐在客厅的沙发上愣了一会儿神。

家里扔了不少东西，显得有些空荡。

电视上播着重复的新闻，PBB新任总指挥顾未在联合会议上发表了维和声明，原本言逸应该代表国际异种人反猎杀联盟出席会议，却被他以孩子太小，身边离不了人为由推掉了，让谈梦代自己出席。

手机上收到了几个小夏发来的短视频，视频上的小狮子穿着迷彩作战服，胸前挂着 PBB 的徽章，歪头笑着露出两颗小尖牙，背后是同样新入伍的一群少年精英，跟小夏一块对着镜头叫言哥、前辈。

言逸给小夏的队长打了声招呼，让对方照顾一下这只喜欢惹事爱出风头的小狮子。

夏至这天，钟医生来家里给言逸和小陆言检查身体，笑着埋怨说言逸也不来医院体检，自己只能跑几趟当锻炼身体了。

钟医生无名指上戴了一枚细翡翠环，玻璃种紫罗兰。言逸在杂志的珠宝专题上看见过这枚戒指，前些天刚在港城拍卖会上以八百多万元成交，被鸿叶夏氏大公子收入囊中。

钟医生低头取听诊器时，言逸抱着孩子望着钟医生的手出神。

钟医生也意识到言逸在看什么，掩着嘴清了清嗓子，自己没忍住先笑了。

国际异种人反猎杀联盟成立之后，许多思想走在人类前沿的异种人和科学家参与进钟医生的研究中，鸿叶夏氏的掌门人相当看好研究的商业前景，在消除高阶依赖的研究项目上投入了大笔资金。在今年夏天，他们不负众望得到了突破性进展，第一批 L 型屏障疫苗问世。

"多出去走走，对身体好。"钟医生摘下听诊器，收拾手提箱。钟医生有点担心言逸的状况，从怀宁分部回来之后直到现在这么长的时间，言逸自始至终都保持着一种淡漠的冷静，也一个人把小陆言养到了八个月大，从没和他们提起过照顾小孩儿的累和麻烦。

言逸透过落地窗望了望，他是该出去走走。

去年冬天，家附近的公园翻新了绿化，改种了成片的圣诞蔷薇。据公园锻炼的大爷们说这花是改良品种，去掉了毒性，一年四季都能开，馥雅淡香、悠远温柔。

言逸偶尔会抱着陆言去公园里转转，小陆言很喜欢，"呀呀"叫着，指着花花想摘一朵，言逸却不停脚步，带他去看自己最喜欢的景色。

以往人工湖边种满了水仙，开花时成片的雪白和金黄的蕊瓣随风摇曳。他去时那一大片的水仙却都被工人们铲除了，正热火朝天地栽种新花苗。

言逸一只手抱着孩子,抓住一个工人问起原因,人家却笑说水仙花香得熏人,闻多了头疼。公园里锻炼的大爷大妈们不乐意,纷纷投诉要他们换绿植。

于是他去那个公园的次数就少了。

钟医生前脚刚走,保姆就提着一篮新鲜蔬菜回来,怀里还抱着一束沾着露水的圣诞蔷薇。

她一见言逸就乐了,把花放到言逸怀里,乐呵地夸赞这花好看还香。她特意问了种花的工匠,花种改良过了无毒无害,有小孩的房间里都能放。

言逸的脸色不太好,嘱咐保姆明天带一束水仙回来。

保姆操心言逸不懂照顾小孩儿,说:"水仙花不能放小孩儿屋子里,那花有毒的,味儿也不好。"

言逸愣了愣,让保姆去给陆言喂点牛奶和水果泥,自己上了楼。

他把自己关在卧室里,坐在落地窗前,手指拢着火点了一根烟,轻轻吐了口烟雾,遮挡住视线尽头的花海。

所有人都认为言逸会伤心崩溃,以这种状态可能不再适合担任会长,甚至都照顾不好自己和小陆言。

但言逸远比看起来要手段强硬,分寸拿捏适宜。小陆言和同龄的小朋友一样,虽然出生时留下了不好的经历,但还是平安顺利地长大了。

在每个人眼里,言逸的完美程度配得上他的级别,他看起来什么都不缺。

近一个月来,一伙以红尾鸢 A3 为首的异种猎人活动猖獗,手段残忍,联盟总会高层就最近出现的异种人失踪案召开紧急会议,近半数高层认为有必要向 PBB 申请武装部队援助。

言逸拿起桌上的一沓文件,靠在椅背上浏览这一伙异种猎人的名单,除了那个 A3 异种人,还有包括以色列金蝎 M2、北美灰狼 M2、鲸鲨 M2 的在内的16 名主要成员,已被划为 DISASTER(灾难)级恐怖组织,近来转移到境内,影响恶劣。

高阶异种人成员众多的恐怖组织多少有些不好对付,考虑多时,言逸同意向顾未发起求助申请。

顾未的全息影像出现在会议桌前，他托着腮，打了个呵欠，挂着肩章的军服松松垮垮地披着。

言逸在手边的烟灰缸里掸了掸烟灰，说："你给我派1个A3异种人，能力随便，4个M2异种人，点名要巨角犀和雪豹，剩下2个你看着派。放心，我带着他们，不会折损你的人手。"

顾未上下扫视他，他完全变了一个人，身上有属于另外一个人的姿态。

联盟总会长难得开了金口，顾未没有理由拒绝，把派遣的PBB特工名单发到了言逸手上。派遣特工里原本有一个红隼异种人，顾未审批文件的时候略作考虑，让人撤换了另外一个。

会议一直到下午两点才结束，言逸饿了太久，现在也没什么胃口了，回休息室的路上，身体有些发烫，兜里又没了烟。

保镖替言逸拉开休息室的门，沙发上坐着一个灰背隼异种人，三十四五岁的稳重相貌，看向言逸时眼神刻意伪装成了冷峻和强势。

能在言逸的休息室里自由活动，足以证明他的身份不同寻常。穆澜冷淡说起下午自己把陆言接到家里玩，晚上可以一起吃顿饭。

言逸的脸色从平淡转阴，微抬起头，说："谁让你接的？"

穆澜停顿了一下，他感觉到言逸进入了周期感染，扶着言逸坐到休息室的沙发上。

到了言逸这个级别，浓度再高的压制剂都没有用了，他也尝试过钟医生单独为他配制的浓缩压制剂，但发作时太过痛苦，常常在意识混乱的时候乱砸东西，最终被搁置了。

正因如此，穆澜才能留在这儿。

他拿出抽屉里的药瓶，分门别类把几种药用切药器切开，遵照医嘱搭配成一小堆，倒了一杯水一起端给言逸。

言逸扫了一眼，把药吃了，告诫穆澜不要做多余的事。

穆澜只好点头。

他有些担心会长的身体，长期服用抗抑郁类药物，也许副作用会积攒在身体里，但会长在这件事上意外的独断专横，不允许他人置喙。

　　言逸一直睡到了下午四点，保镖说小夏从部队回来看他，他没什么事儿，去见了见。

　　那小狮子稍微比两年前稳重了些。

　　言逸立在办公桌前，抱臂斜靠着，微抬下巴示意穆澜先出去，淡笑看着这只小狮子在面前张牙舞爪。看来训练艰苦，皮肤晒成了健康的小麦色，肌肉身形都更加匀称漂亮，一切都还不错。

　　言逸接下来还得部署这次的清剿行动，跟小夏约了个时间，打算坐下来好好谈谈，终于把这小魔王哄走了。

　　言逸回休息室拿外套时，忽然停住脚步，盯着自己放药的抽屉看了一会儿。

　　他看了看四周，确认无异常，拉开抽屉检查里面的东西。几个药瓶都按原本的方向一丝不苟地码放整齐，看不出异常，言逸把每个药瓶都拿起来嗅了嗅，似乎也没有沾染什么特殊的气味。

　　穆澜过来锁门，看见言逸站在抽屉边发呆，以为还是缘于周期感染，情绪恍惚。

　　言逸问："我走了以后你来动过抽屉？"

　　穆澜疑惑地皱眉，道："我通知保全部门立刻搜索可疑人员。"

　　言逸手里攥着药瓶，沉默良久。

　　两天后，言逸收到了PBB特工准备就绪的通知，但同时也收到了联盟高层的惊人反馈，就在昨夜凌晨，有人偷袭了恐怖组织的临时窝点，红尾鸢A3被重伤致残。根据情报人员提供的伤势照片来看，对方有意留了活口，没有给红尾鸢追加致命一击。

　　所以言逸带人去了之后不过是收割人头，不费吹灰之力。失踪的异种人们回了家，又让言逸在异种群体中威望大增，占据了一连几日的新闻头条。

　　本来这是一件令人愉悦放松的好事，言逸却在收尾会议上发了火。他先把情报和监控部门狠狠批了半个小时，连坐在会议桌前顾未的全息影像都没能幸兔,被骂到掉线了。

"去查,到底是谁干的。"言逸按着刺痛的太阳穴,把面前的文件一推。

文件上印着几张黑白的监控截图,模糊的黑白图像上隐约能看见一截肩膀,但那人反侦查能力超群,除此之外没有留下任何痕迹。

整整一天,会长的情绪都处在暴怒边缘,没人敢往枪口上撞。直到小陆言被司机送过来,小跑着抱到言逸腿上,咬字还不太清楚,奶声奶气地甩着小兔耳朵叫他。

言逸紧皱的眉才松开,托着小兔子的腋下把他抱起来,把耳朵上、尾巴上吹乱的软兔毛理整齐。言逸捏起小兔子果冻似的小脸蛋抖一抖,嫩嫩的像一块奶油布丁。

"你今天乖吗?"

"乖!"陆言小心地摸摸言逸的脸,小声嘀咕着"你不高兴",噘起红润的小嘴在言逸脸颊上亲亲,害羞地抱在言逸的脖颈上"咯咯"地笑,短短的小兔耳朵兴奋地甩来甩去。

言逸抱着他转了好一会儿,脸上难得见了笑意。

言逸不再接受穆澜的按摩了,请了假在家里度过周期感染,好在陆言有保姆带着,有机会让自己喘口气。

床头柜上散乱着各式各样的药瓶,一管用完的浓缩压制剂随手扔在地毯上,言逸咽了一片安眠药,紧闭着眼睛逼迫自己入睡。

浓缩压制剂药力过猛,压制感染的同时带来了难以忍受的痛苦,浑身都在细微发颤,脑子里混沌着,只能尽力蜷缩起来躲进被窝。

半睡半醒时,他忽然感到了一阵令人安心的气息,大量的安抚因子缓解了他的疼痛。

言逸醒来时已经是三天后的清晨,手上输着营养液,身上干爽轻松,他终于度过了难熬的感染期。

早餐准时摆在了餐桌上,陆言裹着小围嘴坐在桌前,抓着木柄小勺子乖乖

吃南瓜粥，保姆阿姨坐在他边上，给他喂点软乎的糕点。

言逸坐过来，从阿姨手里接过糕点，一小口一小口地喂给小陆言，再夹几叶苜蓿放到他碗里。

陆言三天没见到言逸了，扔下小勺子就爬上言逸的腿，亲热地抱着他。小陆言很黏人，但也很乖，知道他难受了三天，虽然想念极了，也只会嘟着嘴抱抱他。

保姆阿姨拿起早上陆言在纸上的涂鸦，连连夸赞小宝贝画画有天赋，看纸上那个小天使，画得多像。

画纸上歪歪扭扭的几条线是庭院的树，树枝上坐着一个火柴人，背后还长了两个三角形。

小孩子的创造力是需要认真引导和鼓励的，言逸揉着陆言的小脑袋，轻笑着问他画的是什么。言逸对陆言的一切都足够专注耐心，小孩子没有被有效的安抚已经足够不安，他给予孩子尽可能多的关注，让陆言看到自己的强大，来弥补安全感的缺失。

陆言晃着小脚，说画的是他在窗外看到的人。

脑子里有根弦突然绷紧，言逸凝视着这幅画，去拿豆浆的手险些把玻璃杯碰倒了。

他匆匆吃了几口早饭，嘱咐陆言乖乖等自己下班，拿了车钥匙，顾不上等电梯就奔下车库。

车子高速行驶的同时，他把这些天的蹊跷线索在脑海中整合清晰，在七点半到达了总部大厦。

保全部长正在入口训话，六十名保全队员背手立正等待训话，所有人身穿防暴服和全脸面罩，大部分都是异种人，体型相差无几。

言逸没有直接把车开进去，利索地熄火下车，点烟往车门上一靠。

保全队员整齐向左转，领首齐声道："会长好。"

言逸轻轻点了点头，目光在每一个保全队员身上游移，偶尔停顿，眼神里有微妙的考量。他别过头和身边的保全部长耳语了几句，部长连连点头，替言逸拉开车门。

等言逸的车走了，保全队员们恢复队形继续训练，只有后排的一个队员频频回头。

他转过头，才发觉部长站在面前，把一张磁卡放到他手上，说会长身边的保镖受伤回家休养，需要派一个新人过去暂时顶上空缺。

"我看你的履历不错，PBB部队退伍特种兵。"部长拍了拍他的肩膀，给了他一个意味深长的笑，说，"你小子真走运，刚来就能拿到会长贴身保镖的美差，好好干啊。"

他的脊背一凉，把磁卡接了过来。

他去会长室报到，一进门就看见言逸与助理面对面站着，正在给助理脖子上的掐痕上药。

言逸瞥了一眼过来报到的新保镖，淡淡嘱咐穆助理："以后出门小心一点，不然你也不知道有些人是不是精神不好。"

"好的，会长。"

昨晚他被一个眉眼冷冽的男人堵在了家门口，对方几乎攥断了他的脖子。虽然后来解释成自己认错了人，但穆澜还是能看得出，他就是冲自己来的，只是出于什么不得而知的原因无法下死手。

言逸的余光一直停留在站在门口的保镖身上，保镖攥紧了拳，下意识摩挲着指腹的枪茧。这是他一贯的动作，在取狙击枪之前的固定习惯。

陆上锦轻轻关上了休息室的门，人渐行渐远。他几乎是逃走的，慌慌张张。

言逸靠到桌边出神，穆澜忍不住问起刚刚离开的那个人是谁，言逸却递给他一份派遣文件。穆助理的工作能力和态度都属优等，刚好苍小耳发来邮件说自己那边缺人手。

文件一递出去，言逸不再去看穆澜脸上的表情，看着他签字时只觉得心里一阵轻松。

休息室里只剩下自己，他从酒柜里挑了一瓶红酒，品了品觉得不够劲，配不上现在的心情，于是让人送来两瓶白兰地。

他醉得瘫在沙发上。

墙上的挂钟指向下午两点，其间临时助理来敲门叫过言逸一次，被陆上锦自作主张推了下午的会议。毕竟他自己就是一个任性起来什么都能推的领导者，搪塞起来驾轻就熟。

没一会儿，临时助理忽然敲门进来，手里拿了一份紧急文件。

言逸接过文件扫了一眼，精神猛地一振，脸色顿时煞白，拿了车钥匙就往外冲。

陆上锦惊了惊，匆匆翻下楼梯跟上言逸，在言逸发动车子之前钻进了副驾驶座。

情报部门发来消息，之前清剿的恐怖组织留下了几个在外潜藏的逃犯，老巢被端之后走投无路，可能会实施极端报复，制造恐怖事件。根据监控显示，首要目标就是言逸家附近。

言逸一路闯了几个红灯，面色沉静如常，只是按喇叭的频率变得越来越高。他把打火机扔到副驾驶座，陆上锦识趣地给言逸点燃了烟。

"我家里有小孩。"言逸目不斜视，把车速提到最高，丝毫不显得手忙脚乱，淡声道，"如果他出了什么事，你就给我滚。"

陆上锦回过身，正襟危坐，轻车熟路从副驾座位底下抽出一个银色手提箱，两把沙漠之鹰和一捧子弹塞在密度泡沫里。

疾驰的宾利猛然甩尾急停，言逸拿起其中一把翻出车外，陆上锦拿了另外一把。两人之间似乎有着磁铁在吸引，不知不觉间后背就靠到了一块儿，默契地替对方盯着背后的风吹草动。

两人分开时，一个眼神交汇足以胜过言语，对方的意图一瞬间心领神会。言逸要先去找孩子，陆上锦随行护卫。

周围安静，互相听得到对方加快的心跳声。

只听一声震耳欲聋的爆响，十米之外的一辆汽车突然起火爆炸，周围接连响起刺耳混乱的汽车报警声，这扰乱了言逸的听觉，四面八方拥出的武装恐怖分子枪口全部对准言逸，他们毫不迟疑地开了枪。

言逸的身形几次消失，瞬移到数米外再度出现，双手握沙漠之鹰，沉重的枪身平稳地旋转角度，无人能靠近他周身方圆十米。

与此同时，陆上锦翻越几辆车，把躲在庭院树后发抖的小陆言抱了出来，释放安抚因子缓解他的恐惧。陆上锦把他塞进自己的防暴服中，手掌护在他头上，遮挡着他的眼睛和小耳朵，右手则专注开枪，每一发子弹都灵巧地从言逸身边擦过，将所有靠近言逸的危险一一驱除。

事先通知的 PBB 驻留军驱车包围整座小区，警笛声响，胸前佩戴 PBB 徽章的夏镜天领三组防爆小队包围所有可疑人员，在通讯扬声器中严肃重复警告，之后发出了击毙目标的命令。

言逸还恍惚地站着，所有的猜测和试探在这一刻变成现实。

陆言害怕地从陆上锦胸前钻出来，扑到言逸怀里，紧紧搂着他的脖颈，打着嗝想要安抚。

言逸抱着陆言，怔怔回神，低头哄着吓坏了的陆言。

陆上锦释放压迫因子，A3 级别的压迫因子一经释放就难以回收，几个等级低的防爆队员捂住闷痛的胸口，立刻举枪对准了他。

陆上锦对周围的一切漠不关心。

言逸瞳仁发颤，沉默地凝视了他的眼睛很久，等待着他说些什么。相顾无言 2 分钟，言逸转身就走。

小陆言朝陆上锦伸出小手，长睫毛上还挂着滚圆的泪珠，奶音囔囔的："你等等他呀。"

言逸的脚下猛地一顿，忽然甩开步子折返回去。

他一只手抱着孩子，一把扯掉陆上锦的面罩："你还知道回来？"

庭院的铁艺花架倒塌在脚边，生长的藤蔓摔砸了一地，周围嗡鸣的警笛伴着通讯扬声器中接连击毙目标的通知，外界的喧嚣陆上锦什么都听不到了，耳边回荡着一声跨过了万千思绪的"锦哥"。

经历过一场战争的石滩，血污被汹涌的海浪冲刷洁白。顾未坐在西海岸礁

石上，望着夜色下昏暗的海面，在腥咸的海风里等待了两个小时。

顾未挽起裤脚，到礁石底下捞起了一个人。哈士奇异种除了一个没什么用的 J1 进化能力，还有另一个没什么用的伴生能力"搜寻"。

他的慈悲有限，只够给自己利用过的陆上锦留具全尸。

陆上锦浑身被海水泡得僵冷发白，后颈完全被威力巨大的马格南弹毁掉了根。

顾未带他上岸时，他毫无血色的嘴唇还在微微颤抖，这伤势放在谁身上也看不到活路，他却死撑着一口气不断。

顾未宁静的眼神忽然起了波澜，脖颈挂的戒指轻轻敲打着胸膛，细链相碰轻响，也像微弱地呼唤着他的名字。

或许强大的人总是如出一辙，顾未在他身上看得到顾稳的影子。

顾未淡淡嗤笑了一声，固执地在心里比较，如果顾稳还在，哪轮得到陆上锦当这个英雄。

陆凛被带走之前，把陆上锦的基因细胞留在了控制室，顾未带着冰冻干细胞和半死不活的陆上锦回了 PBB 太平洋总部。

世界顶尖的基因专家收到 PBB 机密命令，飞速赶来抢救，但陆上锦不仅基因彻底毁坏，身上的伤势也极其严重，生命垂危，已经等不到干细胞培养成雏形基因。

迫不得已之下，顾未以指挥官身份向安菲亚医院发出了机密求助。

钟医生签了保密协议，带一具冰冻的婴儿尸体来到太平洋总部，说这是陆上锦的同胞弟弟，来时已经检测过各项指标，也是游隼异种，进化潜力 A3，信息为圣诞蔷薇。

陆上锦埋怨叶晚不爱自己，走得那么决绝，什么也不愿给自己留下。其实叶晚留下了第二次生命，给予了最爱的儿子。

手术过程十分顺利，但接连的几次排异反应也把陆上锦折磨得消瘦了十几斤，他日夜反复在病房里翻来覆去地痛吼发狂，顾未让护士用手铐把陆上锦锁在病床上，堵住他的嘴。

陆上锦偶尔安静下来发呆，身上绑着一圈又一圈的铁链。

他也退化到了幼年期，小孩子是很难忍得住钻心的疼痛的，实在把周围人闹烦了，顾未拿着一支针管在他面前比画："你不想忍了就安乐死？"

陆上锦摇摇头，他足足恢复了一年半，基因细胞团才长到了应有的大小，却迟迟没有进化的动静。

一个顶级异种彻底回炉重造成废物，对任何人来说都太过残酷。他无法保护自己想保护的人，甚至没脸跟他们站在一起。

顾未对此嗤之以鼻，陆上锦所担心的一切在他眼里不过是虚荣心作祟，家人能守在一起多不容易，谁还顾得上管那些有的没的。

他怕陆上锦死在里面，每天早上都来看看，统计着每天早上进化引导室的地砖上多了多少cc的血，里面的人又断了几根骨头。

陆上锦的三阶进化，是自己不要命催化出来的。不知道拿什么做信念才熬得住整整半年残酷的进化引导，他拖着一对凌乱翅翼走出来时已经遍体鳞伤。

他临走时给顾未留下了一枚芯片，里面记载着陆凛把持PBB这些年的机密，当作对顾未这两年来的酬谢。

顾未正抱着吉他写新歌。

其实他做的永远比说的多，最该酬谢他的也不是陆上锦。

陆上锦走了，冷清的家里少了一个有暴力倾向的闷油瓶，也没显得多寂寞，不过是饭桌上只剩下一套餐具，吃饭时又少了一个能嘲讽的人。

顾未拿起一卷数年前的录像带出来，一直珍藏着，时不时拿出来看看。一个人有时候确实孤独，能听听家人的声音也是好的。

录像带上了年头，放映起来断断续续。

一个中年异种人慈祥的脸出现在屏幕上，顾远之的双手放在桌上，一副自信从容的坐姿。

"你们看到这卷录像带的时候，爸爸或许已经去世，或许即将赴死，但你们不要惊讶，也不必伤心。"

……

"PBB 就交给你们两个了，别让爸爸失望。"

"顾稳，顾未。"

"你们是爸爸的骄傲。"

影像戛然而止，停留在最后一秒。

顾未盯着画面许久，披上军服，戴上了 PBB 最高指挥的肩章，把刻着 GW 两个字母的吉他收进了琴箱里，上了锁。

关于这些经历，陆上锦只向言逸坦白了一半事实，卖惨的部分添油加醋，把自己形容得像一只瘸腿流浪狗，为了言逸受的伤却仍旧只字不提。

其实没有什么事能瞒得过言逸，陆上锦不在的这两年，他事无巨细调查了陆上锦经历的一切，任何事都瞒不过他，他一直在等，等陆上锦自愿出现在自己的面前，给彼此一个体面的交代。

"烟味太呛。"言逸局促地找了一个话题。

陆上锦安心地坐在卧室门外，悠悠回答："戒了。"

陆言长得很快，没过几年就该上幼儿园了。

蜂蜜味的小兔球无论什么时候贴近，身体都是软绵绵的，言逸笑着捋他的发尾，头发长了，该去剪剪了，到了该上幼儿园的年龄，什么都得提前准备一下。

陆言垂着的耳朵忽然立起来，他听到门外的钥匙声，匆匆跑过去，踮脚跳起来开门。

陆上锦进门就把礼物塞到陆言怀里，小兔子欢天喜地趴到沙发上拆礼物，拆出一个胡萝卜小书包，里面装着崭新精致的文具。

"哇，好漂亮。"陆言欣喜地把每一件礼物都拿出来摸一摸，再拿到言逸面前，跟他分享此时此刻的快乐。

言逸坐到他旁边，拿起一块胡萝卜形状的橡皮端详，眉头轻轻舒展开。

陆上锦坐进沙发里，跷起腿，把一块机械表放到桌上，说："你上班戴。"

"今天什么日子？"言逸举起手腕看了看表盘，设计师的名字在齿轮上雕刻着细小的一排，他也听过。

陆上锦轻松吹了声口哨，说："一个平平无奇的工作日。"

自从陆言上了幼儿园，两人就各自忙工作，一切井井有条。

陆上锦刚开完会就接到了言逸的电话。

"陆言在学校惹事了。"言逸捏着鼻梁，在办公桌前转着笔，"你过来接我吧，我今天没开车。"

同时被叫到幼儿园的还有好几个孩子的家长，居然还碰见了谈梦和毕锐竞。

毕锐竞搭着陆上锦的肩膀，纳闷道："老师说我儿子聚众打群架，我儿子才大班啊，能打群架？"

陆上锦靠着车门摊手："陆言才小班，还是一只小兔子。你看，挨欺负了吧。我看看是谁家小犊子欺负他。"

言逸抬起耳朵，甩他的肩膀："你少听风就是雨了。"

办公室里，有毒植物班和草食动物班的两位班主任正等着几位家长。

两个小朋友并排在墙角罚站，毕揽星牵着陆言的小手，陆言哭过，小脸通红，睫毛上还挂着一颗小眼泪。毕揽星背到背后的手指尖钻出一条藤蔓，偷偷爬上陆言的肩膀，拽一拽兔耳朵，再给他抹眼泪。

言逸扫视陆言浑身上下，虽然他抖着耳朵哭得稀里哗啦，但并没有受伤。

园长严肃道："这件事情影响非常恶劣，小朋友在上课期间随意串班已经违反了园方规定，更何况出现了打群架的恶劣事件。"老园长德高望重，部队出身、功勋满身，从不会因顾及家长的身份背景就罔顾对孩子们的正确教育。

当说到陆言打了推翻自己积木和餐盘的小剑羚，毕揽星看见后立马领着几个小朋友冲过来，把场面弄得乌烟瘴气时，陆上锦和毕锐竞的表情都变得十分精彩，甚至对视了一眼，眼神充满骄傲。

小孩们本来就调皮好斗，在陆言和小剑羚滚到一起之后，小朋友们立刻围攻过来，撕扯这只落单的小兔子，扯耳朵揪尾巴。刚好赶上有毒植物班组织小朋友们餐后去洗盘子，毕揽星看不得小兔子受欺负，冲上来就参与进混战，于是一场拌嘴就演变成了世界大战。

言逸和谈梦蹲在孩子们面前，问起事情缘由，毕锐竞甩着车钥匙，跟儿子挤眉弄眼悄悄竖拇指，陆上锦往椅背上一靠，让小宁助理跟着几位老师去算算打碎的东西要赔多少钱。

今天的课是没法上了，两家人把孩子领了回去，顺道吃了顿饭。

谈梦跟言逸埋怨："在家只有我能好好教育小星，你看那老东西什么德行，就知道带着孩子满世界瞎跑着玩，小星都被他带坏了。"

言逸笑道："好了，不是什么大事。"

毕锐竞碾了烟，兴致勃勃地要毕揽星讲讲今日大战的精彩细节。

陆上锦不停地给小孩子们夹菜，悄声传授战斗技巧，如何一招制敌。

毕揽星问："爸爸，我能留两级吗？那我要是毕业了，再有人欺负阿言我就帮不着了。"

毕锐竞敲了敲他的脑袋，说："得了，就人家这基因，说不定根本用不着你上手。臭小子还想着打架，我是怎么教你的？"

"你说，人若犯我，我必打得他妈都不认识。"

毕锐竞顶着谈梦剜过来的眼刀，低声咳嗽："不是这句。"

一顿饭吃得相当愉快，回家的时候，陆言趴在车窗上，努力朝外看，翘起尾巴球，奶里奶气地叫着："小星哥哥再见！"

陆上锦望着这情景皱眉沉思。

言逸开车，轻笑了一声。

经历过真正生死边缘的战争，任谁都会珍惜得来不易的宁静。他想将这片净土永恒地守护下去，让不休的纷争就此落幕，现在就是一个新的开始。

在车库停车时，言逸的余光偶然瞥见放在后车座一角的礼物袋："这是谁的东西？"

陆言摇摇头。

陆上锦本想下班带回一个惊喜的，没想到小陆言临时被叫家长，才打乱了他的计划。他摸了摸鼻子，说："你生日，我送你的东西。"

"噢，我都忙忘了。什么东西这么神秘？"言逸挑起眉，拿起其中一个盒子拆开。

他嘴上说着忘了,其实却等不及带上楼再拆礼物,当场就解起盒上的缎带来。

里面放着他一直想要的绝版的九英寸折叠铂金枪,他的眉头舒展开,又拿起另一个盒子,里面放着一枚胡萝卜胸针,是精心挑选的独特款式。

言逸笑起来,因为工作而长久纠结的眉头舒展开。

"既送枪又送胸针,这两个礼物怎么看都不搭调。"他摇摇头,指尖却在两件礼物上流连,显然很喜欢。

陆上锦搭着车门道:"因为你不仅因某个人而存在,整个世界都需要你,言逸。"

言逸沉吟许久,像是出了神。

"车库这么黑,我们走啦!我要吃小蛋糕!"陆言左手拉起言逸,右手拉住陆上锦,朝电梯口跑去。

两人被小孩子拽着,只得滑稽地弯腰跟着跑,目光相接时,相视一笑。

"谢谢你。"

番外一 初遇

言逸仰躺在雪白篱笆墙的阴影中，枕着手，把一颗草莓扔进嘴里，意犹未尽地舔舔指尖，把手伸进篱笆里，想再偷一颗草莓。

"少爷今天回来啦。"

几个仆人在陆宅后的园子里采摘新鲜草莓，闲聊刚刚得到的消息。

小兔耳忽然竖起来，言逸惊喜地踮起小脚，翻过篱笆墙跑了。

陆宅对一个才七岁的小孩子来说像一座高耸入云的城堡。

悦耳的钢琴声从一扇敞开的玻璃窗里传出来，言逸踮着脚，小手扒着窗台，身子吃力地半挂在窗台上，毛茸茸的尾巴球挂在屁股后边，大眼睛忽闪忽闪朝里面偷看。

一个少年坐在三角钢琴前，穿着学校的制服，光滑无瑕的修长双手在琴键上跳跃，仿佛从头到脚都散发着矜贵柔光。

言逸竖起耳朵，唯恐把哪个音符漏掉。

他好羡慕城堡里的小王子。

忽然，陆上锦像感觉到身后的异样，琴声戛然而止，回头看了一眼窗外。

言逸啪嗒掉到地上，立刻抱成一团，捂着眼睛，小尾巴球瑟瑟发抖。

过了一会儿，他发觉自己似乎没被抓到偷看。

他松开手，眼前却是一张冷淡帅气的少年的脸。

陆上锦蹲下来，摸了摸言逸软软的耳朵，有些惊讶道："小兔子？"

言逸呆了半晌，脸猛地红了。

他害怕又害羞地抱成一团，像一颗长了兔耳朵和毛球尾巴的小丸子，颤颤地说："好听。"

是吗？陆上锦弯起眼睛。

他又摸了摸言逸软顺的头发。

"你好可爱。"

"脸好软。"陆上锦捏着言逸奶冻似的雪白小脸，才明白老师讲的成语"吹弹可破"是什么意思。

言逸眨着大眼睛，左边的小脸被捏得红红的。

陆上锦翘起一边唇角。

"叫锦哥。"

"锦哥……"言逸听话地叫了，小心翼翼地不敢动。

"以后我罩着你，小兔子。"

番外二 退化流感

自从反猎杀联盟成立，许多高阶异种家族的利益被动摇，这些家族不断派出杀手企图暗杀言逸，但言逸自身级别够高，陆上锦看得也够紧，迟迟无人能得手。于是组织内部发布悬赏，召集高阶异种杀手围攻言逸。

从近十位A3级异种杀手的围剿下虎口脱险的两人稍显窘迫，直到护送言逸脱离危险的那一刻，陆上锦终于体力不支，一头栽倒在地上。

"锦哥，还好吗？坚持一下，我们的接应部队就在不远处。"言逸将他的手臂搭到自己脖颈上，用半个身体支撑着陆上锦，一路释放着安抚因子，提醒陆上锦保持神志清醒。

"区区……小伤……"陆上锦嘴唇发紫，脸色苍白，右手依旧紧握着狙击枪，身上用布条草率勒紧的伤口不停向外渗血，顺着枪口滴落在地面上。他却还笑得出来，奚落言逸会长当久了，高高在上的，好些年没这么狼狈过了。

"少说话，节省体力。"言逸皱眉训他。

胸前口袋里的通讯器终于恢复了信号，联盟的技术部人员终于与他们取得联络，成功定位两人位置，及时派来了救援飞机。

看到云层中浮现的联盟医学会救援飞机的轮廓后，言逸重重松了口气，才终于有心情接陆上锦的玩笑："算你这只隼命大。"

联盟医学会的随队医生从直升机上跳下来，钟医生指挥着他的助手小韩把陆上锦抬进飞机抢救区，言逸沉默地紧跟其后，坐在不远处等待。

他也已经筋疲力尽，靠在墙壁边，大脑放空，一阵极度的疲惫感从脚下升起，让言逸眼皮沉重，慢慢陷入沉眠中。

当他醒来时，已经躺在了联盟医学会的病床上，手背上扎着能量补充剂。

"会长，您醒了。"说话的是钟医生的助手小韩，"钟老师现在在专家会诊室，让我暂时照顾您和陆先生。"

"谢谢，辛苦你了。"言逸揉了揉太阳穴，慢慢从病床上坐起来，"陆上锦怎么样，他在哪儿？"

"在这儿呢。"小韩医生抬起双手，两手掌心之间抱着一只小鸟。

准确地说，是一只小隼，身上柔软的绒毛还没被成熟的羽毛替换，瞪着大眼睛，头歪成九十度看着言逸，有点呆。

言逸如遭雷击："锦哥？"

小隼扑扇着短秃的小翅膀，"啊啊"叫了几声，像是在应答。

小韩医生微笑安慰他："您别担心，陆先生这是因为伤势过重导致虚弱，意外感染了退化病毒，基因细胞退化，以至于无法承载能量，所有异种特征全都变成外显特征了。"

"这……还能恢复吗？"言逸小心接过了这只比鸡崽稍大些的小隼，小隼啄了他一下，但是没用力，言逸只感到被啄的手指有点痒。

"您可以将这种情况看作一场普通流感，悉心照顾几天，陆先生就能完全恢复了。"

"可是我没照顾过小鸟……"言逸无奈扶额，"好吧。"

言逸暂时把小隼带到了自己的办公室，找了一些花生米来喂他，小隼吞了一颗，噎得直瞪眼。

"糟了糟了，不吃这个。"言逸又找来大米、小米、苏子以及各种粮食颗粒来喂陆上锦，无一例外它都不吃，言逸猜测它或许不饿，但陆上锦已经饿得眼冒金星，用力抬起头，张大喙，"啊啊"直叫，俨然一副等喂食的姿态。

办公室门响了两声，钟医生推门进来，正好撞见焦头烂额的言逸。

钟医生背手端详他们："你在干什么？"

言逸匆忙道："你来得正好，小鸟应该吃哪种粮食？"

陆上锦扑腾着短秃翅根"啊啊"大叫。

钟医生背手问言逸："你知道他在说什么吗？"

言逸摇头。

钟医生："他说，我是隼！我是隼！"

言逸关心则乱，游隼是猛禽，即使再小，生出来也是要吃肉的。于是迅速下单一些火锅用的生肉片，一片一片喂给小隼吃。

小隼吃饱了，安心团成一团挤到言逸大腿边，枕着他睡觉。

言逸摸了摸它柔软的绒毛："好了，你在这儿睡，我去工作。"

他找了一条毛线围巾，在沙发上围成鸟巢的形状，把小隼放进去，然后起身去办公桌后坐下。

可小隼却不干了，"啊啊"大叫着从围巾里扑腾出来，一头栽到沙发底下，然后一骨碌爬起来，扑腾着翅膀大跨步朝言逸跑来，追到言逸脚底下。

"地上冰。"言逸没办法，只好把小隼安顿在自己办公桌上，但小隼也不安稳待着，时而好奇地啄两下电脑屏幕，时而叼着言逸的兔耳朵拽来拽去。

言逸只好任它玩，工作之余还要用余光关注着小隼是不是跑到了桌子边缘，每次小隼腿脚不稳掉下桌面，都会及时被言逸一把捞回来。

小隼生长速度很快，一夜间就生长出了几根羽毛，能扑腾着飞起一点高度了，至少从沙发和书桌上栽下来时不会把自己摔晕。

小隼找到了新的栖息地——言逸的脑袋，它时常吃力地扑腾到言逸头顶，在头发上卧下，偶尔轻轻啄言逸两下。

因此，近两日在联盟办公大楼里，时常会有联盟特工目睹一个神奇的场景，令人尊敬的会长先生手拿资料，头发上卧着一只游隼雏鸟，坏脾气的小鸟叫声凶狠，遇见与言逸政见不合的大人物，就会弹射过去啄人家脑门。尤其对夏镜天十分敌视，夏镜天一出现在联盟大楼里，小隼就会大叫着扑腾过去把他啄跑。

在言逸的悉心照料下，短短一周内，小隼崽就迅速成长为凶猛雄隼，喜欢落在言逸肩头，在言逸检视特工和特训生时，用锐利的充满腾腾杀气的眼神扫视众生。

一周后的午夜，陆上锦终于恢复了正常，恢复之前它正卧在言逸怀里安睡。

但事情并未草率结束，正如一切流感铺天盖地的破坏力所导致的局面，退化病毒席卷了整个市区，越高级的异种越容易受到感染。

陆上锦匆匆赶回家，因为临时接到了言逸打来的电话，言逸的声音听上去十分疲惫，想来是近些天忙于工作，又要照顾他的病情，言逸累坏了。

可他推开家门时并没见到言逸，客厅沙发空空如也。

"言逸？人呢？"陆上锦纳闷找寻，去卧室、书房、茶室甚至影音室全部搜索了一圈，仍旧未见言逸身影。

"难道出门了，不是说让你等我来着吗……"陆上锦自言自语着向车库电梯走去，脚却不知被什么绊了一下，他回头看向脚边，一只灰耳朵的大白兔子正咕哝着三瓣嘴啃他的高定西裤裤脚。

"言……言……"陆上锦愣住，一把抄起地上的大白兔子，托着腋下检视，这可爱下垂的灰耳朵、白尾巴球、灰色的漂亮眼珠，和一脸严肃冷淡的表情，这就是言逸没错。

"糟了啊，快去医院。"陆上锦抱上兔子直奔车库，飞车赶往联盟大楼。

陆上锦抱着兔子匆忙推开钟医生的诊室大门，急切道："裁冰，快帮我看看，言逸可能也被退化流感给感染了。"

不过诊室里只有钟医生的助手小韩医生在。

小韩医生左手怀抱着一个花盆，右手正伏案在纸上做记录，见陆上锦闯进来，起身打了个招呼。

"陆先生，晚上好。"

"快帮我找钟裁冰过来，"陆上锦把大白兔子提给他看，"急诊。"

小韩医生苦笑，捧起手里的花盆："钟老师就在这儿呢。"

陆上锦动作一滞，目光探向花盆里那株一看就不太聪明的小青草。

"豆芽？"陆上锦伸手捏了一下那根草，草芽不满地晃了两下。

此时走廊里传来急促的脚步声，未见其人，先闻其声："裁冰，我来接你来了！"

夏凭天推门而入，心疼地接过小韩医生手捧的花盆："哎哟，我的裁冰啊。"

他挑起眼皮瞥了陆上锦一眼：“什么豆芽，我家裁冰是青风藤，是药材。”他指桑骂槐拐弯抹角数落陆上锦，“唉，还是被某人传染了，走吧，咱回家养病去。”

小韩医生拿出提前准备好的《垂耳兔饲养指南》和《青风藤种植手册》，给两位总裁一人递上一册，并嘱咐道：“陆先生已经感染过退化病毒，已经拥有免疫抗体了，基本不会再次感染，夏先生还是要多小心，照顾钟老师时最好戴口罩。”

"行，我知道了。"夏凭天抱着花盆匆匆忙忙走了。

陆上锦也没别的办法，带着白兔子和《垂耳兔饲养指南》回了家。

回到家时，言逸遗留在书桌上的笔记本电脑一直在发出消息提示，的确，身为联盟总会长，平时事务繁忙，需要处理的公务不会因为身体抱恙而减少一分一毫。

事业心极强的大白兔子从陆上锦的臂弯里挣脱出来，蹦到书桌前，抬起前爪，只靠后爪站立起来，咕哝着三瓣嘴努力张望电脑。

"哎，言逸，你都生病了，就请个假吧。"陆上锦嘴上劝着，手却依然顺着兔子的意思把它抱上了书桌。

大白兔子神情专注，盯着电脑上的讯息，并试图用小爪子敲击键盘回复消息，但兔爪实在太不灵活，连续按错了几个键，大白兔子愤怒地甩了甩耳朵，然后扑到陆上锦小臂上，把他的手扯过来，帮自己回复邮件。

陆上锦笑笑：“记得给加班费啊。”随后便坐在言逸的书桌后，一手撸着柔软的兔子，另一只手慢悠悠替他回复邮件。

在言逸被传染退化病毒后，陆上锦养兔子上瘾，显然对这种状态接受良好，上下班都把兔子带在身上。

他灵感爆发，口头叙述灵感并委托内部策划推出新活动，让飞鹰集团旗下的奢侈品品牌联名推出了一系列宠物服饰，此系列宠物礼服口碑良好销量惊人，与品牌效应相互背书，此次活动大获成功，使得集团内部对陆上锦的商业嗅觉佩服得五体投地。

不过陆上锦本人依旧低调，据目击者称，清晨时分，陆上锦经常会步行送陆言去幼儿园，穿着休闲装，手里拎着陆言的书包，胸前背着一个定制的宠物背包，里面趴着一只穿着精致小衣服的大白兔子，时而嚼胡萝卜，时而嚼干草。

陆上锦异常享受照顾兔子的过程，低头对着宠物背包里的兔子轻声自语："这样也不错啊。"

兔子仰起头，皱眉扒拉陆上锦的下巴。

不过夏凭天就没有这么幸运了。

除了要照顾变成一盆草芽的钟医生，还得提防着家里的危险因子扩散。

没错，夏镜天因为被退化成小隼崽的陆上锦啄了，飞沫传染导致他感染退化病毒，退化成美洲狮幼崽。众所周知，美洲狮幼崽和猫咪从根本上没什么区别，这是一种拆家能力和哈士奇不相上下的生物。

夏凭天正专注地给花盆里的草芽浇水、施肥、除草，身边就滚过来毛茸茸的一团小狮子，锋利的兽爪钩在夏凭天的睡衣后，嘤嘤叫着向上爬。

"别吵，小镜子，去边上玩去。"夏凭天从背后把小狮子掏出来，拎着后脖领扔到一边，回头却见那小家伙爬到窗帘上，把天花板上的滑轨拽了下来，哗啦一声巨响，连着墙上贴着的壁纸一起撕了下来。

夏凭天连忙去瞧小狮子受没受伤，那小东西毫发无损，从缝隙里蹦了出来，跳到窗台上，企图啃花盆里的草芽一口。

"小畜生，你敢咬一口试试？"夏凭天忍无可忍，拎起小狮子给好兄弟打了个求救电话："锐哥，我实在分不开身才求你一回，帮我照顾一会儿我弟弟吧，等我先把裁冰的病养好再说。"

此时毕锐竟还没有意识到问题的严重性，好兄弟有难当然要两肋插刀，于是拍胸脯道："没问题，你送来吧。"

大约半个月后，退化流感基本被控制住，之前感染病毒的人们也纷纷痊愈，生活回归正轨。

除了毕锐竞。

谈梦不小心被送来暂住的夏镜天传染了退化流感,退化成了一条只会蚰蜿蚰蜿的毛毛虫。

毕锐竞被老婆的样子笑到,故意拿手指戳虫虫的屁股,惹得毛毛虫来回弯曲身体,但就是咬不到他的手指。

"小梦,你的反应也太慢了吧。"毕锐竞每天欺负老婆乐此不疲。

不过没两天就笑不出来了,毛毛虫很快便化蛹,并迅速全身羽化,被蓝色闪粉覆盖,完全进化成了蓝光闪烁的维纳斯闪蝶,撞开阳台窗户飞走了。

"老婆!别走啊!我错了!"毕锐竞拉上毕揽星,一人拿了一个捕虫网兜:"快,儿子,下楼帮爹追老婆去。"

毕揽星乖乖举着网兜跟着老爸下楼,一路小跑,小声嘀咕:"我觉得你活该,爸爸。"

图书在版编目（CIP）数据

垂耳执事 / 麟潜著. -- 长沙：湖南文艺出版社，2023.3
ISBN 978-7-5726-1029-5

Ⅰ.①垂… Ⅱ.①麟… Ⅲ.①长篇小说–中国–当代 Ⅳ.① I247.5

中国版本图书馆 CIP 数据核字 (2023) 第 019937 号

垂耳执事

作　　者：麟潜
出 版 人：陈新文
责任编辑：唐　明　袁甲平
装帧设计：白砚川
出版发行：湖南文艺出版社
（长沙市雨花区东二环一段 508 号　邮编 410014）
网　　址：www.hnwy.net
印　　刷：长沙鸿发印务实业有限公司
开　　本：710mm×1000mm　1/16
印　　张：20
字　　数：293 千字
版　　次：2023 年 3 月第 1 版
印　　次：2023 年 3 月第 1 次印刷
书　　号：ISBN 978-7-5726-1029-5
定　　价：54.80 元

（若有印装质量问题，请直接与本社出版科联系调换。）